열심히 하지 않습니다

열심히 하지 않습니다

사노 요코 지음 · 서혜영 옮김

❀ 을유문화사

옮긴이 **서혜영**

서강대학교 국어국문학과를 졸업하고, 한양대학교 일어일문학과 박사 과정을 마쳤다. 현재 전문 일한 번역·통역가로 활동 중이다. 옮긴 책으로는 『하자키 목련 빌라의 살인』, 『거울 속 외딴 성』, 『달의 영휴』, 『떠나보내는 길 위에서』, 『밤은 짧아 걸어 아가씨야』, 『서른 넘어 함박눈』, 『태양은 움직이지 않는다』, 『반딧불이의 무덤』, 『보리밭기 쿠체』, 『모리사키서점의 나날들』, 『명탐정 홈즈걸』, 『하노이의 탑』, 『수화로 말해요』 등이 있다.

열심히 하지 않습니다

발행일
2016년 3월 20일 초 판 1쇄
2022년 4월 15일 개정판 1쇄

지은이 | 사노 요코
옮긴이 | 서혜영
펴낸이 | 정무영
펴낸곳 | (주)을유문화사

창립일 | 1945년 12월 1일
주소 | 서울시 마포구 서교동 469-48
전화 | 02-733-8153
FAX | 02-732-9154
홈페이지 www.eulyoo.co.kr
ISBN 978-89-324-7465-6 03830

1. 그것은 영원히 구멍일까

2. 부지런하고 성실한 인류여

5. 멋쟁이 같은 거 난 모른다

6. 외국어는 멋있는 음악이다

7. 독서는 나태한 쾌락이다

8. 수화기를 붙들고

1.

그것은 영원히 구멍일까

소녀소설은 인류에게 무엇을 했나

내가 초등학교 때, 소녀소설이라는 저속한 소설 장르가 있었다.

소녀소설은 계모가 나오고, 갸륵하고 불행하고 아름답고 똑똑한 여자아이가 운명에 농락당하며 각양각색의 박해를 견뎌 내다가 드디어 행복해지는 스토리로 짜여 있다. 소녀소설 속에 연애는 없었다. 단지 아름다운 여자 음악 선생님이 소녀들의 흠모의 대상이 되고, 누군가는 폐병을 앓고 있으며, 부자 여자아이는 심술을 부리고, 그 여자아이의 가난한 친엄마도 등장한다. 나는 주인공의 운명을 함께 겪고 싶어 어머니에게 소녀소설을 사 달라고 졸랐다. 하지만 "그런 것도 책이라고 읽니" 하는 질책만 돌아왔다. 그래서 나는 여름날 저녁에 나막신을 신고 책방에 갔다.

한쪽 다리로 서서 다른 한쪽 다리를 그 다리에 기역자로 구부려 붙이고 있다가, 지치면 다리를 교대하면서 책을 읽었다. 그러다가 책방 아저씨가 나를 주시한다 싶으면 다른 책방으로 옮겨 갔다. 초저녁 어스름 속에서 책방은 몹시 밝았는데, 그게 주인공 소녀의 불행과 대비되어 오히려 서글프게 느껴졌다. 어머니가 말한 대로 소년 소녀의 불행은 시시껄렁한 것이었을지도 모른다.

뭐 하나 기억에 남은 게 없으니까.

하지만 소녀소설은 내게 쾌락을 제공해 줬다.

가난한 운명은 쾌락이었다. 그것은 남의 불행은 쾌락이라는 여성의 근본적인 본성을 건드렸다. 그러면서도 소녀소설은 나에게 열등감을 심어 줬다. 공터 안 나무 위에서 남자아이를 밀어 떨어뜨리고 팬티를 치마 밑으로 비어져 나오게 입고 머리카락을 헝클어뜨리고 다니는 여자아이는 소녀소설에는 조연으로도 안 나왔다. 소녀소설에서는 악역조차 부자에다가 미인이었다.

어머니가 나에게 고함치거나 손을 들어 올리거나 하면 나는 즉각 소녀소설 속 각박한 운명을 견뎌 내는 주인공으로 변했는데, 그것도 생각해 보면 쾌락의 하나였다. 밖에서는 남자아이를 울리고 놀다가 집에 와서는 비련의 소녀소설 주인공이 되자니 나도 바빴다. 하지만 걱정도 되었다. 소녀소설의 주인공은 아름답고 다정하고 우아했는데, 그 점은 몇십 권을 읽어도 예외가 없었기 때문이다. 그럼 나는 어떻게 하라고, 나는 어떻게 살아가라고.

소녀소설에 연애는 없었지만, 읽다 보면 어쩐지 에로틱하고 감미로운 예감이 느껴졌다. 그 주인공 같은 여자아이만이 사람들에게 사랑받을 거라는 예감 말이다. 그리고 그것은 예감으로 끝나지 않았다. 우리 반에는 소녀소설의 주인공이 될 법한 여자애가 한두 명은 꼭 있었는데, 남자아이들은 그녀들의 검은 머리카락을 잡아당겨서 울리곤 했다. 아름다운 여자아이는 풍성한 머리카락을 출렁이며 하얀 얼굴을 푹 숙이고 훌쩍훌쩍 울었다. 그 우는 모습이 소녀소설의 삽화 같아서 에로틱했다. 나는 남자아이에게 왕복으로 뺨을 맞아도 울기는커녕 눈을 부릅뜨고 남자아이를 노려봤다. 나는 그때 아름다운 소녀의 머리카락을 잡아당기는 것과 왕복으로 내 뺨을 때리는 것은 괴롭힘이라는 점에서는 같을지 몰라도 완전히 다른 행위라는 것을 알고 있었다. 머리카락을 잡아당기는 것은 사랑의 행위지만, 나를 때리는 것은 사랑의 행위가 아니다. 그러나 괴롭히는 방법을 이렇게 또는 저렇게 해 달라고 내 쪽에서 주문할 수는 없다.

나는 머리가 커 가면서 드디어 소녀소설을 졸업했지만, 소녀소설 속의 주인공 역시 어른으로 성장하여 영화나 소설에 다시 모습을 드러냈다.

어른이 된 그녀들은 압도적으로 아름답고 순종적이었다(악녀도 존재한다는 것을 책을 읽고 알았는데, 악녀 또한 무시무시하게 아름답다).

그것은 동서양이 다르지 않았고 소설과 영화가 다르지 않았다. 나 역시 뚱뚱하거나 못생긴 여자의 이야기는 불쾌했으며, 영화에 아름다운 여자가 나오지 않으면 실망했다.

그렇기 때문에 나는 나이가 들어서도 연애는 당연히 아름답고 다정한 여자만이 하는 것이라고 생각했다.

대학 2학년 때, 키가 크고 멋있는 남자아이와 다마가와 강변에서 데이트를 했다. 갈대인지 참억새인지가 저녁 해를 받아 빛났다. 태양이 이제 막 가라앉으려 했고 내 옆에는 잘생긴 청년이 있었다.

청년은 저녁노을에 취해 감상적이 되어서 그런 건지, 계획적으로 그런 건지 내 어깨를 끌어당겼다.

그야말로 역사적인 순간이 되려는 찰나였다.

그때 갑자기 소설이나 영화에 나오는 아름다운 여자와 종자가 좋은 남자 사이의 러브신이 머릿속으로 밀려왔다. 나는 뒤집어지며 웃음을 터뜨렸고 시간이 흘러도 웃음이 멈추지 않았다.

역사적 순간은 갔다.

나는 졸지에 기분을 잡친 청년과 참억새가 빛나는 둑길을 터벅터벅 걸어서 집으로 돌아갔다.

아름다운 여자만이 러브신을 만드는 거라는 강박관념은 쉽게 나를 떠나지 않았다.

그러나 애인이 없는 것은 나뿐이고, 내 주위의 여자아이들은 애인 한두 명쯤은 달고 다녔다.

혼자서 반 친구들 25명의 뜨거운 혹은 아련한 추억을 떠맡는 괴력의 여자아이도 있었다. 그 아이는 작달막한 키에 얼굴은 까무잡잡했지만, 나는 그녀 안에 소녀소설 주인공의 모습이 있다는 것을 느낄 수 있었다. 남자아이들은 잽싸게 그 냄새를 맡았을 거다.

나는 연애를 하고 있는 주변 여자아이들을 관찰하기 시작했다. 우리 디자인학과에는 남자용 고무장화를 신고 다니는데다가 앞머리를 눈앞에까지 늘어뜨린, 눈매가 사나운 여자아이가 있었다. 어느 날 그녀는 갑자기 고무장화를 버리더니, 얼마 안 있어 임부복을 입고 배를 쓰다듬으면서 데생을 했다. 머리카락을 가지런히 자르고 옅은 색깔의 아름다운 임부복을 입은 그녀는 깜짝 놀랄 정도의 미소녀였다.

고무장화를 신고 남성용 우산을 땅에 끌고 다니던 그녀가 실은 미소녀임을 꿰뚫어 본 남자에게 나는 감탄했다.

이젤 앞에서 배를 내밀고 데생을 하고 있는 그녀는 프라 안젤리코의 그림과 비슷했다. 수준 높은 소녀소설의 한 장면을 보는 것 같았다. 혹은 조르주 상드의 사랑의 요정일지도 몰랐다.

"흐음" 하고 나는 탄복했다.

말라깽이라 불리던, 체격이 작고 몸이 깡마른 작은 여자아이가 있었다. 나는 그녀에게서 살짝 소녀 같은 젖내가 난다고 생각했다. 풀 위에서 뒹굴던 그녀가 "나, 이 혹 좋아" 하고 자신의 목에 있는 2센티 정도의 혹을 만지면서 말했다. 가는 목덜미의 혹은 기묘했고, 나는 마음속으로 안됐다고 생각했던 것 같다.

"이거, 그이가 좋아해."

나는 "으음" 하고 신음했다. 소녀소설의 주인공 중에 이런 경우는 없는데.

현실 쪽이 소설보다 훨씬 드라마틱하다는 것을 나는 그제서야 깨달았다.

나는 소녀소설에 지나치게 빠져 있었다.

그것은 영원히 구멍일까

어릴 때, 나는 피아노라는 걸 만져 보지도 못했으면서도 피아니스트가 되고 싶다는 생각을 했다. 그 무렵 피아노를 배우는 건 부잣집 예쁜 여자아이라는 뜻이었다.

그다음에는 발레리나가 되고 싶었다.

토슈즈 같은 건 보지도 못했으면서도 발끝으로 서는 연습을 했다.

그다음에는 가수가 되고 싶었다.

변성기에 들어서서 음악 시간에 합창을 할 때 자꾸 틀린 음을 내자, 옆자리의 남자아이가 "제대로 좀 해라."라고 굵직한 목소리로 한마디 했다.

나는 나름대로 노력한 거였다.

때가 오면 아름다운 목소리로 다시 태어날 거라고 기대했지만, 그런 날은 오지 않았다.

오지 않았을 뿐 아니라, 대학생이 되어 콧노래를 부르면 "그만해!" 하고 친구가 쉿소리를 내며 진저리 쳤다. 나는 그 친구를 지금도 용서하지 않는다.

영화를 보러 가서 깊은 감동을 받고 영화관을 나오는데 같이 간 놈이 휘파람을 불었다.

"뭐야 그게?"

"테마뮤직"

그런 게 있었나? 방금 본 영화는 그야말로 모든 것이 혼연일체가 된 대걸작이었는데 어떻게 음악만 따로 들을 수가 있는 거지? 그건 좀 아니지, 영화에서 음악만 따로 떼어내 듣는다는 것은 카레 안에서 고기만 집어내는 것과 같은 거야. 나는 이렇게 생각하려 했지만, 그러면서도 뭔가 내 음악 인생에 큰 구멍이 나 있는 것은 아닌가 하는 불길한 생각이 들었다.

그러나 이 문제는 길을 걷는 사람에게 맹장이 있는지 없는지 타인이 알 수 없는 것처럼, 내 쪽에서 잠자코 있으면 되는 것이었다. 나는 음악이 내 구멍이라는 것을 일부러 사람들에게 고백할 필요는 없다고 결론 내렸다.

그 무렵, 유행하기 시작한 모던 재즈 다방에 나도 친구들을 따라갔다. 가게 안에 들어가니 라디오 안에 갇혔나 싶을 정도로 시끄러웠는데, 그 속에서 친구들은 순식간에 심각한 표정이 되어 눈을 감고 채신머리없이 다리를 떨어 댔다. 그리고 때때로 잘난 듯이 MJQ Modern Jazz Quintet • 등에 대해서 해설을 해 댔다. 주위를 둘러보면 모든 사람이 몸을 축 늘어뜨린 채 '우리를 이 근방의 녀석들과 똑같이 취급하지 마라' 하는 표정을 짓고 있었다.

나에게는 거기 있는 것이 고행이었다.

또 그 무렵 일반적인 데이트 코스는 클래식 음악회에 가

• 쿨재즈(차갑고 내성적인 느낌의 모던 재즈) 발전 이후 가장 역사가 오래되고 성공적인 활약을 보인 악단

는 것이었다. 한껏 멋을 부리고 살금살금 자리를 찾아 앉으면 물을 끼얹은 듯이 조용한 적막이 덮치는데, 간간이 그 적막을 견디지 못한 기침 소리가 났다. 나는 기침 소리를 낼 용기조차 없었기 때문에 그 소리만으로도 마음이 놓이고 기뻤다.

그때 무엇보다 나를 괴롭힌 것은, 음악회가 끝나고 나서 히비야공원을 걸을 때 오늘의 연주에 대한 감상을 늘어놔야 한다는 강박관념이었다. 어떤 클래식 음악을 듣든지 내 눈앞에는 언제나 남자와 여자가 무언가를 하고 있는 정경이 슬라이드처럼 지나간다. 브람스를 들으면 어딘가 날씨 좋은 날 이국적인 꽃밭에서 아름다운 여자와 남자가 해롱거리며 달리는 장면이 떠올랐고, 「운명」의 도입부를 들으면 거구의 남자가 상대방을 때려눕히는가 싶었다.

그러는 사이에 청춘은 지나가고, 나는 어느덧 음악 없이 살아갈 수 있게 되었다.

어느 날 라디오를 켜고 운전을 하고 있었다. 그런데 이상하게 심사가 뒤틀리고 마음이 불안해지더니 별안간 운전에 자신이 없어졌다. 나는 그때 깨달았다. 내가 듣고 있는 음악의 리듬이 내가 살고 있는 리듬과 맞지 않는다는 것을.

'이것은 어쩌면 내 안에 나만의 음악이 있다는 것을 말해주는 것은 아닐까. 그것은 발굴되지 않은 금광이 분명해' 하고 나는 그렇게 믿기로 했다. 하지만 나는 아직 젊었기 때문에 하고 싶은 일이 많았다. 이 금광을 파내어 씻고 정련하는 건 간단한 일이 아니다. 지금은 그냥 놔두자. 나이를 먹고 할 일이 아무것도 없을 때, 그때 천천히 상대하기로 하자.

생생한 빨간 토슈즈

어젯밤은 바람이 거세고 추웠다. 내가 타고 있는 차 앞으로 지저분한 신문지가 날아올라 종이 끝으로 빙글빙글 돌았다. 그것은 영화 〈분홍신〉에서, 바람에 이리저리 날리던 신문지가 너덜너덜한 튀튀*를 입고 피를 흘리면서도 계속 춤을 추는 발레리나로 서서히 변해 가는 장면을 떠올리게 했고, 그 생각은 다시 초등학교 6학년 때 도쿄에서 전학 온 여자아이를 떠오르게 했다. 그 당시 '도쿄'에서 왔다는 건 그 자체로 신비하고 뛰어난 것의 상징이었으므로 그 여자아이가 피부가 희고 미인인 것은 지당하고 마땅한 일이었다. 머리도 좋았을 것이고, 사실 머리가 좋지 않아도 상관없었을 것이 분명했다. 우리가 역시나 하고 놀라 자빠진 것은 그녀가 참으로 조숙했다는 것이다. 가슴 나온 것하며 허리 아래가 성숙했던 것도 감탄스러웠지만, 도쿄 사투리를 또박또박 높은 톤으로 말하는 것만으로도 '주제넘은 계집애'라고 딱 잘라 무시하고자 한 우리의 의지가 여지없이 꺾여 버렸다.

그 아이는 전학 이틀째에 있었던 자신의 환영회에서 '자

* 발레리나가 입는 짧은 스커트

19

원해서' 하얀 튀튀에 새빨간 토슈즈를 신고 교단 위로 올라가 〈분홍신〉 춤을 췄다. 남자아이들은 "굉장해, 굉장해" 하고 연신 감탄하면서, 전학 오면 일단 '한바탕 괴롭힌다'는 의식 같은 건 다 잊은 듯했다. 토슈즈도 튀튀도 태어나서 처음 보는데다, 피같이 빨간 그 토슈즈의 자극 때문에 여자인 나조차도 가슴이 두근두근했다. 그 아이의 발레가 얼마만큼 예술적인 것이었는지 촌뜨기인 나로서는 알 길이 없었지만, 바로 얼마 전에 본 발레 영화 〈분홍신〉보다 그 아이의 발레가 더 생생했던 것은 교단의 지저분한 칠판 앞에 엎드려 천으로 만든 빨간 토슈즈를 앞으로 쑥 내밀었을 때 그 포동포동한 하얀 다리가 바로 눈앞에, 손에 닿을 듯이 가까이 있었기 때문이다.

그 아이는 그 뒤로 계속 여왕이었다. 졸업 소풍 때 그 아이는 하마마쓰역 앞 광장에서 참으로 유창한 도쿄 사투리로 나에게 선언했다.

"너는 말괄량이에다가 성격도 밝지만, 진짜로 그런 건 아니야. 진짜로 밝은 사람은 잠자코 있을 때에도 밝아. 하지만 너는, 조용히 있으면 나까지 쓸쓸해져."

그것이 비난인지 칭찬인지 알 수 없는 와중에 나는 가슴이 두근두근 뛰고 달콤하게 취하는 기분을 느꼈다. 그리고 영원한 상처로 남았다. 그러고 나서 그 아이는 역 앞의 엄청나게 큰 야마하 피아노 간판을 올려다보며 포니테일 스타일로 묶은 머리를 치켜세우고 말했다.

"너 피아노 있니?"

"아니, 없어."

"피아노는 피앙세한테 사 달라고 해."

피앙세라는 말을 책의 활자로는 봐서 알고 있었지만 실제 사용하는 말이라고는 생각하지 않았던 나는, 그 아이의 말이 나를 조롱하는 것처럼 느껴져 창피했다. 그때 열두 살이었던 나는 생각했다. 그 아이에게는 '피앙세'라는 로맨틱한 것이 나타날 게 분명하지만, 나에게는 차마 '피앙세'라는 말을 붙이기도 민망한, 누추하고 촌스러운 감자 같은 남자가 나타날 게 분명하다고.

나의 후지산은 비프스테이크입니다

나는 중국 베이징에서 철이 들고 다롄에서 초등학교에 입학했다가 전쟁이 끝나고 일본 야마나시로 돌아와 시즈오카에서 초등학교를 마쳤다. 고등학교는 시미즈에서 다녔고, 그 이후에는 쭉 도쿄에 살았다.

나는 고향이 어딘지 모르겠다.

야마나시의 산속에 있을 때, 나는 아버지에게 "후지산은 야마나시현 거예요, 시즈오카현 거예요?" 하고 물었다.

"반씩이야."라고 아버지가 말했다.

"꼭대기는요?"

"꼭대기는 시즈오카야."

당시 나는 야마나시에 살았기 때문에 후지산 꼭대기가 야마나시현에 없다는 것이 아쉬웠다.

하물며 그 야마나시에서도 후지산을 본 적이 없던 나는 그 이전, 베이징에서 살 때에 이미 후지산 그림을 그렸다. 후지산을 본 적도 없는 아이가 후지산을 그린 것이다.

시즈오카에 살게 되면서 후지산의 오른쪽 어깨에 툭 튀어나온 작은 산이 달려 있다는 것을 알았다. 나는 그게 본래의 멋진 후지산을 망치는 것 같아서 지워 버리면 좋겠다고 생각했다. 어렸을 때 본 적도 없으면서 그렸던 후지산 그림이

22

더 진짜 같았다. 그러나 한편으론 그 튀어나온 작은 산을 가진 후지산이야말로 진짜 후지산이라는 실감이 났다. 시미즈의 고등학교 운동장에서 1천 미터 달리기 기록을 재던 날이었다. 반소매 체육복 속에 긴소매 메리야스 셔츠가 삐져나오게 입고 아래는 반바지를 입고 2백 미터 트랙을 다섯 바퀴 돌았다. 굵은 다리, 긴 다리, 짧은 다리, 큼직한 엉덩이, 작은 엉덩이가 함께 트랙을 달렸다.

달리다가 후지산이 정면으로 보이면 한 바퀴 돈 것으로 하자고 속으로 정했다.

후지산은 머리 위에 새하얀 눈을 성대하게 얹고 있었다.

한 바퀴 돌았을 때 후지산은 평소대로의 정상적인 후지산이었다. '후지산 너 오늘은 새하얗고 아름답구나.'

두 바퀴째의 후지산도 당당하게 서 있었다.

세 바퀴째의 후지산은 위아래로 조금 움직였다. '후지산, 너 어디가 좀 안 좋니?'

네 바퀴째의 후지산은 좌우로 어깨를 흔들기 시작했다.

나는 눈을 감고 꼬이는 다리로, 펄럭펄럭 펄럭이는 뺨이 달린 머리를 그르렁그르렁대는 가슴 상부에 올려놓고, 그래도 힘을 내서 달렸다.

다섯 바퀴째의 후지산은 샛노랬다.

샛노래져서 흔들흔들 좌우상하로 움직였다. '후, 후, 후지산, 너, 너, 너 어떻게 된 거야.'

그러다가 후지산은 노란색에서 보라색으로 변했고, 나는 녹초가 되어 땅바닥에 파묻혀 버렸다.

샛노란 후지산은 이후로 다시는 볼 수 없었다.

학교에서 저녁때까지 꾸물꾸물 놀고 있자면 저녁노을에 후지산이 분홍빛으로 물들었다. 후지산이 분홍빛이 되면 나는 어쩐지 가슴이 먹먹해지면서 사람이 그리웠다.

열여섯 때 나는 두 아이를 가진 스물여덟의 역사 교사에게 열중했고, 내 옆에서 창밖으로 가슴을 내밀고 분홍빛 후지산을 바라보던 친구는 주걱턱 생물 교사를 연모했다.

여학교였다. 연모하면 뭐하나. 아무것도 못하고 그저 바라보고만 있는데. 후지산이 분홍빛으로 물들면, 우리는 논 가운데 길을 애달픔만 가슴속에 품은 채 나란히 걸어서 집으로 돌아갔다.

집 대문을 나서면 길 건너 가타야마 씨네 지붕 위로 후지산이 쑤욱 몸을 내밀고 서 있었다.

네 살짜리 여동생은 "후지산은 가타야마 씨 집 지붕에서 올라가는 거야."라고 말했다.

도쿄에서 날이 맑게 갠 날, 멀리 후지산이 1센티 정도 높이로 보이는 때가 있다. "앗, 후지산이 보인다, 저거 봐" 하고 아들이 감격한 목소리로 외친다.

'흥, 저 정도로 그렇게 감격하다니 불쌍해라. 내 후지산은 말이지, 한 근짜리 비프스테이크같이 커다랗다고' 하고 무심코 마음속으로 말한다.

후지산이 보이는 곳에서 나는 8년간 살았다.

소공녀와 고기만두

내가 처음으로 읽은 '책'은 소공녀였다. 그 전에도 아버지가 읽어 주시는 안데르센이나 그림형제에 넋을 잃고 푹 빠져 있었지만, 내가 직접 읽은 소공녀는 전혀 다른 리얼리티로 나를 압박해 왔다. 헨델과 그레텔이 배고파하는 것도 마음이 아팠지만, 소공녀 세라의 배고픔은 남의 일같이 생각되지 않았다. 남의 일같이 생각되지 않았던 것은 원숭이가 다락방으로 날라다 주는 육즙이 듬뿍 들어 있는 고기만두를 나도 지독하게 먹고 싶었기 때문이다. 외지에서 종전終戰을 맞은 나는 동화 느낌이 나는 초콜릿이나 비스킷보다도 동물성 단백질을 절실히 필요로 했기 때문일지도 모른다. 나는 또한 소공녀 세라가 다닌 학교의 교장인 민친 선생님이 정말 미웠다.

나는 식사 중에 아버지에게 말했다. "민친 선생님은 진짜 나쁜 사람이에요. 세라가 가난해지니까 괴롭혀요. 가난해지면 오히려 더 다정하게 대해 줘야지요." 나는 불쌍한 사람에게는 다정하게 대해야 한다는 내 말에 아버지가 마땅히 동의해 줄 줄 알았다. 그런데 아버지는 "가난해졌다고 갑자기 친절하게 대해야 할 이유는 없어. 인간은 언제나 한결같아야 해."라고 말했다.

나는 아버지가 심술궂다고 생각했다. 여섯 살이었던 나는 아버지에게 잘못을 뉘우칠 기회를 줘야 한다고 생각했을까. 다음 날, 나는 어제 내가 한 말을 잊어버린 척하고 "민친 선생님은 나쁜 사람이에요. 사람은 가난해지면 더 친절하게 대해 줘야지요" 하고 다시 말했다. 그러나 아버지 역시 내게 한 말을 잊었다는 듯이 "인간은 언제나 한결같아야 해" 하고 어제와 똑같이 말했다.

나는 결국 아버지가 자신의 잘못을 깨닫게 할 수는 없었지만, 계속해서 마음속 깊은 곳에서부터 세라의 운명에 공감하고, 세라의 시련을 동정했으며, 다이아몬드 광산이 튀어나왔을 때에는 내 일인 양 기뻐했다. 그리고 민친 선생님을 한결같이 미워했다.

나는 한자에 음을 모두 달아 놓은 아루스 아동문고를 반복, 또 반복해서 읽고, '언젠가 나에게도 소공녀 세라가 겪은 행운과 불운이 다가올지 몰라' 하며 가슴을 두근거렸다. 실제로는 전쟁이 끝난 [중국] 다롄에서 세라가 처했던 운명보다 더 참담한 운명의 소용돌이 속에서 고량* 죽을 홀짝이며 배를 곯던 나는, 그래도 역시 한결같이 세라를 동정했다. 하지만 아무리 해도 아버지로부터 싸구려 동정을 끌어낼 수는 없었다.

지금 이 나이가 되어서야, 나는 어정쩡한 동정심만큼 잔혹한 것은 없다고 생각하게 되었다.

하지만 얼마나 오랫동안 나는 어린이 책에 빠져 나 자신

• 중국 수수

을 싸구려 휴머니즘으로 키워 온 것일까. 나의 어린 시절
은 싸구려 휴머니즘에 다 탕진되었다고 해도 좋다.

『소공녀』는 정말 잘 만든 재미있는 책이었다.

그리고 나의 아버지 또한 대단한 사람이었다.

훈시를 듣던 나날

아버지는 2급주를 마시면서 네 명의 아이들을 고다쓰*에 빙 둘러앉혀 놓고 훈시를 했다. 아이들은 없는 반찬을 놓고 조금이라도 더 먹기 위해 옆자리의 아이가 한눈파는 틈을 타서 슬쩍할 기회만 노리고 있는데, 아버지에게는 별도로 술안주까지 딸려 있었다. 아이들은 낫토▲를 놓고 서로 다투고 있는데, 아버지는 태연하게 방어구이를 먹는다. 아버지는 방어구이를 젓가락으로 집어먹으면서 "인간에게 가장 소중한 것은 창의적인 연구야. 알겠니, 히로시?" 하고 일장 훈시다. 히로시는 황송해 하면서 그저 고개를 숙인다. '창의적인 연구'는 그 당시 실로 자주 식탁 위를 일방적으로 통과해 가던 아버지의 훈시였다.

식탁 위의 톳조림이나 건질 고기 조각이 거의 없는 카레 위로 자주 날아다닌 훈시가 또 하나 있었는데, 그건 "인간은 인쇄된 글로 된 것이면 무조건 믿어 버리는데, 그건 인간의 나쁜 버릇이야. 알겠니, 요코?"라는 것이었다. 우리의 단순한 소원은 아버지가 회식이 잡혀 저녁을 바깥에서 드

---

* 상 모양의 나무틀에 화로를 넣고 그 위에 이불을 씌운 난방 기구. 현재는 화로 대신 전기 발열 기구로 대체해 사용한다.
▲ 낫토균을 이용해 대두를 발효시킨 일본의 전통 식품

시고 집에서는 우리끼리 마음 편히 만족할 때까지 밥을 먹는 거였지만, 아버지는 거의 매일 저녁노을과 함께 숨어들듯 조용히 집 안으로 들어왔다.

그러다가 아직 다 크지 않은 네 명의 아이들을 남기고 아버지는 죽었다.

그런데 나중에 보니 글쎄 아버지가 식사 때 했던 훈시는 죽어 없어진 게 아니었다. 그냥 통과해 갔다고 여겼던 훈시 말씀은 톳조림과 함께 내 살 속에 녹아 있었다.

그렇다고 해서 거기서 뭐 크게 꽃 같은 게 피어났다는 것은 아니다. 예를 들어 '창의적인 연구' 훈시가 내게 남긴 건, 딱한 이야기이긴 하지만 냉장고의 남은 음식 처리를 창의적으로 연구하는 습관 정도라고나 할까.

한편 "인쇄된 글로 된 것을 의심해라"라는 훈시는 내 안에서 "일체의 정보는 가짜라고 생각해라"라는 것으로 업그레이드되어 뿌리내렸다.

"글쎄 누구누구가 그러던걸" 하고 내가 말했을 때 "넌 그거 직접 보고 하는 말이니?" 했던 아버지의 일갈은 나를 무엇에 대해서든 일단 의심부터 하고 보는 인간으로 만들었다. 나는 어떤 정보에 대해서든 거기에 '~라는 소문', '~라더라'라는 말을 붙이고야 만다. 그러면서도 나는 정보에 묻혀서 정보에 의해 살고 있다. 현대 인간은 정보로부터 벗어나는 것이 불가능하다. 불가능한데도 "흐음", "하지만 말이야" 하고 정보에 대한 믿음을 보류한다. 텔레비전에 나오는 뉴스조차, 사실을 어떻게 이어 붙이느냐에 따라 전혀 다른 내용을 전할 수 있다.

나는 아버지가 왜, 하필이면 밥 먹을 때 반복 또 반복해서 훈시를 하셨는지, 아들이 식탁 앞에서 허겁지겁 우걱우걱 스파게티를 먹을 때 비로소 알 것 같았다. 나도 그 자리에서 당장 아들에게 훈시하고 싶어졌으니까.

"너, 세상에서 가장 소중한 게 뭔 줄 알아? 품위야 품위."
품위로 여길 만한 그 무엇도 없는 엄마인 나는 그만 소리치고 만다.

하지만 아들은 나의 어린 시절과 다르게 내가 하는 훈시에 몸을 움츠리기는커녕 나를 힐끗 흘겨보고 '치, 잘난 척은!' 하는 표정을 짓는다.

인간의 토대는 생후 3세까지의 어머니와의 접촉으로 결정된다더라. 아이의 비행은 전부 부모 자식 관계 때문이라더라. 아니, 그게 아니라 사회의 나쁜 영향이 가장 약한 입장에 있는 아이에게 나타나는 거라더라. 아니, 그것도 그렇지 않다더라. ……라더라.

천장에 붙어 늘어져 있던 메밀국수

한때 군부대 막사를 개조한 연립주택에 살았었다.

현관의 유리문에는 유리 대신 종이우산에 바르는 노란 기름종이가 붙어 있었는데, 그마저 찢어져서 덧붙여져 있었다.

어느 집에나 아이가 득시글댔다. 연말이 되면 집집마다 대청소를 시작했다. 언제 쓰러질지 모를 것 같은 그런 집이었지만. 밤도둑처럼 수건으로 얼굴을 반쯤 감싸고 오로지 청소에 열중하고 있는 어머니에게서는 살벌한 기운마저 뿜어져 나왔다.

아버지는 옷자락에 지저분한 게 묻을까 봐 기모노를 오비*에 감아올려 낙타 색깔 잠방이▲를 바깥으로 드러낸 채 아이들의 이름을 연신 불렀다. 아이들은 바짝 졸아든다. 무엇을 해도 혀 차는 소리를 들었기 때문이다. 그 다다미■ 여덟 장, 네 장 반 넓이의 두 방과 세 장 넓이의 현관뿐인 집을 뭐하자고 연신 닦아 반짝반짝 빛내려 했던 걸까. 그날

• 기모노 허리에 감는 띠
▲ 길이가 무릎까지 오는 남자용 홑바지
■ 다다미 한 장의 크기는 180×90센티미터로, 다다미 두 장이 우리의 한 평에 해당된다.

은 한 해의 마지막 날인 섣달 그믐날 저녁이었다. 식탁에 요리가 줄지어 올랐다. 한가운데는 소쿠리에 담긴 메밀국수가 있었다. 아이들과 아버지는 식탁에 앉았고, 어머니는 아직 부엌에 있었다.

"빨리 해" 하고 아버지가 부엌에 대고 고함쳤다.

어머니는 알겠다고 대답만 하고 여전히 부엌에 있었다.

아버지가 돌연 밥상을 내리쳤다.

메밀국수와 조림이 다다미 네 장 반 방바닥에 흩어졌고, 네 명의 아이들은 쥐죽은 듯 조용해졌다.

우리는 묵묵히 조림과 메밀국수를 주워 담았다.

우리가 메밀국수를 줍고 있을 때 아버지가 무엇을 하고 있었는지, 어머니가 아버지에게 뭐라고 했는지는 기억나지 않는다.

그러고 나서 어색한 분위기에서 식사가 시작됐다.

니혼슈*를 마신 아버지가 완전히 평온을 되찾고 기분이 좋아졌을 때, 아이들도 동물적인 감으로 자신들이 취해야 마땅한 태도를 되찾았다.

그때, 나는 문득 천장을 봤다.

거무튀튀하게 더러워진 천장에 메밀국수가 두세 줄 붙어서 늘어져 있었다. 어떻게 메밀국수가 천장까지 튀어 올라갔는지 알 수 없었다.

그것을 본 우리는 모두 웃었다.

아버지가 실로 태연자약한 태도로 아무렇지도 않게 함

• 우리의 청주와 비슷한 일본 고유의 술

께 웃는 것을 보고 나는 안심했다.

다음날, 새해 첫날은 활짝 개어 있었다. 날씨가 궂었던 적도 있겠지만, 설날은 맑게 개어 환한 게 마땅하다고 굳게 믿고 있어선지 그런 날에 대한 기억은 없다. 설날에 느껴야 마땅한 기분이란 것을 모두 갖고 있었던 것 같다. 새 속옷이랑 설빔을 입으면 설날용 기분이 되는 건지, 어머니가 기모노 입은 모습을 보는 게 기쁜 건지, 평소 안 먹던 조니*의 떡이 진득하니 늘어나는 것이 신기한 건지, 여하튼 아이들조차도 어딘가에 넣어 두었다가 꺼낸 것처럼 설날용 기분이라는 것을 꺼내어 느꼈던 것 같다.

그 기분은 그 전 해 설날에도 분명히 느꼈던 것으로 기억하는데, 이번에도 완전히 새롭고 그리운 기분이었다.

주택이라고 하기도 뭐했던 그 조잡한 집에 활짝 갠 환한 설날이 찾아온 것을 보면, 아버지나 어머니도 설날용 기분을 갖고 있었던 게 분명하다. 쿵쾅쿵쾅 살벌한 연말의 대소동이 있고서야 말쑥한 새것이 온다. 어두침침한 네 장반 천장에 붙어 늘어져 있던 메밀국수도 없어서는 안 될 설날의 서곡이었다.

---

* 일본의 설날 음식, 우리의 떡국과 비슷하다.

흙탕물에 발을 담그고,
거짓말도 하나의 방편

어머니는 실로 억센 사람이었다. 건강한 사람이었다고 할
수도 있겠지만 나는 억셌다고 말하고 싶다. 쾌활하고 시끄
럽고 에너지가 넘치는 사람이라서, 종전 후 중국에서 철수
하던 시절, 자식은 많고 먹을 것은 모자라던 시대를 여하
튼 살아남았다. 네 명의 아이들을 남기고 아버지가 죽었을
때, 이모는 "언니가 네 아버지의 정기를 다 빨아먹은 게 아
닐까" 하고 작은 소리로 내 귓가에 속삭였다.

"난 사람이 착하고 어수룩해." 어머니는 종종 자신에 대
해 그렇게 말했는데, 동그란 얼굴에 깔깔깔 하고 천진한
소리를 내며 웃으면 문득 그런가 하고 생각하게 된다. 하
지만 서랍 속에 상당한 수준의 잔꾀들을 잘 담아 두고 있
지 않았다면 어떻게 마흔둘에 과부가 되어 애들 넷을 키우
며 살 수 있었겠나. 나는 어머니의 잔꾀에 대해 트집 잡으
려고 이런 말을 하는 게 아니다. 오히려 훌륭한 것이었다
고 생각한다. 그중에서도 내가 특히 감탄한 것은 "때론 흙
탕물에도 발을 담그지 않으면 살아갈 수 없는 거란다" 하
고 어린 나에게 누차 설교하고 나서 내가 그 말에 눈을 흘
기면, "거짓말도 하나의 방편이란 걸 왜 모르니." 하고 눈물
까지 흘릴 때였다.

그렇다고 해서 어머니가 사기꾼이었다든가 남을 속이며 살아왔다고 말하는 것은 아니다. 소심한 시민, 선량한 어머니, 조신한 아내였다고 생각한다. 어머니가 한 거짓말은 중국인이 집 안 살림을 들어내려고 차를 대 놓고 신을 신은 채로 집 안에 들어왔을 때, 아이들을 조르르 세워 놓고 엉망진창인 중국어로 "남편은 전사하고 나는 병든 몸에 보다시피 아이들이 많다. 부디 당신도 아이가 있다면 사정을 봐 달라"고 눈물 콧물 닦아 가며 한바탕 연극을 하는 정도의 소소한 수준이었다. 그 덕에 그 중국인은 아무것도 들어내지 못하고 그대로 집을 나갔다. 5분 후에 집 주변을 산책하던 '전사한' 아버지는 콧노래를 부르며 돌아왔다. 우리 가족은 그렇게 몇 번이나 어머니의 기지로 위기를 넘겼다. 아버지는 네 명의 자식들을 남기고 죽을 때 애가 끊어지는 심정이었겠지만, 자신의 아내가 억세고 악착같은 어머니라는 사실에 두 손 모아 감사하는 마음이었을 것이다. 아버지는 수시로 감기에 걸리고 여기저기 안 좋아서 몸져눕곤 했는데, 그럴 때 아버지는 실로 참을성 있게 그저 납작한 몸을 이부자리에 누인 채 얌전히 천장을 올려다보든가 책을 읽었다. 어머니가 몸져눕는 일은 거의 없었다. 어머니는 늘 우리를 따뜻하게 비춰 줄 해 같은 존재라고 우리는 생각했었다.

하지만 어머니도 인간이다. 몇 년에 한 번은 감기에 걸렸다. 당연하다. 그런데 그게 우리에게는 공포였다. 가사 노동을 해야 해서가 아니었다. 의사 선생님을 부르러 가는 것이 싫어서도 아니었다. 단지 아버지가 집에 안 계실 때 어머니의 감기가 공포였을 뿐이다. 어머니는 열이 38도를 넘으면 자리에서 숨이 곧 끊어질 것 같은 목소리로 나를 불렀다.

"요오…코", "요오……코." 나는 왔구나 하고 생각한다.

내가 얼굴을 내밀면, "모·모·모·두 이리로 불러…와…… 주겠니" 하고 다 죽어 가는 목소리로 말한다.

나를 선두로 해서 네 살 여동생까지, "거·기·에·나란히 앉으……렴" 하는 말에 모두 어머니 옆에 한 줄로 조르르 정좌를 해야 했고, 남동생은 주먹까지 꼭 쥐어 무릎에 올려놓았다.

"어·머·니가· 죽으면 말이지, 모두들…… 사이 좋게 지내라."

우리는 설마 어머니가 죽을 거라고는 생각하지 않으면서도 눈물을 흘렸다. 네 살 여동생은 소리 내어 울었다.

나는 속으로 아유, 정말 하고 생각하면서도, 실룩실룩 어깨를 떨면서 크게 고개를 끄덕였다.

한시라도 빨리 어머니의 침상 옆에서 해방되고 싶었지만 어머니가 지금 당장이라도 죽을 것 같은 목소리로 "이제, 됐다, 자, 가 봐라."라고 말할 때까지는 가만히 참고 기다리는 아이 역할을 잘 해냈다.

이틀 정도 지나 어머니가 짜증과 쾌활 사이를 변덕스럽게 오가는 목소리로 돌아와 소리를 내지르기 시작하면, 우리는 비로소 마음을 놓았다.

어머니는 아버지가 있을 때에는 우리를 나란히 앉혀 놓고 "내가 죽으면 말이지" 따위의 말을 하지 않았다. 그건 스스로 생각하기에도 조금은 연극 같아서였을까.

그 뒤로 나는 상경해서 어머니와 떨어져 살게 되었다.

그때 이미 과부가 되어 고군분투하던 고향의 어머니를 걱정하긴 했지만, 그 억센 에너지를 알기에 안심이 되기도 했었다.

그러다가도 간간이 완전히 우울해지는 때가 있었다.

때때로 어머니에게서 편지가 왔는데 그 편지가 실로 사람을 우울하게 만드는 별난 글씨체로 쓰여 있었기 때문이다. 어머니의 글씨는 읽기도 힘든데다가 "어머니가 죽으·면·말이지……"와 같은 연극 조의 꾸며 낸 분위기가 감돌았다. "거짓말도 하나의 방편이란 걸 왜 모르니" 하고 나를 꾸짖던 현실의 어머니는 간데없이, 신파 무대의 명배우 미즈타니 야에코 같은 어머니가 편지지 위의 별난 글씨체 안에 나타나는 거다. 특히 편지의 마지막을 장식하는 '어머니로부터'라는 글씨가 그랬다.

평소의 어머니와 어울리지 않는, 신파 배우 미즈타니 야에코 같은 '어머니로부터'라는 글자에 이르면 나는 침울해졌다. 그럴 때마다 나는 내가 어머니를 사랑하지 않는 건 아닌가 하는 자책감에 시달렸다.

여동생과 나는 어른이 된 뒤에도 함께 모이면, 어머니가 쾌활하고 억셌던 것이 얼마나 감사한 일인지에 대해 이야기했다.

"그래도, 그건 뭐지? 감기 걸려서 말이야, 어머니가 죽으면 말이지…… 했던 거랑, 그 편지……."

교토의 여동생은 배를 뒤틀며 웃는다. 우리는 왜 어머니

37

가 느닷없이 감상에 젖었을까 생각하며 이것저것 분석하는 재미를 언제까지나 버릴 수 없었다.

"얼굴은 닮아 가도 말이지, 그 연극 조만큼은 물려받지 않은 것 같아." 우리는 서로서로 확인한다.

얼마 전 몸이 안 좋아져서 병원에 입원한 일이 있었다.

나는 병실 침대의 이불을 뒤집어쓰고 아들이 오면 할 말을 생각한다.

"○○야(아들의 이름이다), 어머니가 죽으면 말이지……(나는 어머니보다 지적이라고 자부하니까 내가 하는 말은 어머니보다 훨씬 문학적이고, 하염없이 길다. 그리고 마지막에 이렇게 끝맺는다) 어머니는 말이지, 언제나 너를 자랑스럽게 생각했단다."

나는 그만 이불을 뒤집어쓴 채 눈물을 흘린다. 나와 아들이 다른 것은, 아들은 내 옆에 와서 걱정해 주기는커녕 내가 집에 없는 것을 다행으로 여기며 노는 데만 정신이 팔려 있다는 것이다.

여동생이 와서 내게 말했다. "조금 겁을 줘 놨어. 건강 잘 보살펴 드리지 않으면 엄마 죽는다고. 그랬더니 뭐라고 했게! '엄마 보험 잘 들어 놨으려나' 하잖아."

농담이 아니다. 정말이라니까.

서랍과 빵떡모자

아이는 인간의 의지로 생기는 게 아니라고 생각했다.

대개 부자에게는 아이가 적고 가난한 집일수록 아이가 많았기 때문이다. 만약에 인간의 의지로 아이가 생기는 거라면, 아무리 바보 같은 가난뱅이라도 애를 많이 낳으면 고생한다는 것 정도는 알 것 아닌가.

나는 결혼할 때 '뭔가'를 한다는 것까지는 얄팍하게 알고 있었지만, 그 '뭔가'는 결혼식 당일에 단 한 번만 하는데 그 씨앗이 사람마다 누구는 한 개, 누구는 일곱 개, 누구는 열한 개 하는 식으로 정해져 있는 것인 줄 알았다.

그렇기 때문에 형제가 바글댔던 것은 아버지나 어머니가 어디선지는 모르지만 대단한 저주에 걸렸기 때문이라고 생각했다. 그렇지 않고서야 아버지같이 훌륭하고 존경할 만한 사람이 어쩌자고 자식 씨앗을 이렇게 많이 뿌렸겠는가.

나는 아버지나 어머니가 자식들을 줄줄이 낳아 놓고는 그 자식들에게 넌더리가 났다고밖에 생각할 수 없었다.

아버지는 오빠를 '효로쿠다마'*라고 불렀다. 나는 '효로

---

* '둔탱이' 정도의 어감을 가진 말. 위기가 다가오는데도 둔한 거북이가 여섯 부분(손발 네 개, 머리, 꼬리)을 다 내놓은 상태로 있는 것을 表六[효로쿠]라고 한 데에서, 둔하고 모자라고 멍청한 인간을 가리키는 표현으로 사용한다.

쿠다마'란 아마도 오빠 같은 물건일 거라고 생각했다. 나한
테는 '서랍처럼 생긴 녀석'이라고 했다. 어렸을 적 나는 아
래턱이 튀어나와 있었다.

바로 아래 여동생은 얼굴이 동그랗고 납작하다고 '세숫
대야 같다'고 했다. 그 아래 여동생은 '방귀'라고 불렀다.
작고 가무잡잡하고 행동이 재빠른 아이였다.

얌전한 남동생에게는 '똥개야'라고 했고 "우리 집 똥개,
밖에 나가면 워ー리, 워ー리'라는 노래마저 지어서 불렀다.

나는 아버지가 그런 말을 입에 담자마자 곧바로 아래 여
동생을 '세숫대야'라고 부르고, 그 아래 여동생을 '방귀'라
고 놀렸다.

동생은 아버지한테 그런 말을 들을 때는 운명을 받아들
이는 것처럼 고개를 숙였지만, 언니인 내가 '세숫대야'라고
하면 커다란 눈에 물기를 머금고 흘겨보면서 '야, 이 빵떡
모자야'라고 되받아쳤다.

세월이 흘러 서랍이 얼굴 안으로 들어가 잘 보이지 않게
되자 아버지는 이번엔 내 머리카락이 바깥쪽으로 뻗으며
감기는 모양이 꼭 사기꾼들이 즐겨 쓰는 빵떡모자 같다고
나를 빵떡모자라고 불렀기 때문이다.

여동생이 나를 '빵떡모자'라고 부르면 정말 화가 났다.
그리고 그때마다 생각했다. 아버지가 우리를 이렇게 막말
로 부르는 것은 자식을 갖고 싶어서 낳은 게 아니기 때문
이라고.

이렇게 자라난 방귀와 세숫대야와 빵떡모자는 훗날 서로
얼굴을 마주하고 앉아 말한다. "그런 부모 밑에서 자랐는데

우린 어떻게 이처럼 착한 아이가 된 걸까", "굉장한 부모였지. 그런데 어째서 우린 비행 청소년이 되지 않았을까."

아버지는 바글바글 생산해 놓은 아이들을 한 줄로 주르르 세워 놓고는 서둘러 가 버렸다. 그때 방귀는 여섯 살이었다.

우리는 우리 집이 보통 가정이며 아버지도 보통 아버지일 거라고 생각했다. 어느 집이나 아버지는 다 그런 걸 거라고 생각했다. 그렇게 생각해도 역시 아버진 비정상이라는 느낌을 지울 수 없었다. 하긴 보통 가정 같은 건 어디에도 없다.

가까이 다가가서 보면 전부 비정상이다.

나만 봐도 그렇다. 나는 가정을 붕괴시켜 버렸다. 지금 나의 집은 엄마 한 명, 아이 한 명의 비정상적인 가정이다. 실제로 나를 보고 비정상이라고 하는 사람도 있다. 일요일이 되면 아들은 점심때까지 잠만 자다가 지 좋을 때 일어나, 너무 오래 자서 지성도 감성도 아직 덜 깬 채로 오직 눈꺼풀만 위로 치켜 올리고 나와 앉아서는 "밥" 하고 한마디 분부하신다.

"몰라, 먹고 싶으면 알아서 먹어." 나는 담배를 피우며 스토브 앞에 책상다리를 하고 앉아서 버틴다.

아들은 부엌에서 "양파는?"

"소쿠리 안에."

"케첩은?"

"알면서."

"베이컨이랑 햄은? 아, 있다. 내가 만든 거 먹지 마."

"그러지 말고 나도 먹게 해 주라."

"절대로 안 돼."

그리고 마주 앉아서 말없이 묵묵히 점심밥을 먹고 있자니, 옆집 정원에서 웃음소리가 들린다. 흘끗 그쪽을 바라보니, 두 딸이 아버지의 정원 일을 돕는다고 손수레를 밀어 흙을 나르고 있다. 아버지는 밀짚모자에 장화를 신고, "물, 물 뿌려라" 하고, 귀여운 딸들은 "네" 하고 입을 모아 대답하고 후다닥 달려간다. 아이들 엄마가 툇마루의 미닫이문을 열고 "차 마실 시간이에요" 하고 빨간 쟁반과 보온병을 들고 나타난다. "와아" 또 귀여운 목소리가 난다. 나는 아들이 그 장면을 보고 마음에 상처 입는 건 아닐까 하고 불안해진다.

아들은 숟가락을 든 채 유리문 밖을 보면서, "잠깐 엄마, 저거 봐" 하고 나를 부른다. "봐봐, 봐봐. 저기 저 이상적인 집 말이야. 텔레비전 드라마 장면 같아. 비정상 아냐?" 하고 케첩이 덕지덕지 묻은 접시 위 밥에 숟가락을 꽂아 넣는다.

"저게 건전한 가정이에요. 저 집 아버지는 딸에게 건강을 해치니까 공부하지 말라는 말을 할 정도로 자상해."

"뭐? 점점 더 비정상이잖아."

"너 말이지……."

"잘 먹었습니다."

"너 말이야."

아들의 모습은 이미 어디에도 없다.

그러자 이제 ○십+이 되려는 여자가 배낭 안에 잠옷과 칫

42

솔을 넣고, "아-아-아-" 하면서 우리집 현관으로 들어와 말한다.

"어디, 불행한 집구석 없을까. 저기…… 있잖아……. 나보다 더 불행한 사람 어디 없을까나. 어때, 스즈키 씨네 아들은?"

"입학시험에 합격했대."

"아, 짜증 나. 다니구치 씨네 바람나서 난리 난 건?"

"가라앉았어."

"아니, 왜?"

"이유가 뭐든 상관없잖아."

"그러게. 그래도 재미없어. 난 말이지, 묵직한, 어떻게도 해 볼 수 없는 결정적인 불행은 싫어도 사람들이 조금은 불행한 게 좋아. 저 이웃집 남편은 바람 안·피우려나."

"안 피워요. 글쎄 요전번에 길을 걷고 있는데 저쪽에서 멋진 여자가 오는구나 했더니, 글쎄 자기 마누라였대."

"아니, 어떻게 그런 일이 있을 수 있어? 비정상 아냐?"

"그러거나 말거나……, 너도 참."

배낭을 메고 온 여자는 남편이 집을 나가 버리더니 나간 지 5년째 되는 해에 전화를 걸어와 위자료 50만 엔 줄 테니 헤어지자고 했다고 한다.

"50만 엔은 아니지 않아?"

"흐음. 너, 남편과의 그게 안 좋았던 거 아냐? 있지, 그거 할 때 보자기 뒤집어썼던 거."

"그렇지만…… 창피하잖아."

"몇 년 함께였지?"

"17년이야."

43

"17년을 늘 보자기를 썼다는 거지?"

"그래."

"비정상 아냐?"

"어머, 고로 씨 크리스천이었거든."

"흐음, 크리스천은 보자기구나. 그래서 아이가 안 생긴 거야?"

"응, 전혀."

역시 아이는 인간의 의지로 생기는 게 아니었다.

2.

부지런하고 성실한 인류여

창피한 일

내 인생에는 창피한 일이 많이 있다. 죽어서 저 세상까지 가져가고 싶은 창피한 일도 두 개 있는데, 그것은 말하지 않겠다.

내가 임산부였을 때는 미니스커트의 전성기였다. 나는 경박한 사람이라 나날이 배가 불러오는데도 치마를 짧게 입고 다녔다. 어느 날 신다이타 간나나도오리의 보도를 걷고 있는데, 자동차 운전수가 지나가면서 나를 보고 히죽히죽 웃었다. 나는 그 웃음이 히죽히죽 같지 않고 싱글벙글 같이 생각됐다.

그래서 조금 새침하게 허세를 부리며 걸었다.

그러나 그 싱글벙글이 지나치게 길었다. 돌아보는 것이 좋겠다는 예감이 들었다. 뒤돌아보니 글쎄 팬티가 보일락 말락 아슬아슬한 치마 밖으로 복대가 풀려나와, 땅바닥에 2미터나 질질 끌리고 있었다.

그건 창피한 일이었다. 하지만 그런 일은 정말로 창피한 건 아니다.

전철 문 옆에 서 있는데 중년의 인품 있어 보이는 점잖은 신사가 내 하반신을 뚫어져라 보면서 때때로 얼굴을 돌렸다. 나는 전철에서 치한을 만난 적이 없는 사람이라서,

친구들이 치한이 그 부근을 만졌다며 "기분 나빠!" 하는 말을 들으면 괜히 기분이 근질근질해졌다.

빨리 치한이라는 것과 대면해서 "무슨 짓을 하는 거예요?" 하고 그 손을 비틀어 올리든가, "어딜! 힘들걸" 하며 요리조리 방어 자세를 취해 보고 싶었기 때문이다.

전철이 들어와 막 정차하려는 참이었다. 신사가 나를 향해 돌진해 오는 게 아닌가. 왔군, 왔어. 그는 내 옆에 바싹 다가와서 귓가에 대고 속삭였다. "지퍼가 열렸어요." 그러고는 바람처럼 사라져 갔다. 정말로 신사였던 거다. 그때는 창피했다. 열린 지퍼보다도 아무도 몰랐던 내 마음이. 하지만 그것도 진짜로 창피한 것은 아니다.

편집자가 나를 훌륭한 선생님에게로 데려간다고 했다.

'○○王子 선생님'이라고 편지에 쓰여 있었다. 나는 즉각 하얀 말을 탄 젊고 늠름한 왕자ヲ子님을 연상했다. 나는 아침부터 미용실에 가 머리를 다듬고 단벌 노란 원피스를 입고 꽃다발까지 들었다. 편집자가 수상쩍은 작은 회색 건물로 들어갔다. '그래, 왕자님은 세상으로부터 몸을 숨기고 있어.' 문이 열리고 고상한 주름투성이 할머니가 나왔다. 방 안에 책이 쌓여 있었다. 고상한 할머니가 차를 내왔다.

세상의 이목을 피해 사는 왕자님의 시중을 들려면 이 정도 고상한 사람이 아니면 안 되지. 그렇기는 해도 왕자의 등장이 너무 늦네.

할머니는 오도카니 내 앞에 앉아 고개를 갸웃하며 생긋 웃었다.

편집자가 나에게 말했다. "○○王子[다마코] 선생님입니다."

할머니는 "○○王子[다마코] 입니다."라고 말하고 한 번 더 생긋 웃었다.

나는 혼자서 창피해 하면서 허둥댔다. 그러나 이런 건 단지 섣부른 지레짐작을 한 것일 뿐이니 진짜 창피해야 할 일은 아니다.

아버지와 회사를 같이 다니는 여자가 현관에서 "칸나를 받으러 왔어요."라고 했다. 분명 회사의 어느 문인가가 잘 여닫히지 않아서 가까운 집의 칸나*가 필요한 거겠지 하고, 나는 선반에서 칸나를 꺼내 현관에 얌전히 놓고 여자 쪽으로 밀어 줬다.

여자는 눈을 동그랗게 뜨고 "아니, 그 칸나요" 한다. 나도 눈을 동그랗게 뜨고 "네 ,이거 칸나예요."

"아니, 알뿌리 쪽이요." 나는 잠시 머리를 빙빙 굴리고 이해했다.

그리고 새빨개진 얼굴로 아버지가 파내어 둔 칸나Canna▲ 알뿌리를 신문지에 쌌다. 이것도 별로 창피하지 않다.

나는 스무 살에 콘택트렌즈를 꼈다.

그 무렵 콘택트렌즈를 끼는 것은 흔치 않은 일이어서 어

• 대패를 일본어로 '칸나'라고 함
▲ 외떡잎식물 홍초목 홍초과 홍초속 식물의 총칭

쩐지 남들 모르게 코 높이는 수술이라도 한 것처럼 떳떳치 못했다. 나는 가장 친한 친구에게만 그 사실을 얘기했고, 그 친구가 내 눈을 들여다보지는 못하게 했다.

어느 날 전람회에 갔는데 건너편에서 목소리가 크기로 유명한 여자가 나를 향해 다가왔다.

이거 큰일이다 싶어서 나는 조금 뒤로 물러났다. "사노 씨, 콘택트렌즈 꼈다면서요?" 그녀는 10미터쯤 되는 저 멀리서 소리치며 다가왔다. 나는 벽에 딱 붙어 버렸다.

그녀는 내게 다가와 "저기요, 보여 줘요, 보여 줘요" 하면서 어깨를 덥석 잡았다. 나는 헐떡이면서 고개를 세차게 내저었다. 아마 그러면서 아직 렌즈가 익숙하지 않은 눈알을 희번덕거렸을 것이다.

그 당시에는 보기 드물던 콘택트렌즈가 톡 하고 떨어졌다. 그때 전람회장 바닥을 엉금엉금 기며 그것을 찾아 돌아다니던 창피함. "하하하, 콘택트렌즈란 게 떨어지는군요. 하하하" 하고 웃던 그 목소리 큰 여자에 대한 증오. 나의 창피함은 세월이 흐르면서 당연하게 뻔뻔함으로 바뀌어 갔다.

고속도로에서 나는 요의를 느꼈다. 차에서 내려 야트막한 언덕에 올라 도로를 내려다보고 볼일을 보면서, 이 세상에 이보다 더한 쾌감이 과연 존재할까 하면서 푸른 하늘을 올려다봤다.

그때 돌연 관광버스가 줄지어 앞을 지나가면서 승객들이 모두 나를 쳐다봤다.

버스의 관객과 내 시선이 단단히 얽히는 높이였다.

인간의 시력이란 것에 대해서 그 뒤로 나는 좀 더 신중히 생각하기로 했다.

창피함이란 아무래도 확률의 문제이며, 민족성의 문제이지 절대적 근거가 있는 것은 아니다.

엉덩이를 드러내 놓고 나란히 앉아 쉬를 하는 민족도 있고, 페니스에 뿔 같은 걸 꽂아서 맨허리에 높이높이 세우는 민족도 있다.

대학 시절 멋쟁이 여자아이가 『말테의 수기』 문고본을 가지고 있었다.

나는 말테라는 이름에 매료됐다.

"빌려줄래?" 하자, 그 애는 "사지 그래?" 했다.

나는 쥐구멍이라도 있으면 더 깊이 파고 들어가 숨고 싶었다. 나는 어디를 파도 책을 살 돈이 나오지 않았었다.

아르바이트를 해서 받은 첫 월급으로 야요이쇼보* 릴케 전집의 『말테의 수기』를 샀다.

나는 완전히 빠져 버렸다. 나는 거의 10년을 빠져 지냈다. 변변치 못한 나의 책꽂이에서 가장 소중한 책은 작은 보라색 릴케 전집이었다.

이것이 창피하다.

나는 빠져 있으면서도 도저히 다른 사람에게 릴케에 빠져 있다고 말하지 못했다. 한때의 흥분이 식은 지금도, 예

---

* 출판사 이름

전에 릴케를 좋아했다는 얘기는 창피해서 못한다.

왜일까? 이것은 순수하게 영혼의 문제다. 치마 밖으로 복대가 삐져나온 것과는 사정이 다르다. 만약 온 세상 사람이 다 『말테의 수기』를 읽었다면 나는 전 세계를 대신해서 창피해 할 것이다.

영혼의 문제는 은밀한 것이라서 책꽂이 같은 곳에 진열해서는 안 된다.

어떤 생활을 하든 창피한 생활이란 건 없다.

그러나 영혼을 책꽂이에 진열하는 것은 창피하다.

시인은 창피하지 않은 걸까.

그중에서도 특히 베스트셀러 시인은.

굉장히 날씨가 좋은 문화의 날이었다

신혼일 때, 시멘트 모르타르 2층 다가구 주택에 살았다.

다다미 여섯 장 크기 방에 세 장 크기의 부엌이 딸려 있었고, 바깥쪽에 붙어 있는 계단을 누군가 올라오면 덜컹덜컹 소리가 났다.

문화의 날,• 옆집 신혼부부 방에서 대낮에 이상한 소리가 났다. 나는 붙박이장의 이불을 몽땅 끌어내리고 안으로 기어올라 가서 숨을 죽였다. 그리고 내 뒤를 따라 기어올라 오려는 남자에게 작은 소리로 "컵, 컵" 하고 말했다. 남자는 술집에서 공짜로 얻은 컵을 들고 다시 기어올라 왔다.

컵은 별로 도움이 되지 않았다.

굉장히 날씨가 좋은 문화의 날이었다.

다음 날, 철 계단에서 마주친 하얀 피부의 고상한 부인이 나에게 "어제는 미안했어요" 하고 예의 바르게 말했다.

"네?" 하면서 나는 두리번두리번 딴전을 피우며 하늘을 올려다봤다. 문화의 날 다음 날도 하늘은 새파랬다.

다른 대낮에 내가 방에 있자니까, 바깥 계단을 불규칙적으로 천천히 올라오는 소리가 들렸다. 잠시 후에 그 소리는 우

• 11월 3일. 일본의 경축일 중 하나

53

리 집 앞에서 멈췄고, 조심스럽게 문 두드리는 소리가 났다.

문을 열자 새카만 안경을 끼고 하얀 지팡이를 든 중년의 아저씨가 끈으로 묶은 작은 트렁크를 들고 서 있었다. 양손이 부들부들 떨리고 있었다.

"칫솔 좀 사 주시겠어요?"

"아, 필요 없는데요."

"고무줄도 있습니다."

아저씨는 좁은 현관에 주저앉아 눈 깜짝할 사이에 부들부들 떠는 손으로 끈을 풀고 트렁크를 열었다. 작은 고무줄 다발과 싸구려 칫솔이 그리 많지 않게 들어 있었다.

"칫솔 사세요."

"저, 있는데요."

"저는요, 눈이 나쁘고요, 사는 것도 힘들어요." 아저씨의 손은 내 눈 앞에서 부들부들 떨었다.

"저기요, 고무줄은 얼마든지 있어도 되잖아요. 3백 엔이에요."

깜짝 놀랄 정도로 비싸고 깜짝 놀랄 정도로 양이 적어서, 나는 부들부들 떨었다.

"비싼 건 알아요, 알고말고요. 하지만 마누라가 중풍이에요." 아저씨는 부들부들 떨리는 손으로 감고 있던 눈을 부들부들 문질렀다.

"한번쯤은 기운 나는 음식을 먹게 해 주고 싶어서요. 정말 한심하지요."

"저, 자녀분도 있겠지요?" 내 나쁜 버릇은 나도 모르게 질문을 하고 만다는 것이다.

"아들만 있는데 아직 어려요."

나는 고무줄 두 다발과 칫솔 세 개를 쥐고 현관에 마주설 때까지 집안 사정을 미주알고주알 캐물었다.

"아저씨, 앞으로 좋은 일이 있을 거예요. 아들은 크면 바로 의지할 수 있잖아요."

아저씨는 내가 일대 결심을 하고 손에 쥔 고무줄과 칫솔을 보며 왠지 자신이 손해 본 것 같다는 표정을 지었다.

"아저씨, 저 계단 가파르니까 조심하세요."

아저씨는 부들부들 떠는 손으로 하얀 지팡이를 들고 크게 절룩거리며 천천히 천천히 계단을 내려갔다. 바람이 불면 넘어질 것 같았다.

잠시 후에 나는 버스를 탔다. 버스가 출발하려 할 때, 굵직하고 힘찬 목소리가 "기다려, 기다려, 이봐, 기다리라니까" 하면서 맹렬한 속도로 달려왔다. 얼굴이 새빨개져서 버스에 올라탄 남자는 겨드랑이에 하얀 지팡이를 꽂고 헉헉 숨을 몰아쉬며 운전사에게 달려들었다. 남자는 "내가 달려오는 게 백미러로 보였을 텐데. 백미러는 뭣 때문에 단 거야" 하고 크게 소리를 질렀다. 불끈 두 눈을 부릅뜨는데 실로 에너지가 넘쳐 보였다.

'그 아저씨야!' 나는 크게 놀랐다.

나는 서둘러 아저씨가 볼 수 없는 버스 안쪽으로 헤치고 들어갔다. '얼굴을 마주치면 난처할 거야, 뭐가 난처한지 모르겠지만 어쨌든 난처해.' 나는 죄지은 사람처럼 살그머니 뒤로 돌아서서 꼼짝 않고 있었다.

한참 지나서 계단에서 옆집 부인과 마주쳤다. 옆집 부인은 임부복을 입고 배 위에 양손을 살짝 올려놓고 있었다.

나는 당황해서 눈을 돌리고 물었다.

"저기요, 댁에도 고무줄 파는 아저씨 왔어요?"

"왔어요."

"샀나요?"

"아뇨, 남편이 강매하는 사람한테는 문 열지 말라고 해서요."

나는 두리번두리번거리다 또 하늘을 봤다.

왠지 그날도 하늘이 파랬다.

어제 트루먼 카포티의 책을 읽었다. '카멜레온을 위한 음악'이라는 제목이다.

그 속에 「존스 씨」라는 단편이 있었다. 정말로 짧디 짧은 단편.

뉴욕 브루클린의 하숙집에 검은 안경을 낀, 다리를 저는 존스 씨가 하숙집에서 한 발자국도 나오지 않고 살고 있다. 수많은 사람이 찾아온다. 분명 목사와 의사의 중간치 비슷한 인물일 거라고 작가는 생각한다. 10년 후 모스크바의 지하철에서 작가는 존스 씨와 마주친다. 존스 씨는 검은 안경도 끼지 않았고 우뚝 서 있다가 성큼성큼 똑바로 걸어 지하철에서 내렸다. 문이 철커덕 닫힌다.

나는 그 고무줄 팔던 아저씨가 떠올랐다.

부지런하고 성실한 인류여

다미야 군은 술이 취하면 뭐든 직각으로 고쳐 놨다. 우선 책상 위의 담배를 똑바로 놓고 성냥을 1센티쯤 정확하게 담배와 평행으로 배치하고는 누가 담배에 손을 대려고 하면, "앗, 앗" 하고 뱃속에서부터 짜내는 듯한 소리를 내며 "제대로, 있던 자리에 놓으라고" 하고 타인의 손을 뚫어져라 노려봤다. 그리고 자신은 등받이 없는 의자 위에 앉아 흔들거리면서 재떨이를 노려보다가 "조금 비뚤어졌어" 하고 몇 번이나 고쳐 놓고, 휘청휘청 곡선을 그리면서 바^{bar} 밖으로 나가서는 문 밑에 깔아 놓은 매트를 "영차" 하고 직선으로 고쳐 놓고 손을 털고는 계속해서 그 옆에 있는 문의 매트로 돌진했다. 취하지 않았을 때는 일처리가 실로 깔끔한 그래픽 디자이너인 그는 1밀리의 10분의 1의 오차도 난리를 쳤다. 3센티나 10센티의 오차에도 태연한 나에게는 경이로움 그 자체였다.

오오타케 군은 아침 5시 반에 일어나서 온 집 안의 덧문을 열어젖히고 서둘러 전기밥솥의 스위치를 누른다. 그러고 나서 자동차를 닦고, 그러고 나서 또 무엇을 하는지 모르지만, 어쨌든 그 오오타케 군의 가족은 열일곱 명으로, 어머니와 형수에다 가사도우미도 있다. 독신인 오오타케 군은 특별히 누가 그렇게 하라고 시키는 것도 아닌데 그렇게 한다. 회사에도 누구보다도 일찍 와서 여름이면 반바지로 갈아입고, 겨울에는 바지 위로 털실 복대를 내보인 채 청소기를 왱왱 돌린다. 그는 한 번에 네다섯 개의 도면을 그리고, 그사이에 경리 일도 하고 이중장부까지 만든다.

다니야마 씨는 아파트 방 세 개 중 하나를 업무실로 삼고, 부엌에서 아침밥을 먹고 나면 반걸음 거리도 안 되는 그 방에 도시락을 갖고 출근한다. 점심에는 부인이 먹는 식탁에서 70센티도 떨어지지 않은 자리에서 혼자 도시락을 까먹고, 6시까지 두 번 다시 얼굴을 보이지 않았다. 소변볼 때만 나온다. 철야를 하게 되면 작업실에 이불을 깔고 선잠을 잔다. 일곱 걸음 걸어서 부인 옆 이부자리로 들어가는 일은 결코 하지 않는다고 부인이 말하는 것으로 보아 거짓말은 아니다.

우리 고모는 목욕물을 데우면 단 1분도 목욕탕을 비우지 않고 일곱 명의 가족을 순식간에 목욕하게 했다. 스스로 물을 다시 데우는 것을 용납하지 않았다. 때때로 고모집에 놀러가면 여덟 명 째가 되는 나는 발가벗은 채로 목욕탕 앞에서 바들바들 떨며 먼저 들어간 사람이 나오는 것을 기다려야 했다. 고모는 각종 포장지를 정성스레 벗겨 모퉁이를 가지런히 접어 쌓아 놓았고, 끈은 이어 말아서 커다란 공을 만들어 놓았다. 그런 공이 서너 개나 들어 있는 상자 옆에는 이면지로 쓸 하얀 광고지도 쌓여 있었다.

약속 시간에 1초도 늦지 않고, 1초도 이르지 않게 집의 벨을 울리는 야마시타 씨는 5분 늦을 때는 전화를 걸어서

"미안, 5분 늦어."라고 전한 다음, 5분에서 1초도 늦지 않고 1초도 이르지 않게 벨을 울린다. 야마시타 씨는 뭔가를 하던 중에 주스 잔을 쓰러뜨려 핸드백을 적시면, 하던 뭔가를 중지하고 벌거벗은 채로 욕실에 들어가 핸드백을 닦고는 다시 돌아와서 하던 일을 계속한다고 한다. 이것은 야마시타 씨와 함께 뭔가를 하고 있던 사람이 한 말이니까 진짜다.

도모코 씨는 여행을 가면 9시부터 스케줄을 소화하기 시작해서 비는 시간이 15분이라도 있으면 코인 세탁소에서 세탁을 하고, 지하철과 버스의 소요 시간을 조사해서 단 2분의 시간 낭비도 하지 않으며, 밤 9시에 호텔에 돌아오면 짐을 싸서 아침 9시에는 우체국 창구에서 발송한다. 열이 있어도 침대 위에서 해열 좌약을 넣고 "괜찮아, 괜찮아."라고 끄덕이고 미술관으로 향한다.

사토 군은 아내가 잠들어 있는 동안에 세탁을 한다. 브래지어를 손으로 빨고 마른 팬티를 돌돌 말아 장롱에 색깔별로 정확하게 넣는다. "여보, 파란 캐시미어 스웨터 어디 있어?" 하고 아내가 물어보면, "2층 장롱 세 번째 오른쪽 끝 위에서 두 번째" 하고 그 자리에서 대답한다.

그리고 세탁기가 고장 나면 분해해서 바지런히 손을 놀려 부품을 고쳐, 12년이나 같은 세탁기를 사용하고 있다.

미야코 씨는 면 행주를 매번 소독하고 표백해서 다리미질을 하고, 도마는 채소용, 생선용, 고기용으로 각각 대중소 순서대로 나란히 놓으며, 물 마시는 컵과 맥주 마시는 컵을 따로 하고, 가계부는 10엔의 차이만 나도 은행원이 잔업 하는 태세를 하고선 책상 앞에서 떨어지지 않는다.

아아, 인류여, 남자여, 여자여, 어쩌면 이렇게 부지런하고 성실한가. 나는 타인의 부지런함과 성실함 때문에 멍해지고 만다.

생활이란 종잡을 수 없거늘, 그 종잡을 수 없는 것 속에 사람들은 각각 자신의 잣대로 스스로를 재면서 거의 대부분 병처럼 자신의 스타일을 고집하려고 한다. 남이 관리하지 않아도 스스로 자신을 관리한다.

나쓰메 소세키가 어딘가에 이렇게 썼다.

"말이 필요 없는 현묘한 경지, 방자한 안정安靜, 노력 없는 상상(구름이 산봉우리로부터 나오듯이 일어나서 자연히 사라진다), 무저항의 방임, 목적 없이 조용히 누워 있기, 아무것도 하지 않아서 편안해지는 권태"

그리고 가늘고 긴 종이인지 천인지에다 고승의 처소를 그리고 거기에 두 그루 나무와 자그마한 산과 구름을 곁들이고는 그 처소 안에 멍하니 앉아 있는 남자 하나를 그렸는데, 이것이 그가 그린 이상적인 은자의 생활인가.

소세키도 대단히 부지런한 사람이었음이 분명하다. 때로는 자신의 부지런함과 성실함에 지치면서도, 여전히 계속해서 부지런하게, 멍하니 아무것도 안 하는 무언의 현묘한 경지를 성실히 그려 내곤 한다. 위궤양을 앓을 만큼 온갖 군데에 부지런히 신경 쓰면서도 한편으론 게으르게 지내는 것을 꿈꿨던 걸까. 역시 메이지 시대●의 문인은 위대하구나.

●메이지 유신(일본 메이지 왕 때, 막번 체제를 무너뜨리고 왕정복고를 이룩한 변혁 과정) 이후, 메이지 왕이 통치하던 시기(1868~1912년)를 가리킴

나는 고급한 철학 같은 건 처음부터 가지고 있지 않으므로, 신주쿠의 지하도에 뒹굴뒹굴 누워 있는 아저씨들이 부럽다.

나는 식당 테이블에 멍청히 앉아서 두 시간이든 세 시간이든 집 앞의 참억새를 바라보곤 한다. 눈썹을 움직이는 것조차 귀찮다. 지진이 와도 도망치지 않을 거야 하고 생각한다. 장식장 안의 정리해야 할 물건들이 생각나지만 그것들을 직각으로 정리해 놓는다 한들 내 마음이 정리되는 것도 아닌데 하며 그냥 둔다. 이런 내가 아들 방에 들어가면 이성을 잃고 "이 팬티는 뭐야, 그 컵은 언제부터 거기 있어. 넌 돼지니? 돼지도 시간이 되면 똑바로 일어난다" 하고 꽥꽥댄다. 나는 부지런하지 않다. 그렇기 때문에 부지런하고 싶다고 생각하고, 아들 역시 부지런하고 성실하길 바란다.

물자를 아껴야 하는데, 목욕물을 너무 많이 받아서 급히 서둘러 빼고 그러다가 지나치게 빼서 다시 물을 받는 것은 언어도단이다. 사용 안 하는 방에 난방을 넣고, 전기 끄는 것을 잊고, 냉장고 안의 것들을 버리거나 해서는 안 된다.

일은 마감 전에 완성하고, 약속 시간은 지키고, 더러워진 것은 잽싸게 빨아야 한다. 그리고 그렇게 하다가 지쳐 기진맥진해서 죽는 것이 인간의 삶인 것이다.

그러나 생각해 보면, 신주쿠의 노숙자 아저씨가 부럽다고 말하거나 혹은 남쪽 섬에서 하루 온종일 태양과 푸른 바다를 바라보며 슬쩍 손을 올려 파파야를 따 먹고, 아이들에게 공부하라고 말할 일도 없으며, 아이들 역시 누워서 파파야를 따 먹고, 그렇게 늙어서 평생을 마칠 수 있다면 그것도 좋지 않나 하고 생각하는 것도, 영차 영차 부지런하게 살아야만 하는 문화 국가의 인간이기 때문에 그러는 게 아닌가. 오오타케 씨, 5시 반에 전기밥솥 스위치 눌렀나요? 사토 군, 아내의 팬티 둥글게 말고 있나요? 나도 이빨 안쪽까지 꼼꼼히 닦을게요.

다가가고 싶지 않은 사람들

오빠가 걸음마를 시작했을 때쯤 길을 잃은 일이 있었다. 하얗게 질린 어머니가 파출소에 가니 오빠는 경찰 아저씨 무릎에 안겨서 기쓰네 우동을 먹으면서 훌쩍거리고 있었다고 한다. 나도 길 잃은 미아가 되어 파출소에서 기쓰네 우동을 먹고 싶다고 생각했다. 아버지와 어머니가 "그런 짓을 하면 경찰 아저씨한테 이를 거야" 하고 나를 겁준 기억은 없다. 그런데도 나는 조금 크자 아래 여동생을 겁줬다. 동생이 내 말을 따르지 않으면, 나는 고다쓰 전기 플러그를 빼서 전기 플러그를 향해 "여보세요, 경찰 아저씨 예요? 여기……"라고 했다. 그러면 여동생은 나에게 달라붙어서 "잘못했어, 잘못했어" 하고 울었고, 나는 나의 뛰어난 아이디어에 만족하여 회심의 미소를 지었다.

나는 초등학교 수학여행에서 35엔짜리 브로치를 슬쩍한 적이 있다. 그날부터 별안간 경찰 아저씨가 수갑을 들고 교실로 나를 잡으러 올 거라는 공포 때문에 녹초가 될 만큼 지쳤고, 길에서 경찰 아저씨와 마주치면 실신할 것 같았다. 그 이후로 나는 깨끗하고 바르게 산다.

나는 어른이 되고 나서 경찰을 '국가 권력의 앞잡이'라든가 '개'라고 비판적으로 생각한 적이 없을 정도로 사회

구조에 둔하지만, 그렇다고 해서 설마 그런 일이 일어날까 싶던 일이 나에게 일어났을 때, 경찰이 믿음직한 아군이 되어 나를 지켜 줄 거라고도 생각하지 않는다.

텔레비전의 형사물을 지나치게 본 탓인지, 형사가 책상을 '쾅' 하고 쳐서 범인이 놀라는 것을 보면 반사적으로 고바야시 다키지●의 시신이 눈에 떠오른다. 나는 아마 그 '쾅' 한 방에 공포에 질려서 한 움큼도 안 되는 있는 일, 없는 일을 다 불어 버리고 바로 사형에 처해질 것이다. 가능한 한 어떤 일이 있어도 경찰 아저씨와 가까워지고 싶지 않다. 경찰 아저씨에게 다가갈 일 없이 죽고 싶다는 게 내 바람이다.

여동생이 공동주택에서 혼자 살 때 도둑이 들었다.

월급 전부와 저금통장을 도둑맞았다며 몹시 놀라서 내게 전화했다.

"저금은 얼마 있었는데?"

"140만"

"뭐? 140만! 너 140만이나 갖고 있었어? 흐음, 140만"

나는 도둑보다 140만 엔에 더 깜짝 놀랐고, 140만이라니, 엉큼한 것이라고 생각했다. 그래도 동생에게 서둘러 달려갔다.

경찰차가 서 있고 경찰 아저씨가 여동생 방에 있었다. 중년의 경찰 아저씨는 다다미 여섯 장짜리 방 한가운데 우

● 일본 프롤레타리아 문학 작가

뚝 서서 차분하고 느긋하게 방을 둘러보고 "호오, 제법 좋은 방이네요. 욕실은 이쪽입니까?" 했다. 140만의 행방보다 젊은 여자의 방을 살펴보는 것을 더 흥미로워 하는 것 같았다. "지문은 채취하지 않나요, 지문은?" 나는 텔레비전에서 봤던 것처럼 해 주길 바랐다.

"뭐, 채취해도 되지요." 경찰 아저씨는 땀띠 파우더 같은 것을 장롱에 탁탁 처바르면서, 지문은 안 보고 "피아노도 있네요" 하고 피아노가 있는 것이 불만인 듯 말했다. 그는 명색은 갖췄다는 듯이 날름 지문 두 장을 벗겨 내더니 돌아갔다. "저래서야 원. 140만은 포기해야겠다." 나는 140만 엔에 집착했다. 의사 눈에 감기 환자가 별 볼일 없듯이 경찰 아저씨도 좀도둑으로는 정열이 솟지 않는 모양이다.

그러나 여성 경찰은 정열적이다. 차를 잠시 정차하고 5분을 살짝 넘겨 6분째 차가 있는 곳에 돌아와 보면, 그 1분을 용서하는 법이 없다. 정의가 제복을 입고 있는 거다. 기억해 두길. 여성은 정의의 편임을. 내가 오토바이를 타고 신호등 때문에 멈춰 서 있자니까 경찰 오토바이가 사이렌을 울리며 다가왔다. "왜 멈췄지?" 무례함을 그러모은 말투란 저런 걸 말한다.

"신호등이 빨강이라서요."

"앗, 그래요." 이건 뭔가. 사과하란 말이다.

우회전 금지 신호를 깜박하고 우회전했더니* 파출소 앞이었다. 당연히 경찰 아저씨는 신나게 호루라기를 분다. 구

---

* 일본은 자동차가 좌측 통행이다.

차하게, 나는 오로지 잘못을 빈다. 깜박해도 좋은 것과 그래선 안 되는 것이 있다는 것은 나도 잘 안다. 그렇기에 오로지 잘못을 빈다. 구구하게.

"무슨 급한 일이라도?"

"약속 시간에 정신이 팔려서……."

"무슨 약속인데요?"

"식사 약속이요."

"어디서 식사를 하나요?"

"호텔 오쿠라요."

"호텔 오쿠라. 흐음, 좋은 팔자네요." 이건 이 일과 무관한 질문 아닌가요. 하지만 나는 괜히 잘못 거슬렀다 본서에 연행되어 쾅 하고 책상이라도 치면 어떡하나 하는 공포 때문에, 오로지 잘못만 빈다. 비는 데 그치지 않고 스스로 비위도 맞추는 비굴한 태도를 취한다.

밤에 차를 몰고 가는데, 돌연 경찰 아저씨가 어둠 속에서 나타났다. '면허증'을 잊고 나왔다. 포기가 빠른 나는 체념했다. 경찰 아저씨 앞에서 비굴해지는 것은 나의 버릇인 듯하다. 옆자리의 아이를 안아 올리고는, "저기요, 경찰 아저씨, 멋있으시네요. 가면라이더* 같아요."라고 입에서 말이 미끄러져 나온다. 가면라이더 경찰 아저씨는 "오늘은 봐드리죠. 조심해서 가세요" 한다. 이건 뭐야. 봐준 거는 고맙지만, 경찰이 이렇게 원칙이 없어도 되는 건가 하는 생각이 들면서 나는 혼란스러워진다.

• 일본 TV에서 방영된 특수촬영 어린이 TV드라마 시리즈

속도위반에 걸려 베니어판으로 칸막이 된 작은 방 안에 들어간 적이 있다. 벽에 '시민에게 사랑받는 경찰이 되자'라는 포스터가 걸려 있었다.

경찰 아저씨가 들어와 실로 친절한 목소리로 "요즘 어떠신가요?" 하며 두 손을 비볐다. 이것이 시민에게 사랑받는 노하우란 건가? 하고 나는 조금 놀란다. 속도위반한 것은 난데. 그때 우당탕탕 옆방으로 아우성치며 한 남자가 들어왔다. "뭐, 뭐지요?" 살인범인가 하고 나는 가슴이 두근거린다. "아니, 술에 취해서, 바의 문을 두드려 깼어요." 옆이 조용해지자 거기에서도 경찰 아저씨의 목소리가 들려왔다. "요즘 어떠신가요?" 바의 문을 두드려 깬 선량한 시민이 뭐라고 대답했는지는 들리지 않았다.

느릿느릿 달리는 경찰 오토바이를 휙 추월해 버렸다. '길도 한가한데 왜 이렇게 느리게 가는 거야' 하면서. 즉각 사이렌이 울렸고 나는 길옆에 차를 세웠다.

"당신 말이야, 내가 8년간 오토바이를 모는데 추월당한 건 처음이요. 당신이 경찰을 추월했다고."

"저, 내가 차 안에서 손을 흔드는 거 안 보였나요? 길을 묻고 싶었어요."

이런 정도로 벗어날 거라고는 나도 생각하지 않았지만.

"내려요." 경찰 아저씨는 오토바이 뒤의 쿠키 상자같이 생긴 것을 열더니 안에서 지도를 꺼냈다. 그 하얀 상자 안에는 지도가 들어 있답니다, 여러분.

"따라와요." 경찰 아저씨는 오토바이에 올라타더니 사이렌을 울렸고, 나는 그 뒤를 필사적으로 따라갔다. 차가 길 옆에 모두 멈춰서네. 신호고 뭐고 마구 무시하네. 기분 좋 아라. 오토바이를 타고 있는 경찰도 신나겠는 걸. 그런데 이런 식으로 달려도 괜찮을라나.

내가 절세 미녀였다면 그 오토바이 경찰 아저씨는 세상 끝까지 나를 끌고 갔을지도 모른다. 나는 예정에도 없던 친구네 주소를 엉겁결에 말했고, 가고 싶지도 않던 친구네 에서 커피를 마셨다.

나는 경찰 아저씨가 같은 일본 국민이 아니라고 생각하 는 건 아니다. 금발에 파란 눈의 경찰 아저씨는 본 적이 없 으니까. 그러나 경찰과 편하게 마음을 나눌 자세는 지녀 본 적이 없다.

나는 경찰 아저씨를 보기만 해도 흠칫한다. 아무 짓 안 했는데도 그렇다. '시민에게 사랑받는 경찰이 되자'라는 포 스터를 만든 경찰은 산길에 마네킹 경찰을 세워 놓아 가는 사람을 흠칫하게 만든다.

어떠냐, 경찰이다. 흠칫 놀랄 것이다 하고. 당국은 잘도 아신다.

다카하시 다카코를 읽은 밤

"저기 있잖아, 넌 어떻게 생각해?"

전화기를 들어 올린 순간 시모다카이도 니초메의 볕이 들지 않는 맨션에 사는 마리코가 다급한 목소리로 말했다. '어떻게 생각해?'라는 말을 들으면 온갖 생각이 다 떠오르는 나는 "뭐? 뭐?" 하고는 읽기 시작한 다카하시 다카코*를 엎어 놓고, 한밤중인 12시라도 자세를 바로잡는다.

"기요시가 글쎄, 중역이 됐어."

기요시는 12세 소년이 아닌, ○십이+二 세의 훌륭한 어른이다.

"그래서 이제 연봉도 ○천만 엔 넘는다고. 근데 중역이 됐으니까 첩 한둘쯤 있어도 이상하지 않다고 하는 거야. 심하지 않아? 너무해. 나 첩 아니야." 마리코는 실룩실룩 울고 있다.

"잠깐, 기요시는 첩을 그런 뜻으로 말한 게 아니야, 널 사랑한다는 거야. 도대체가 넌 말이야, 항상 말에 휘둘리면서 본질을 놓친다니까."

"어머, 첩이 첩이지, 무슨 뜻이겠어. 역시 결혼해야겠어.

• 일본의 소설가

이런 생활은 아무 보장도 없어."

"너, 어째서 결혼이 보장이라는 거야? 너 결혼에 한 번 실패했잖아. 결혼이 아무것도 보장해 주지 않는다는 거, 자기가 가장 잘 알 텐데."

"이번엔 제대로 할 거야."

"도대체 말이야, 네가 선보는 일을 기요시한테 의논한다는 게 이상한 거야. 그래 놓고 기요시가 첩이라고 했다고 울어?"

"뭐가 이상하다는 거야, 응, 왜?"

"아유, 적당히 좀 해."

"응, 응, 왜?"

"나 원 참. 근데 정말로 중역이 되면 연봉이 ○천만이야?"

"그래, 넌 어떻게 생각해? 내가 '가끔은 꽃이라도 사 와요' 했더니, 그 남자가 뭐라고 했을 거 같아? '꽃은 금방 말라 버리니까 아까워. 하지만 당신이 그렇게 꽃을 보고 싶다면, 고토 꽃집에 데려가 줄게'래. 자긴 언제까지라도 기다려 줄 테니까, 실컷 꽃을 보고 냄새를 맡으라고 하는 거야. 이게 ○천만 엔 연봉 받는 남자가 할 소리야?"

"흐흠, 아이디어맨이네, 기요시는."

"넌 어떻게 생각해? 요전번에 '있잖아, 기요시' 하고 양복을 만졌어. 그랬더니 손을 뿌리치고는 '양복이 반들반들 해지니까 만지고 싶으면 벗을게' 하는 거야. 그리고 정말로 벗었어."

"흐음, 다 벗었어?"

"아니야, 와이셔츠 상태가 됐어. 그리고 내가 와이셔츠

위에서 '저기, 기요시' 했더니, 이번에는 뭐라고 했는지 알아? 한 곳만 만지지 말라는 거야. 거기만 닳는다고. 만지려면 전체적으로, 평균적으로 만져 달라잖아."

"흐음, 그래서 어떻게 했는데?"

"넌 그런 말 듣고 만질 수 있을 거 같아?"

"어머, 만져야지. 전체적으로, 평균적으로 만져 주면 되잖아."

"아니, 그건, 정말은 알몸이 되고 싶었던 거야. 그렇잖아, 다 벗고 알몸이 되면 전혀 닳지 않잖아, 공짜잖아."

"흐음"

"나, 역시 결혼할래."

"누구랑?"

"미쓰이빌딩에 결혼상담소가 있어. 거기는 재계나 의사나 변호사 같은 사회적으로 지위가 있는 사람만 상대하는 결혼상담소야. 내일 가 볼 생각이야."

"너 말이야, 결혼, 결혼하니까 이상해지는 거야. 기요시 정도 지성과 성의가 있는 남자 또 못 찾아. 기요시가 너한테 불성실한 행동한 적 없잖아."

"그야 그렇지만, 결혼은 못하잖아."

"네 나이를 생각해, 나이를. 스무 살 아가씨도 아니고."

"너무하네."

"너무한 게 아니야. 현실이란 걸 인식하라고. 그중에서 '적당히' 라는 게 있을 텐데."

"그러니까 현실로는 기요시랑 결혼 못하니까 상대를 찾아야 한다고 생각 안 해?"

71

"기요시는 널 사랑하고 있어."

"그럴까. 그렇다면 나랑 결혼해야 하잖아."

"아유, 너 사랑이랑 결혼이랑 어느 쪽이 중요해?"

"결혼이 중요하다고 생각해. 안심하고 싶거든."

"결혼만큼 안심 안 되는 것도 없어. 몰라?"

"결혼해서 일 그만두고 남자를 위해서 밥 지어 놓고 기다리는 게 나한테는 맞아."

"그럼 어째서 지난번 결혼 때는 그렇게 하지 않았어?"

"미처 몰랐어."

"그러니까, 넌 지금도 중요한 걸 모르는 거야."

"맞아, 나 뭔가 생각하면 뒤죽박죽이 돼 버려."

"별로 뒤죽박죽된 것도 없는데? 너, 기요시 좋아하지?"

"그걸 모르겠어."

"아유!"

"나 누가 좋거나 하지 않아. 기요시도 물론 싫지는 않아. 하지만 결혼을 못하잖아."

"몰라. 그렇다면 맘대로 해. 몇 년이나 같은 말을 반복하고. 나도 이제 몰라. 이젠 혼자 생각할 때도 됐잖아? 이제 나한테 전화하지 마. 얼른 상대를 찾아 봐. 찾을 수 있다면 말이지. 그럼 안녕. 이제 놀러 오지도 마."

나는 전화기를 내려놓은 순간 '아, 미안해라' 하고 생각했지만, 졸렸기 때문에 잠들어 버렸다. 다음 날 눈을 뜨자, 시모다카이도의 볕이 들지 않는 맨션의 마리코가 걱정되었다. 내가 한 말 때문에 회사도 안 가고 이불 뒤집어쓰고 누워 있는 건 아닐까. 14층에서 뛰어내려 죽으면 어떡하지.

만약 내가 한 말을 유서나 뭐 그런 데 써서 신문에 나는 거 아닐까. 그러면 "이 인정머리 없는, 그래 놓고도 당신이 사람이냐" 하고 신문사에 투서가 산처럼 날아오는 게 아닐까. 나는 그렇게 하루 온종일 우왕좌왕 하면서 담배를 피웠다. '담배 끊어야 하는데, 맞아 마리코는 담배 싫어하지, 잘도 참았었구나, 게다가 결혼 좋아하는 게 뭐가 나빠, 마리코가 결혼 못하니까 기요시랑 헤어진다는데 굳이 반대할 거 없었잖아.'

어디, 마리코에게 적당한 상대 없을라나. 결혼은 사랑 따위에 환상을 품는 여자에게는 안 맞을지도 모른다. 좋아하지는 않지만 싫지도 않은 상대가 가장 좋을지도 모른다.

어쩌자고 난 그렇게 일일이 걸고넘어진 걸까. 그렇다, 다카하시 다카코가 나쁜 거다. 다카하시 다카코를 읽다 보면 시니컬해진다. 어둡고 삐뚤어진 근성이야말로 지적인 거다, 웃거나 하는 건 가당치도 않으며, 웃으려면 입을 일그러뜨리고 희미하게 웃는 정도여야 한다. 타인을 미워하고, 끝까지 미워할 에너지를 찾아내야만 한다, 같은 생각을 하게 된다.

아무래도 초조해진다. 나는 선량하기 때문에 견딜 수 없다. 전화기를 잡자마자 눈을 감고 단숨에 말했다.

"마리코, 미안해. 내가 나빴어. 사과의 의미로 ○○○의 풀코스 살 테니까 용서해 줘."

"정말? 제일 비싼 걸로 사 줘. 언제 사 줄거야? 거짓말이면 안 돼. 후, 후, 후, 후, 후, 그런데 나 운이 좋은걸. 오늘 기요시랑 ○○의 풀코스 먹고 왔어. 그 구두쇠 기요시가 먹는 것만큼은 후해. 어때? 넌 남자가 ○○에서 풀코스 사 준 적 있어? 그런데 말이야, 디저트가 뭐였는지 알아? 정말, 너도 먹었으면 좋았을 텐데. 너 거짓말 아니지, 응? 언제 사 줄 거야?"

다카하시 다카코는 돈이 드는구나, 이제 버릴 테다.

다빈치, 당신 탓이에요

나는 인류의 과학 기술 진보에는 안녕을 고한 사람이다.

1967년 7월, 나는 레오나르도다빈치미술관에 있었다. 시간만 있으면 나는 레오나르도다빈치미술관에 갔다.

하숙집에서 걸어서 3분 거리고, 공짜고, 아무도 없고, 시원했기 때문이다.

그곳은 속눈썹이 길고 잘생긴 남자와의 밀회 장소이기도 했다. 굳이 밀회라고 말하고 싶다. 적어도 감시하는 이탈리아인 아저씨한테는 그렇게 보였을 거라고 확신한다. 그는 거기서 눈이 동글동글 큰 일본인 여자 화가와 키가 크고 수다스러운 이탈리아인 여자를 동시에 사귀고 있는데, 이탈리아인 여자에게 그 사실을 들켜 버려서 어떻게 해야 좋을지 모르겠다고 나에게 하소연을 해 왔다.

"헤어졌다고 하고 몰래 만나면 되잖아" 하고 나는 그다지 도덕적이지 않은 해답을 줬다.

"나 얼굴에 다 나타나."

"그거 곤란하군."

"스릴 있어서 좋긴 하지만."

"어떤 식으로?" 나는 꼬치꼬치 캐물었다.

연애의 쾌락은 그것을 타인에게 말할 때 더 커진다고 누군가 말했다. 나는 타인의 쾌락을 도왔을 뿐이고, 그는 허둥지둥 어느 쪽인지 모를 연인을 만나러 갔다. 나는 어슬렁어슬렁 샌들을 끌면서 발 가는 대로 전시물을 들여다봤다. 레오나르도 다빈치의 다방면에 걸쳐 있는 재능을 보면 그는 역시 대단한 천재라는 것을 알 수 있었다. 그가 고안한 군함 모형, 성채의 설계, 운하 모형들은 전쟁을 위한 아이디어의 격류였다.

예술가이자 과학자인 사람의 끝 모르는 자기표현 욕망이 거기에 드러나 있었다. 아마도 체사레 보르자의 정치적 야심이 요구한 것을, 그는 예술가와 과학자로서의 능력을 구체화할 수 있는 기회로 여기고 온 정열을 쏟아 응답했을 것이다. 그리고 그것이 실현되지 않은 데서 온 실의가 군함 모형으로부터 역력하게 전해져 왔다.

"흐음" 나는 나 자신이 대★천재가 아닌 것에 왠지 마음이 놓여 다시 샌들을 끌며 걸었다. 모형과 데생만으로 채우기에는 미술관은 지나치게 컸다. 여러 공업 제품의 변천이 실물로 전시되어 있었다. 자전거도 있고 재봉틀도 있었다.

겨우 몇십 년 동안에 재봉틀은 믿을 수 없을 정도로 형체의 변화를 이루었다. 하지만 자전거도 재봉틀도 나에게는 맨 처음 나왔을 때의 것이 아무래도 가장 아름답게 보였다.

"왜, 이걸로는 안 됐을까. 이것으로 충분한데, 쓸데없이…… 점점 기분 나쁜 뱀 같아지네." 과학 기술의 진보는 형체를 구불구불 변화시킨다. 나는 울컥했다. '당신들 멋대로 해. 난 모른다고. 진짜 모른다니까. 왜 그렇게 서두르

76

는지, 너무 서둘러서 벌받을걸.' 나는 과학자와 디자이너의 욕망에 반감이 생겼다. 나는 그때 거기서 디자이너가 되려던 꿈을 버렸다.

아마도 디자인과를 졸업했으면서도 직각을 제대로 못 그리는 열등감에서 벗어나기에도 매우 적절한 구실이 돼 줬던 것 같다. 그러고 났더니 정말 상쾌했다. 그 뒤로 과학 기술의 발달은 내가 모르는 곳에서 진행되었다. 몰라도 나는 좋다. 나는 아무래도 과학을 받아들이지 않는 사람인 모양이다. 자전거가 왜 달리는지 모른다. 자전거는 타지만 그 구조는 모른다.

전기밥솥이 어떻게 밥을 짓는지 모른다. 스위치를 누르면 밥이 완성된다. 과학 기술은 내가 모르는 데에서 진행되지만, 있어서 편리한 것은 사용한다. 얌체라고 말하지 말길. 이것이 시민 감각이라는 거다. 그 시민 감각이 과학 기술을 진보케 하는 동력이라고 추궁하지 말길. 나는 근본적인 점에서는 과학 기술에 부정적이니까. 나에게는 기계라는 것이 어쩐지 동물 같고, 인간 같다. 예를 들어 자동차는 개다. 충실한 개가 불평도 하지 않고 가만히 주차장에서 기다리고 있는 것을 보면 그것과 나 사이에 감정이 오간다. 그것이 고물차가 되면 별안간 나 자신도 지친 중년 여자가 되어 서로 동정하고 공감하며 인생의 비애에 눈물짓는다.

요전번에 나는 재봉틀을 빌리러 이웃집에 갔다. 내 재봉틀은 지나치게 무거워서 전혀 말을 안 듣는 덩치 큰 남자 같이 되어 버렸기 때문에 버렸다. 옆집 부인은 수예가라서 일하는 방에 재봉틀이 바로 쓸 수 있게 준비되어 있다.

"저기요, 우리 집 재봉틀이 좀 고장이 나긴 했지만, 익숙해질 거예요." 전문가의 재봉틀은 어떤 걸까 했더니, 몹시 낡은 거였다. 이웃집 부인은 전기 재봉틀의 페달을 가슴에 안고 쓰다듬기 시작했다.

"그리고요, 이거 발로 밟으면 안 돼요. 넓적다리에 끼울래요?" 하고 내 넓적다리에 밀어 넣었다.

"조금 녹여 주는 거예요."

"흐음" 나는 넓적다리 사이에 페달을 끼우고 넓적다리를 조였다. 재봉틀은 전혀 움직이지 않는다. "차 가져올게요. 조금 있으면 움직일 거예요." 나는 한결같이 넓적다리로 페달을 조였다.

전혀 움직이지 않는다. 나는 슬슬 화가 났다. 이 재봉틀은 분명 병이 나서 나날이 위중해지다가 어제 죽어 버린 게 아닐까. 나는 페달을 가슴에 안고 쓰다듬어 봤다. 그러자 희미하게 드드드드…… 움직였다. 빈사 상태였던 내 아이가 살아 돌아온 것 같았다. 기다려, 기다려 지금 넓적다리에 낄 테니까. 나는 힘껏 조였다. 다시 죽은 상태다. 더 부드럽게 대해야 해. 나는 부드럽게 부드럽게 넓적다리를 조였다. 그러자 재봉틀이 드드드드…… 하고 부드럽게 움직이는 게 아닌가. 알았어, 알았어, 그렇지, 그렇지. 그 뒤로 나와 재봉틀은 그야말로 일심동체였다. 테이블 매트를 네 장째 만들 때쯤에는, 나와 재봉틀은 함께 미묘한 음악을 연주하는 것 같았다. 내가 헉 하고 숨을 멈추면, 재봉틀은 아주 조금의 간격을 두고 뒤따르듯이 후후후 하고 웃으며 숨을 멈춘다.

후후후 그러지 마 하고 웃는 사이에 더 이상 재봉질할 게 없어졌다. 재봉틀이 "저기요, 다음에 언제 와 줄 거예요?" 하고 나에게 묻는다. 나는 얼른 고개를 돌려 옆집 부인에게 들키지 않도록 하면서 "다음에 금방 또 올게. 이번엔 노란 천을 가져올 거야. 넌 정말 깜짝 놀랄 만큼 멋진 재봉틀이야. 어째서 네가 이 집 재봉틀일까" 하고 시샘했다.

그리고 집으로 돌아와 잡지를 보고 있자니까 새로운 재봉틀 사진이 있었다. 이탈리아 재봉틀이었다. 어쩐지 변기와 비슷한 미끈한 디자인이었다. 디자이너의 이름을 보니 다빈치미술관에서 이 여자가 좋을지 저 여자가 좋을지 고민하던 이탈리아인 친구의 이름이 있었다. '흐음, 그 사람 이탈리아에서 디자이너 하고 있구나.' 어느 쪽 여자랑 결혼했을까 하고 생각하며 잠시 감상에 젖었다.

다빈치, 당신 탓이에요. 이웃집 재봉틀과 내가 그런 관계가 된 건.

나는 모나리자의 초상은 보고 싶지 않다. 과학 기술에 뒤처진 나를 비웃고 있는 것 같아서.

오하구로° 힐먼▲과 국산차

옛날 옛적에, 무척 합리적인 사람이었던 내 남자 동료 하나가 처음으로 중고차 힐먼을 샀다.

그는 어떻게 했는지 스물이 될까 말까 한데도 약간의 목돈을 가지고 있었다.

우리의 다른 동료들은 결혼할 때 반드시 그에게서 5만 엔을 빌렸다. 왠지 모르게 그게 당연했다. 그는 누구에게나 싱글벙글 웃으며 5만 엔을 빌려줬다. 그리고 언제 돌려 달라고도 하지 않았다.

그는 쓸데없는 짓은 아무것도 하지 않았다. 담배를 입에 물고 있는 사람한테 다가가서는 "왜 이런 쓸데없는 짓을 할까, 연기만 나올 뿐인데" 하고 불이 붙어 있는 곳 조금 윗부분을 짤깍 잘라 버렸다. 여행 가서 술을 추가하려고 하면 "아까 총무 맡은 분이 이미 계산 마쳤어요."라고 말해 모두 맥이 빠져서 숙소로 돌아가게 했다. 그리고 8시가 되면 "자아, 잡시다" 하고 스위치를 끄면서 돌아다녔다. 그런 일을

● 에도 시대(도쿠가와 이에야스가 권력을 장악하여 에도[江戶] 막부를 설치해 운영한 시기. 1603~1867년)까지 계속된 일본의 풍습으로, 기혼 여성의 이를 검게 칠해 미혼 여성과 구별했다.

▲ 과거 영국의 자동차 제조회사 이름이자 자동차 모델명. 현재는 제조하지 않는다.

모두 싱글벙글 웃으면서 하기 때문에 아무도 화를 내지 않았다.

그 남자가 오동통하니 커다란 힐먼을 사서 싱글벙글 나타났다.

"과연, 오오타케야" 하고 사람들은 차를 둘러싸고 서서 감탄했다. 그리고 잠깐씩 조수석에 타 보고는 다들 싱글벙글했다.

그러나 그 차는 조금 이상했다.

봤더니 범퍼가 없었다. 범퍼가 없는 힐먼은 오하구로를 한 할머니의 거대한 입 같았다.

그리고 뒷좌석이 없었다.

"범퍼는요, 팔 때 달면 돼요. 집에 잘 놔 뒀어요. 안 쓰면 상하지 않거든요. 좌석은 휘발유 먹으니까 될 수 있는 대로 가볍게 해서 달리려고 뗐어요. 쓸 때만 붙일 거예요. 그리고 계산해 봤더니 브레이크 한 번 밟을 때마다 5엔 들더라고요. 난 가능한 한 브레이크 안 밟으려 하고 있어요."라고 말한다. 무섭다.

"그리고 언덕길 내려갈 때는 엔진을 꺼요."

"역시 오오타케야"라고 모두 입을 모았다.

그러면서 부러운 얼굴을 하고 오하구로 힐먼 주위를 배회했다.

그로부터 몇 년쯤 지나자 모두 아무렇지도 않은 얼굴로 각자 차를 사서 몰고 다녔다.

모두 태연한 얼굴을 했지만, 거금을 주고 장만한 거라서 정말은 태연하지 않았다. 차를 번쩍번쩍 닦아서 소중히 간수했다. 하아 하아 입김을 불고 손끝에 수건을 말아 쩨쩨하게 닦았다.

"신발 벗고 타 줄래?" 하는 남자까지 있었다.

차가 서로 스치기라도 하면 몹시 험악한 분위기가 됐다.

남편도 필사적이 되어 경차를 손에 넣고는 하아 하아 닦았다. 어느 날 심야에 주택가를 달렸는데, 반바지에 복대를 하고 헐렁한 셔츠를 입은 형님들이 자전거 체인을 흔들흔들 흔들면서 걸어왔다.

그리고 그것이 쪼그만 차에 톡 하고 닿았다. 톡 하고 말이다. "기다려" 하고 이성을 잃은 건 완력 따위엔 자신이 없는 남자였다. 그는 차를 세우고는 반바지, 헐렁 셔츠의 형님들을 쫓아갔다.

나는 남편을 얕잡아 보고 "그만두지, 차가 부서진 것도 아니고 자기가 죽은 것도 아닌데. 저 물건은 분명 가다 말고 돌아온다" 하고 차 안에서 가만히 있었는데, 남편이 좀처럼 돌아오지 않았다.

보러 가 보니 남편은 물러설 것 같지 않은 남자들에게 둘러싸인 채 새파랗게 질려서 "해볼 테냐!" 따위의 소릴 하고 있었다. 완전히 이성을 잃은 거다. 한 사람은 체인을 붕붕 휘두르고 있었다.

주변은 주택가라 인적이 별로 없는 곳이었다.

"누구 없어요! 누구 없어요!" 나는 새된 소리를 내질렀다.

그러자 어두운 주택가에서 잠옷을 입은 남자와 머리에 동글동글 컬을 만 여자가 네글리제를 입고 나왔다.

그리고 저 멀리 빨간 등롱을 단 술집에서 남자들이 우르르 나왔다.

헐렁 셔츠의 형님들은 "굉장한 목소리군" 하고는 어디론가 가 버렸다.

동글동글 머리를 만 아줌마는 "뭐야, 치한이 아니었어?" 하고 김이 빠졌다는 듯이 덜컹덜컹 현관문을 열고 집 안으로 들어가 버렸다.

"기다려!" 하고 뛰어가 "해볼 테냐" 했던 남자가 새파랗게 질려서 나에게 뭐라고 했을 것 같은가? "고마워"였다.

나는 뱃속 깊숙한 데서부터 남자란 것들은 어리석구나 하고 생각했다.

그리고 차란 달리기만 하면 된다, 번쩍번쩍 할 필요는 없다는 생각을 굳혔다.

나 같은 사람이 차는 달리기만 하면 된다고 생각할 정도로 일본은 고도성장을 했다.

차를 실용품으로 삼으면 된다고 생각할 정도로 나는 일본과 함께 걸어왔다.

그래서 나는 신발이 전혀 닳지 않을 정도로 차를 굴리는 사람이 되었다.

에너지 절약이니 공해니 건강에 좋지 않다느니 하며 흘기는 시선에도 나는 아랑곳하지 않고 한결같이 차를 굴렸다. 실용 하나만 보는 거니까 휘발유 안 먹는 작은 차를 망가질 때까지 타자는 주의로, 웬만해서는 차를 바꾸지도 않았다. 어디에 부딪쳐도 달리는 데 지장만 없으면 내려서 살펴보지도 않았다.

남의 차가 와서 부딪쳐도 생글생글 웃으며 의젓하게 보내 줬다. 옆자리에 탄 사람이 "당신 범죄자로 오해받는 거 아냐? 뭔가 켕기는 게 있는 줄 알겠어" 했다. 휠 캡이 연석선에 부딪쳐 데굴데굴 굴러가도 "잘 가" 하고 손을 흔들었다.

주차장 기둥에 부딪쳤을 때도 기둥에 이상이 없으면 아무도 불평하지 않겠지 하고 신경도 안 썼는데, 내리려고 하니 문이 안 열렸다. 반대 문으로 기어 내려서 보니 옆으로 누이면 금붕어를 키울 수 있을 정도로 푹 들어가 있었다.

어쩌다 세차를 할 때면, 나는 멋쩍고 창피했다. 호텔 주차장에 차를 나란히 세워 놓을 때면, 차에도 '쓰레기'라는 게 있다면 인간에게도 쓰레기가 있을지도 모르겠구나 하고, 세상에 나같이 생각 없는 사람도 철학적이 됐다. 나는 그러면서도 끝끝내 차의 바깥쪽 정비는 하지 않았다. 그러나 인간에겐 버릴 수 없는 허영심이란 것이 어딘가에 달라붙어 있다.

내가 난처해서 머뭇머뭇하는 때는 '어머, 이 사람 멋있어' 하고 생각하는 남자를 내 차에 태우게 됐을 때다.

특별히 어쩌자는 음흉한 마음 같은 건 없는데, 다만 가능하다면 아핫핫핫 하며 보이고 싶지 않은 거다.

8년째 되는 해에 내 차는 깡충깡충 토끼처럼 튀어 오르더니 굉장한 폭발음과 연기를 내면서 주유소 앞에서 죽었다.

주유소 오빠에게 "여기 주변에 차 파는 데 있어요?" 하고 묻자 "오른쪽으로 가면 혼다가 있는데요."라고 했다. 나는 거기에 차를 두고 고무 슬리퍼를 신은 채 오른쪽으로 가서 차를 샀다.

나는 계약금 1,320엔을 내고 가장 싼 새 차를 살 수 있었다. 융자란 멋지다. 그게 뭐든 멋지다. 인생의 앞날은 모르지 않나. 융자란 멋지다. 그런데 차가 가장 싸면 땀은 줄줄 흐르고(에어컨이 없어서), 지금이 몇 시인지 알 수 없고(차 안에 시계가 없어서), 금연차가 된다(담배 연기가 잘 안 빠져서). 스포츠카도 아닌 게 좌석이 둘밖에 안 되지만 나는 번쩍번쩍 신차를 탄 거라서 그 순간부터 다른 차의 더러움을 용서할 수 없게 된다.

"와아, 저런 더러운 차를 타고 다니다니, 인격이 의심스러워. 아유, 싫어라!"

요전번에 『한 조각의 눈』이라는 소설을 읽다가 배꼽을 쥐고 웃었다. 주인공 남자가 여자를 처음 차에 태워 데려다 줄 때 "하찮은 차입니다만" 하는 거다. 그는 국산차가 창피했던 거였다. 뭐야, 이 남자는.

그것만으로 그 소설은 유머소설이다. 그래서 나도 생각했다. 만약에 나에게 고 히로미* 같은 보이프렌드가 생겼다 치자.

곧장 빨간 스포츠카를 사겠다. 어찌어찌 차에 타게끔 만든 후에 말한다. "하찮은 차입니다만" 아니 '싸구려'입니다. 아니 '융자받은' 겁니다.

• 일본의 가수 겸 배우. 한때 최고의 아이돌 가수로 큰 인기를 누렸다.

인테리어 잡지를 산 날

우리 집에는 베란다가 있다. 베란다 앞은 저 멀리까지 나무가 자라고 있어서 전망이 무척 좋다. 주위에 집들이 전혀 없다. 요컨대 산속에 홀로 고독하게 존재한다. 고독하게 존재하더라도 베란다는 있다. 볼 사람이 아무도 없으니까 날씨가 좋은 날 여기에 하얀 테이블과 의자를 내놓고 차를 마시면 좋겠지 하고 생각한다. 가능하다면 잘 차려입은 남자와 말없이 바람을 쐬며 아이스커피의 얼음을 달그락달그락 돌리고 싶다. 나는 잘 차려입은 남자의 모습에 무관심하고, 그쪽도 내 안 생긴 모습에 무관심해 줬으면 좋겠다. 나는 그런 상상을 하다가 세세키사쿠라가오카 니시무라가구점 거리에서 한정 출혈 세일이라는 하얀 테이블과 의자를 발견하고는 그것들을 사서 베란다에 나란히 놓았다.

왔다. 차를 마시러 남자가 왔다.

나는 커피 두 잔을 바겐세일로 산 그 하얀 테이블에 놓고 앉아 봤다. 그러자 갑자기 창피해졌다. 남자를 보니 남자도 새빨개져서 두리번두리번거린다. 너무나도 창피해서 나는 절규해 버렸다.

"『모아』하고 『크루아상』* 같잖아." 창피해서 나는 남자

86

와 끌어안고 팔짝팔짝 뛰어오르고 싶었다.

다음 날 도쿄역을 걷고 있었는데 미쓰이 홈▲ 광고의 컬러 사진이 커다랗게 걸려 있었다. 미쓰이 홈 앞 잔디에 하얀 의자와 테이블이 있었다. 나는 그것을 보고 또 울컥 창피해졌다. 미쓰이 홈 대신에 내가 창피해졌다.

생각해 보니 나는 잡지의 아름다운 인테리어 사진을 보면 늘 창피하다. 그게 우리 집도 아니고 내 방도 아닌데 말이다. 하얀 나무 바닥에 흑백 쿠션 딱 세 개, 앞에 유리 테이블, 그 건너편에 관엽 식물, 바닥 위에 레코드 두세 장 같은 걸 보는 것이 창피하다. 무척 취미가 좋아 보인다. 심플하고 좋은 디자인의 물건을 공들여 골랐다. 그게 창피하다. 그리고 이런 곳에 사는 녀석은 에고이스트고 근성이 나쁘고 겉멋뿐이고 내면이 허술할 게 분명하다고 마음속 깊이 생각한다. 이런 곳에 사는 남자는 여자를 임신시키고 "책임이라고? 너도 즐겼잖아?" 하며 가늘게 만 긴 담배나 골루아즈■ 같은 독한 담배 연기를 코에서 내뿜는다.

그러니까 나는 인테리어 잡지 같은 건 사서 볼 생각이 전혀 없는 사람이다. 나는 다만 바다 사진을 갖고 싶어서 책방에서 잡지를 팔락팔락 넘기며 보다가 적당한 바다에 페인트칠을 한 작은 집이 서 있는 사진을 한 장 발견하곤 그 잡지를 사 가지고 돌아왔을 뿐이다.

그런데 나는 다른 페이지도 천천히 보고 말았다.

• '모아', '크루아상'은 여성 잡지 이름이다.
▲ 일본의 건설 회사
■ 프랑스 담배

그러곤 질겁했다. 화려한 집들과 마리사 베렌슨.* 정글 같은 그곳엔 눈이 번쩍 뜨일 만큼 뻔쩍뻔쩍 빛나는 엄청 큰 분홍색 소파가 L자로 턱 하니 놓여 있고, 그 위에 겹쳐 놓인 분홍과 금빛 쿠션. 정글에 검정과 빨강의 진한 꽃무늬 커튼도 늘어져 있고, 소파 앞에는 호랑이 무늬가 새겨진 대리석인 듯한 책상, 책상 위에 놓여 있는 핏빛의 꽃. 이쪽 편에는 초록과 빨강과 검정 팔걸이의자 세 개, 그 옆에 옛날 중국의 것 같은 작은 책상, 그 위에 구타니야키▲와 엄청 큰 그림도 늘어져 있는데 그것도 소파와 같은 격렬한 꽃분홍색이고, 바닥은 페르시아융단. 이것이 거실의 아주 일부다.

다음 페이지는 유리로 벽을 두른 부엌. 거기에 걸려 있는 커다란 초상화. 거기도 정글이다. 바닥은 대리석, 천장은 거울, 새빨간 중국 병풍. 그랜드피아노도 거울로 만들어졌다. 거기에 교토의 다실에나 있을 것 같은 큰 종이우산. 다음 페이지는 이제 내 힘으로는 설명할 수 없다. 그다음 페이지는 물감 상자를 뒤집어 놓아도 이것보다 더 화려할 수는 없다.

그다음 페이지의 침실에 당도하여 나는 화장실에 가서 토하고 싶어졌다. 특별히 취미가 나쁘기 때문에 토하고 싶어진 것은 아니다. 힘에 압도되었던 거다. 부자의 에너지와 배짱. 이 대단한 에너지를 발산하는 집에 문을 열고 들어갈 용기와 거기서 편안히 쉴 수 있는 배짱. 전체가 다 유리벽이고, 검정과 노랑의 불꽃무늬 커튼이 폭포수처럼 흐르

● 미국의 모델 겸 배우
▲ 구타니 지방에서 만들어지는 도자기

는 침실의 모피 침대 위에서, 이 모델 출신의 미녀는 어떤 섹스를 거행할까. 나는 거기까지 보는 것만으로도 이미 녹초가 됐다. 서둘러 페이지를 넘기자, 이번엔 '새로운 이미지의 생활을 추구하는 독신 청년을 위한 주거'가 나왔다.

여기는 맨해튼, 천장에서 바닥까지 유리창, 그 너머로 보이는 것은 맨해튼 밤거리의 현란한 불빛 홍수. 하양과 검정과 빨강뿐. 초모던. 급히 페이지를 넘긴다. 다음은 스위스 부자의 집. 정원에 호수가 있고 학과 백조와 공작이 날개를 퍼덕인다. 서둘러서 급히 페이지를 넘긴다.

실내에서 하얀 말이 달리는 멕시코의 집. 정원에 폭포가 있다. 또 서둘러서, 얼른얼른. 사드 후작의 관이란 것도 있다. '작가 마르키 드 사드의 부흥을 도모하는 자손들'이라는 글귀.

'교京(교토)의 가구'라는 페이지도 있다.

비극의 서양관, 스테인드글라스에 대한 향수.

다이아몬드에 대한 페이지도 있다.

도대체 뭐냐, 이 잡지는. 보는 것만으로 흥분해서 기진맥진하게 만드는 책은 그리 흔하지 않다. 나는 지갑을 찾아 들고 다른 과월호 잡지도 사려고 달려갔다. 무거웠다, 비쌌다. 그래도 나는 그만둘 수 없었다. 라이자 미넬리*의 집, 야아, 훌륭해. 프랑수아즈 사강의 별장, 야아, 좋아.

나는 하루 온종일 흥분해서, 부자란 건 도대체 뭘까 하고 생각에 잠겼다. 나에게는 여기에 나오는 굉장한 집을 무엇 하나 스스로 생각해 낼 수 없다. 장 콕토에게 파리의

* 미국의 가수 겸 배우

아파트 전체에 그림을 그리게 한 백작 부인도 있다. 새빨간 새틴 회전침대에서 자는 여자도 있다. 나에게서는 그런 아이디어가 나오지 않는다. '창피하다' 따위 생각했다가는 아무것도 할 수 없다.

나는 한 친구를 떠올렸다. 그녀는 오페라의 소프라노 가수다. 풍만한 육체를 화려한 프린트 무늬의 원피스로 감싸고 손바닥만 한 브로치를 달았다. 굉장한 대식가로, 그녀가 고기를 먹을 때면 사자나 호랑이를 연상시켰으며 입 주위가 기름으로 번들거렸다. 거리를 걸어가는데 커다란 미국산 빨간 오픈카가 달려왔다. 그녀는 양손을 벌리고 "아, 갖고 싶어. 언젠가 타고 말 테야" 하고 외쳤다. 그때 나는 깨달았다. 이것은 악취미라고 할 게 아니다. 에너지이자 용기이며, 한 치의 흔들림도 없이 곧게 뻗어 가는 성질이다. 밍크코트도 다이아도 그녀에게는 분명 어울릴 것이다.

나는 도대체 뭐냐. 베란다에 하얀 의자 하나 갖다 놓은 것을 가지고 꺄아! 하고 창피해 한다. 하얀 의자도 녹슬어 더러워지면 조금은 덜 창피할지도 모른다고 생각하며 물을 끼얹거나 한다. 다음에는 누구든 남자가 차를 마시러 오면 돗자리를 깔고 방석을 내놓자고 생각 중이다.

나는 요컨대 부자가 되고 싶은 에너지가 없는 거다. 아니, 그게 아니다. 부자가 아니기 때문에 에너지가 없는 거다. 그러면서 부자의 에너지를 천하다는 식으로 말하는 것은 아주 성질이 못된 거다.

인격자와 우울증

나무의 싹이 부풀어 오를 때가 되면, "자아, 그럼" 하고 나는 대비 태세에 들어간다. 나무의 싹과 함께 우울증이 찾아오기 때문이다.

우울증에 빠진 친구가 땅속 깊이 숨어든 것 같은 우물거리는 목소리로 전화를 걸어온다.

"아, 일 그만두고 싶어. 아침에 눈 뜨는 게 싫어. 눈을 뜨고 아, 오늘 하루 어떻게 살아갈까 하고 생각하면 눈물이 줄줄 나. 너 샐러리맨이란 정말 잔혹하다는 거 알아? 못 일어날 것 같지만, 그래도 이부자리에서 몸을 떼어 내서 일어나. 있잖아, 눌어붙은 달걀 프라이를 뒤집개로 확확 억지로 떼어 내듯이 말이야. 엘리베이터 안에서 젊은 애가 '안녕하세요' 하고 룰루랄라 인사하거나 하면, 그냥 쫙 째려봐. 누구든 웃는 사람을 보면, 멍청이가 웃는구나 하고 기분이 영 나빠져. 그래도 말이지, 지금은 우울증이니까 조금만, 조금만 하고 기다려. 술을 마셔도 쫙 째려보거나 시비를 걸거나 하니까 다들 싫어해서 나만 안 불러. '아아, 오늘 피곤하니까 일찍 들어가 자야지' 하고 내 앞에서 일부러 말하는 건, 한잔 하러 갈 때야. 아아아, 넌 잘 있어?"

"그럭저럭"

"좋겠다! 있지, 착하지, 착하지 해 줘."

"착하지, 착하지." 나는 실로 인격자다. 한두 시간이나 꿍얼꿍얼 침울한 목소리를 들으며 달래 준다.

"아, 살고 싶지 않아."

"곧 좋아질 거야. 더워지면 다시 힘이 날 테니까."

"아, 살고 싶지 않아."

다른 전화가 걸려 온다.

"우후후!" 웃고 있는데 그 웃음소리가 실로 음산하다.

"뭐해?"

"빨래."

"나 말이야, 아침밥 먹고 나서 그대로 가만히 바다 보고 있어. 벌써 네 시간째야. 날씨가 좋으면 우울해지나 봐. 자식이란 뭘까, 어머니란 뭘까. 그냥 낳은 것뿐이잖아. 이 나이까지 나 아무것도 한 게 없어, 우후후후후" 음산한 목소리는 밝은 바닷가 마을로부터 전화선을 기어서 여기까지 온다.

"산다는 건 뭘까?"

"죽을 때까지 이렇게 저렇게 어떻게든 한다는 거야. 별대단한 거 안 해도 돼."

"그럴까나, 아야가 말이지, 그 앤 서비스 담당이니까, 내가 멍청하게 있으면 마구 떠들어 대면서 나를 웃기려고 해. 물론 난 웃어 주지만 말이야, 우후훗"

"아무것도 하고 싶지 않으면, 아무것도 안 해도 되잖아, 바다나 보면서."

나는 인격자다. 나는 또 말한다. "나 너 좋아해. 넌 마음

가는 대로 뭐든 열심이고. 때때로 아, 나 널 좋아하는구나 하고 불쑥 생각하는 경우가 있어. 네가 살아 있기 때문에 나도 살아 있는 게 기쁘다고 생각할 때가 있어."

상대를 착각하고 있는 게 아니다. 인격자니까 남녀 구별 안 하고 말하는 것뿐이다.

"어머, 그래? 고마워, 우후후……. 산다는 건 피곤하군. 잠깐만 기다려, 쉬하고 올게."

"……"

"아, 미안. 휴, 시원하다. 그래서?" 나는 인격자니까 쉬하는 것을 이유로 전화를 끊거나 하지 않는다.

"기다려. 지금, 담배 가져올게." 바닷가의 여자도 장기전에 돌입할 태세다.

나는 상대의 전화비를 걱정한다. 어쩔 수 없다. 산다는 것은 돈이 든다.

"잘 지내나?" 억지로 목소리를 내고 있는 남자도 전화를 걸어온다. 내 욕심을 말하자면, 남자의 약한 모습 같은 거 별로 좋아하지 않지만, 나는 인격자다.

"잘 지내."

"이제 난 안 돼. 생각해 봐, 나도 꽤 오래 일했다고. 20년 간 매일 일해서 마누라, 자식 먹여 살렸어. 여자란 뻔뻔해. 당연하다고 생각하고 고마워하지도 않아. 나, 다 버리고 다른 인생 살아도 되지 않을까 싶어. 일은 그만 하고 싶어. 곰 곰이 생각해 보니 시시한 거야. 그런데 시시하다는 걸 알아도 달리 할 게 없어. 지금 세상은 진지한 건 안 되나 봐. 생각이 많은 인간은 인기가 없어."

"그럴 리가. 이 세상이 이렇게 저렇게 어떻게든 성립할 수 있는 건 당신 같은 사람이 세계의 추(錘)가 되었기 때문이라고."

"그럴까?"

"그래, 오래 지속하는 문화란 그런 사람들이 만든 거야."

"이제 돈 같은 거 필요 없어. 시시해. 사고 싶은 것도 없어."

"흐음, 그럼 여자라도 만들어."

"여자라. 어디 있어?"

"있잖아, 버스 타도 있고 전철 타도 있잖아."

"요전번에 버스 안에서 모르는 할머니가 갑자기 내 머리를 쓰다듬기 시작하는 거야. '불쌍하기도 해라, 댁도 이렇게 머리가 빠지다니. 우리 집 할아범도 대머리가 됐어' 하면서, 치덕치덕 머리를 쓰다듬는 거야. 나 그 정도로 벗겨지진 않았는데."

"아하하하하"

"나 뭘 원하는지 알았어. 사람의 정, 사람의 정이 필요해."

"그래."

그러자 그가 말한다.

"나무에 싹이 부풀어 오를 때에는, 온 세상이 발정 나. 인간은 연애를 하고 싶어져. 그래서 연애 쪽이 한가하면 우울증이 생기는 거야. 암, 그렇고말고. 지금 있지, 나 우후 후후……. 아아, 1분도 떨어져 있고 싶지 않아."

"아유 난 몰라, 멋대로 해."

"우후후……."

바닷가의 여자도 소생하고 있다. "어젯밤에 말이지, 재미있었어. 산속에서 60명쯤 모여 큰 파티를 열었는데, 거기 별난 사람이 있었어. 컴퓨터 기사인데 호모야. 컴퓨터 하는 사람은 호모가 되나 봐. 난 사람이 왜 호모가 되는지 알았어."

"왜, 왜?"

"그건 말이지……." 바다는 빛나고 있다.

"지난번 그거 봤어?"

"봤어, 봤어."

"좋지?"

"굉장히 좋았어."

"그런 건, 어떤 순간에 문득 나와 버려. 하려고 마음먹어서 나오는 게 아니야."

"재능이야."

"그렇지도 않아. 나 이번에 여행 가."

"어디로?"

"잠자리dragonfly 보러." 사람의 정을 구하던 남자는 어디선가 정을 입수한 걸까.

그런데 이번에는 내 차례다. 내 지병도 우울증이다.

"있지……, 죽으면 안 된다고 생각해?"

"무슨 일이야? 우울해?"

"있잖아……, 죽으면 안 된다고 생각해?"

"기다려, 지금 목욕 중지하고 올게." 나는 이불을 뒤집어 쓰고 전화와 동침하고 있다. 그리고 끈적끈적한 거미줄 같은 목소리를 낸다. 그동안 무엇을 위해 인격자를 해 왔던

가. 바로 이 날을 위해 했던 거다.

우리 집은 벚나무에 파묻혀 있다. 벚꽃의 꽃잎이 눈처럼 내린다. "있지……, 죽으면 안 된다고 생각해?"

그러다가 드디어 철쭉꽃이 미친 여자의 긴 속옷 같은 모양이 될 때쯤이면, "죽고 싶단 소릴 하는 놈은 모두 응석받이야, 불쾌해. '됐으니까 그만해'라고 말해 주고 싶어"라며 나는 언제 그랬느냐 싶게 씩씩하다. 주위를 돌아보면, 왠지 모두 기운이 넘친다. 나무에 싹이 부풀어 오를 때는 친구를 소중히 합시다.

외국어는 괴물들이 쓰는 말이다

외국어라고 하면 나는 가슴이 철렁 내려앉으면서 주저앉은 채 엉덩이를 뒤로 밀어 도망치고 싶어진다. 언젠가 외국인이 집에 놀러왔을 때, 아들이 "괴물이다!"라고 소리치고 침대로 파고들었다. 나는 그것을 보고 "올바른 감수성의 발로야" 하고 자랑스럽게 생각했을 정도다. 그만큼 나에게 외국어란 곧 괴물들이나 하는 말처럼 느껴질 뿐이다.

그러나 외래어는 외국어가 아니라 일본어니까 매우 난처하다. 아니 별로 난처하지는 않다. 다만 외국어나 외래어나 둘 다 가타카나로 표기되어서 가타카나만 봐도 흠칫하게 된다는 게 문제일 뿐이다. 파칭코パチンコ의 간판이 곤치와●コンチハ로 보일 정도고, 부메랑ブーメラン을 부라멘▲ブラーメン으로 말하는 것은 식은 죽 먹기인 게 나다. 텔레비전이나 광고에 나타나는 최신 외래어 같은 것은 나에게는 없는 말이나 마찬가지다. 그래도 아무런 불편을 못 느낀다. 그렇다고 내가 일본어라면 바르게 잘 사용할 수 있다고 자랑하는 건

● 가타카나 표기가 비슷해 혼동한다는 의미로, 파칭코를 일본말로 거꾸로 읽으면 곤치와가 된다. '곤치와'는 스스럼없는 사이에 하는 '안녕' 같은 인사말이다.

▲ '라멘'은 우리말로 '라면'이다.

아니다. 그건 별개의 문제다.

어렸을 적에 내가 처음으로 접한 가타카나 말은 '보너스'였다. 아버지와 어머니는 보너스라는 말을 할 때면 소곤소곤 말했다. 나는 그것이 거대하고 진기한 '가지'라고 생각했다.● 그 가지는 왠지 모양이 둥글고 황토색을 하고 있을 것 같았다. 나는 아버지가 죽고 25년이 지나서야 맞아, 아버지는 월급쟁이였지 하고 새삼 돌아보게 되었다.

아버지에 대한 생각에 잠겨 있자니, 돌연 '인테리'▲라는 말이 그리움과 함께 튀어나왔다. 인테리라는 말과 아버지는 혼연일체였다. 인테리 아버지는 인테리가 아닌 통통하게 살이 찐 마누라를 향해 입을 비죽거리며 무시하듯이 말했다. "네 눈에는 눈에 보이는 것밖에 보이지 않을 거다." 눈에 보이는 것이란 아무래도 돈 얘기인 듯했다. 살찐 마누라가 우르르 태어난 아이들을 위해 눈에 보이는 것이 필요해서 조금 더러워진 무명 앞치마 자락으로 눈물 콧물을 함께 풀자, 인테리는 입가에 옅은 비웃음을 흘리면서 맨발에 닳은 나막신을 걸치고 휙 하니 어디론가 나가 버렸다. 최대한 가엾어 보이려 하는 인테리의 마누라보다 어슬렁어슬렁 땅거미 속으로 걸어 들어가는 마른 남자의 뒷모습 쪽이, 어린 나는 영문도 모른 채 왠지 더 불쌍해 보였다.

그 인테리는 주르륵 생산한 아이들을 한 명도 제대로 키

● 일본어로 보너스는 '보ー나스'라고 발음하는데, 거기서 '나스'가 '가지'라는 뜻을 가지고 있다.

▲ 우리말 맞춤법상 '인텔리'라고 해야겠지만, 본 작품의 문맥을 고려하여 일본식 발음인 인테리로 놔뒀다.

우지 못하고 죽었다. 주르륵 태어난 아이들은 인테리가 아닌 그 마누라가 키웠다. 아버지가 진짜 인테리였는지 어쩐지는 자신할 수 없다. 부부 싸움할 때, 그 마누라가 "어차피 나는 인테리가 아니니까요."라고 외치는 소리를 아이들이 들었을 뿐이다. 그러나 '인테리' 하면 나에게는 오로지 아버지를 두고 떠오르는 이미지밖에 없다. 그 이미지는 어떤 내용이 있다기보다는 창백하고 언짢고 음산한 풍모 그 자체였다. 아버지는 아쿠타가와 류노스케•와 가와바타 야스나리▲를 더해서 반으로 나눈 것처럼 멋있는 남자였다. 아버지가 죽었으므로 인테리도 죽었다. 그리고 지금은 인테리라는 말 역시 거의 쓰이지 않게 되었다.

종전終戰으로 큰 타격을 입은 인테리는 자식들만 생산하고 죽었기 때문에 그 아내와 자식들은 아등바등하며 살았다. 그들은 사는 집을 계속 옮겨 다녀야 했다. 옮겨 다니며 살긴 했으나 아무리 누추한 집에도 지붕은 있는 법이었다. 그래서 지붕 이야기를 하겠다.

어떤 민족을 봐도 집에는 지붕이 얹혀 있다(동굴에서 사는 경우는 제외한다). 대개의 지붕은 하늘을 향해 손을 모으고 있는 형태로 되어 있다. 그것은 하늘을 향해 '부디 허락해 달라, 이 쩨쩨한 인간의 존재를' 하고 비는 형상이다. 또는 해님에게 '이 지상에 바지런히 집을 짓고 사는 것을 봐주세요. 그 은혜는 잊지 않겠습니다. 보세요, 이렇게 두 손

• 일본의 소설가로, 합리주의와 예술 지상주의를 바탕으로 쓴 작품이 많다.
▲ 『설국』 등을 쓴 일본의 소설가. 독자적인 문학의 세계를 창조해 근대 일본 문학사상 부동의 지위를 구축했다는 평을 받고 있다.

을 모으고 있잖아요' 하고 말하는 형상이라고도 할 수 있다. 어쨌든 그것은 사람이 사람이었던 때의 겸손했던 마음을 형태로 나타낸 것이 아닐까 한다. 그런데 어느샌가 목수와는 격이 다른 건축가라는 것이 출현해서 지붕을 치우고 평평하게 만들어 버렸다. 이것은 사람을 사람이게 한 겸손함을 내던지고 하늘에 도전한 행위라고 할 수 있다. 해님에 대해 실례되게도 머리털이 없는 사람 같은 건물이 일본에 쑥쑥 나기 시작한 거다.

그 무렵부터 듣기만 해도 으스스해지는 인테리어라는 말이 출현했다. 파칭코를 곤치와로 착각하는 사람이었던 나는, 인테리어라는 말을 처음에는 인테리라는 말로 알아들었다. 사실 뭘 잘못 알아들었다고 하여 문제될 건 없다. 그러나 인테리어라는 말을 보거나 듣거나 하면 언제나 아버지가 창백하고 언짢은 표정을 하고 나타나, "너희들 눈에는 눈에 보이는 것밖에 보이지 않을 거다."라고 말하는 것 같아 그만 마음이 불안해진다.

인테리어는 실은 눈에 보이는 것이다. 눈에 보이는 것에 열심히 몰두하는 게 인테리어다. 그런데 거기에 철학과 미학이 녹아들어 있다고 (그렇게는 말하지 않지요. '인테리어는 당신의 라이프스타일과 아이덴티티입니다.'라고 하지요) 하는 말을 들으면, 아버지에게 면목이 서지 않는다는 기분이 든다.

종전 후, 도저히 집이라고 할 수 없는 판잣집에서 (판잣집이지만 지붕은 선명하게 하늘을 향하고 있었다) 감자와 수제비로 배를 채우고 우르르 생산된 형제들과 포개어 잠자며 자라던 아이들이, 고도성장 시대에 나도 아내도 자식도

팽개치고 미친 듯이 일한 끝에 드디어 아내와 자식을 집어 넣을 집을 짓자 하고 마음먹을 때가 되니, 갑자기 북유럽 풍, 남독일풍, 미국 서해안풍, 파리의 아파르트망풍 등 온 갖 풍이 불어 왔다. 그러자 뭐든 자유자재로 바꾸는 일본 인의 재능이 일거에 꽃피어서 요상한 풍의 집이 나타났고, 어느 여성 잡지에서든 레이스 커튼, 하얀 나무 테이블, 꽃무늬 침대 커버에 스트라이프 벽지, 빅토리아풍 응접세트가 안 보이는 일이 없게 되었다.

1906년생 인테리인 아버지가 봤다면(내가 사는 집도 회색 융단에 하얀 나무로 된 식탁과 등나무 의자 정도는 있다), "너희들, 코쟁이 흉내 내기라면 사족을 못 쓰지" 하고 분명 입을 비죽거렸을 것이다.

온갖 풍들이 혼란스럽게 뒤섞여서, 집장사 집●에 유럽식 벽지에 트로피컬풍 의자와 꽃무늬 쿠션 그리고 한쪽 구석의 고다쓰, 그리고 그 옆으로 홍콩플라워▲가 늘어지던 무렵에는, 입을 비죽거리며 싫은 소리를 했을지 모를 아버지의 말도 반쯤 실실거리며 들었을지도 모른다. 그 무렵은 이미 인테리라는 인종은 절멸하고 진보적 문화인이 등장하기 시작하던 때였다. 뭘 모르는 것을 또렷이 무시하는 이 박식한 진보적 문화인들은 말 속에 가타카나를 엄청나게 흩뿌려, 일본어는 접두어 접속사 그리고 마지막에 '~인 거야' 밖에 남기지 않았다.

● 한 구역에 같은 모양의 집을 수십 채 지어 파는 사람의 집
▲ 플라스틱제 조화, 주로 홍콩에서 수입됨

"더 다이렉트하게 릴레이션을 갖는 게 모어 베터'인 거야'." 이건 대체 뭔가.

하지만 '모어 베터' 안에 '아우프헤벤'● 같은 말도 섞이는 것을 보면, 이것 역시 뭐시기풍 집장사 집의 짬뽕 인테리어 그대로가 아니냐는 생각이 드는 건 어쩔 수 없다. 미국 서해안풍, 로맨틱 가도街道풍 하며 닥치는 대로 뒤죽박죽 섞어 넣은 와중에 '~인 거야'라는 일본어는 어느 한 귀퉁이에 자리한 고다쓰 같은 신세나 다름없었다. 말을 뱉을 때마다 수많은 외국어를 흩뿌릴 수 있는 사람은 그 나름의 교양이란 것이 있으실 테니 옛날풍으로 말하자면 '인테리'일지 모르겠지만, 나에게는 그들이 그냥 인테리어같이 생각된다. 말 속에 외국어를 섞어 넣지 않으면 직성이 안 풀리는 그 사람들은 왠지 늘 기분이 매우 좋고, 쾌활하고, 혈색도 좋고, 차림새도 괜찮고, 입을 비죽거리지도 않기 때문이다.

이 인테리풍의 인테리어도 부부 싸움을 할까. 부부 싸움이 한창일 때, "그런 식으로 다이렉트한 리액션을 하는 건 베터인 거라고 볼 수 없어"같이 말하고, 그 아내는 때 묻은 무명 앞치마가 아닌, 핑크빛 살롱 앞치마에 코를 풀까. 그 아이들은 발걸음도 가볍게 외출하는 아버지를, 핑크빛 살롱 앞치마로 코를 푸는 그 아내보다 왠지 더 불쌍하다고 생각할까.

분명 그렇게 생각할 것이다.

아이들은 아버지의 뒷모습을 봐서는 안 된다.

뒷모습이 되면, 인테리나 인테리어나 다를 게 없다.

● 변증법의 중요한 개념인 지양(止揚)의 독일어 발음

3.

여러 종류의 사람과 함께 영화를 봤다

여러 종류의 사람과 함께 영화를 봤다

초등학교 때, 학교 강당에서 검은 막을 치고 〈종이 울리는 언덕〉이라는 영화를 봤다.

전쟁이 끝난 후 부랑아와 그들을 필사적으로 지키는 청년에 대한 슬픈 영화였다.

우리는 큰소리로 우왕우왕 울었다. 흑흑 흐느끼면서 몸을 비틀며 울었다. 다 같이 몸을 부딪치며 울었기 때문에 그 영화를 잊지 못한다.

아주 젊었을 때, 〈하오의 정사〉라는 오드리 헵번의 코미디 영화를 봤다.

때때로 관객이 폭소했다. 나도 몸을 뒤로 젖히며 웃었다. 그리고 정신을 차리고 보니 옆자리의 모르는 아저씨가 내 무릎을 치면서 웃고 있었다.

나는 그 일 때문에 그 영화를 잊지 못한다.

〈라쇼몽〉이라는 영화를 나는 베를린에서 봤다. 미술학교에서 유화를 그리는 에티오피아 남자애랑 보러 갔다.

미후네 도시로*는 독일어로 떠들었다.

에티오피아 남자애는 일본인인 나에게 미후네 도시로의

---

* 〈라쇼몽〉의 주연 배우. 일본의 가장 위대한 스타 영화배우로 꼽힌다.

대사를 영어로 통역해 줬다.

어두운 영화관 안에서 그는 미후네 도시로가 뭔가 소리지를 때마다 내 귓가에 작게 속삭여 줬다.

그러면 생선 비린내 나는 숨결이 내 귀에서 코로 후욱하고 휘돌아 왔다. 내가 영화 보러 가자고 그의 하숙집에 갔을 때, 그는 선 채로 빵에다가 기름에 절인 정어리를 얹어 먹고 있었다.

영화관 밖으로 나오자 그는 고개를 흔들면서 "제어 구트"라고 독일어로 말하고 다시 "원더풀" 하고 감탄하더니, 다시 짭짭짭으로 들리는 에티오피아어를 외치고, 그다음엔 그 세 가지 말을 반복했다.

그때마다 후욱 하고 생선 비린내가 휘돌아왔다. 〈라쇼몽〉은 그 생선 비린내 나는 에티오피아 남자애의 냄새와 함께가 아니고서는 떠올릴 수 없다.

〈소네자키 정사情死〉라는 영화를 한창 건방질 때인 젊은 남자애랑 본 적이 있다.

그는 도쿄로 온 지 벌써 몇 년이 지났는데도 계속 오사카 사투리를 고집하며 "내는, 싫다" 하고 무엇에든 화를 내고 굵은 눈썹 아래서 눈을 빛냈다. "내는, 싫다" 하고 그가 말하면 마치 어린 짐승이 털을 곤두세우고 으르렁거리는 것처럼 보였다.

나는 영화를 보고 잘 우는 사람이므로 '내는, 싫다'라는 젊은 남자에게 부어오른 눈을 보이고 싶지 않았다.

나는 차차 밝아지는 영화관 좌석에서 일어나면서 살짝

옆을 봤다.

단단한 철사 같은 속눈썹에 작은 물방울이 주르륵 매달려 빛나고 있었다.

그 빛나던 작은 물방울 때문에 그 영화를 잊지 못한다.

아이가 어렸을 때 '도에이 만화 축제'에 갔었다.

어두운 영화관에 아이를 데리고 들어가니 영화관이 텅텅 비어 있었다.

그런데 갑자기 영화관이 깨질 것 같은 큰 소리가 객석 위로 울려 퍼졌다. "울트라, 세븐, 세븐, 세븐" 하는 노랫소리가 객석에서 솟아올랐다.

영화관은 만원이었던 거다.

객석의 등받이보다 낮은 머리들이 영화관을 가득 메우고 목청껏 노래 부르고 있었다.

가슴이 뜨거워졌다.

그러나 〈울트라세븐〉을 보면서는 아무런 감흥이 없었고 지루해서 죽는 줄 알았다. 아무런 감흥이 없는데도 "울트라, 세븐, 세븐" 하는 소리가 솟아오르면 가슴이 뜨거워졌다.

아이들은 이렇게 일체감을 갖고 영화를 보는구나.

그 노랫소리 때문에 '도에이 만화 축제'는 잊지 못한다.

〈황혼〉이라는 영화는 대학 시절 친구들과 영화관 입구에서 만나서 봤다.

우리는 서로 안 지 이십 몇 년이 된 터라 서로의 가정생활의 역사를 잘 알았고, 누구나 나름의 피로감을 안고 있었다.

내가 가장 먼저 도착해 영화관 앞에 서 있었다.

우리와 비슷한 나이의 여자가 두셋씩 여기저기 모여 서서, 때때로 사람들이 오가는 쪽으로 고개를 내밀었다.

차례차례 중년 여성이 달려와서 누군가에게 달라붙거나 "아유, 지각이야" 하고 등짝을 한 대 맞거나 했다.

우리도 그녀들과 똑같았다.

영화관에 들어가 자리에 앉자 넷이 동시에 객석을 빙 둘러본 다음 얼굴을 마주하고 "후후후" 하고 웃었다.

우리는 넷이서 "후후후" 하고 웃는 것만으로 서로 이해할 수 있었고, 객석을 꽉 메운 더 이상 젊지 않은 여자들에 대한 공감과 이해도 그 웃음안에 포함되어 있었다.

영화가 끝나고 우리는 밖으로 토해져 나왔다.

거의 동시에 두 명의 입에서 "흥" 하는 소리가 새어 나왔다. 그 아름다운 부부애에 대한 이야기를 "흥"으로 정리해 버린 거다.

아무 말도 하지 않고 우리는 큰소리로 웃었다.

그 웃음이 참으로 씩씩하고 명랑해서 나는 가슴이 죄어들었고, 그럼에도 웃음소리만큼은 끝없이 명랑해져 갔다.

우리는 내일도 살아가야 한다.

〈황혼〉은 그 꽉 들어찬 중년 여성들 때문에 잊지 못한다.

〈ET〉를 봤다.

나는 아이들의 어머니가 나타나면 눈물이 났다. 어머니는 아침엔 살기등등해서 출근을 위해 아이들을 몰아 대고는 저녁엔 허둥지둥 퇴근해 종이 봉지를 식탁 위에 놓는다. 저녁밥이다. 그러고는 아이들과 함께 시끌벅적한 축제 마당에서 신이 나서 떠들어 댄다. 나는 그만, 얼굴을 돌리고 싶어졌다.

〈ET〉가 아이들 어머니의 곤고한 현실을 지나치게 동화화한 것이 으스스했다.

"말로 하는 소통에 절망해서 말을 갖지 않은 것을 추구한 거야."

함께 영화를 본 사람이 말했다.

정말로 그럴까, 나는 온 세상의 인간이 불쌍해졌다. 말을 갖지 않은 ET에게 마음을 전하려 애쓰는 말을 가진 인간의 일상이, 〈황혼〉을 보고 "홍"이라고 정리하는 여자들의 인생이.

"당신이 어디서 울었는지 알았어."

나는 소리 내어 울고 싶었다.

말은 아직 통하잖아.

109

미녀는 응가도 못하나

사람이 사람의 얼굴을 구별할 수 있다는 것은 생각해 보면 무섭다. 거의 비슷한 면적에 눈 두 개와 코 하나, 입 하나밖에 없지 않은가. 레이아웃도 절대로 바뀌지 않는다. 눈과 입의 위치가 반대인 사람은 없다. 그런데도 우리는 별안간 현관에 나타난 사람을 "어머, 오래간만이야, 좋아 보이는데" 하고 미치코와 마리코를 착각하는 일 없이 응대한다.

게다가 미치코와 마리코가 어느 쪽이 더 미인인가 하는 판단도 순식간에 해내고, 동창회 같은 데에 가면 아이큐에 관계없이 누구든 몇십 명의 얼굴을 서로 다 구분한다.

인간이란 굉장하다. 구별할 수 있다는 것만으로도 대단한데, 그 이상을 이것저것 따지는 건 매우 힘들 텐데도 그걸 한다. 자신이 한결같이 아름다운 사람이길 열망하지 않는 여자는 없다. 내 친구는 무서운 말을 한다. "절세 미녀란 건 시대에 따라서 변해 왔을지 몰라. 하지만 절세 추녀란 건 어느 시대에도 결코 변하는 일이 없을걸." 원시시대는 서로를 보는 것이 평생 동안 일가 친족 수십 명밖에 없었기 때문에 그중에서 우열을 따지는 것으로 족했지만, 영화가 등장한 이후로는 영화 여주인공이 그 기준이 됐다.

내가 어렸을 때, 영화의 여주인공은 이 세상 속의 사람이어서는 안 됐다. 예를 들어 그레타 가르보나 비비안 리는 쉬나 응가 같은 건 절대로 하지 않는다고 확신했다. 영화라는 별세계가 이 세상과 따로 있었다.

나는 연애란 것이 실세계에서 일어나는 일이라고는 생각하지 못했다. 키스란, 이 세상의 것이라고는 생각되지 않는 미인이 이 세상 것이라고는 생각되지 않는 남자하고만 거행하는 특별한 행위라고 생각했다. 그 당시의 나에게 연애는 키스에서 멈추는 것이었고, 키스가 연애의 최종 목적이었다. 옛날 영화는 그 이상의 것을 거행하지 않았기 때문이다. 또 영화는 해피엔딩이거나 비극적 결말, 이 두 가지 결말밖에 없었다. 영화는 그래야 했다.

어린 마음에도 실제의 인생은 해피엔딩도 비극적 결말도 아니란 것을 알고 있었기 때문에 이 세상의 것이 아닌 영화는 그래야 했다.

내가 다니던 고등학교는 지방의 여학교였기에 나에겐 남자 친구 같은 건 없었다. 세일러복 교복이 집 현관 밖으로 나갈 때 걸칠 수 있는 유일한 외출복이었으며, 우리 집만 그랬던 게 아니라 온 일본이 가난했기 때문에 다른 친구들도 마찬가지였다.

비가 내리는 일요일, 친구와 영화를 보러 가기로 약속했다. 영화관이 있는 번화가까지 16킬로미터였고 우리 동네에서 거기까지 작은 전철이 다녔다.

전철 요금은 20엔이었다. 우리는 그 교통비를 절약하려고, 뒤에 리어카를 단 검은 남자용 자전거를 이용했다. 친구는 400자 원고지 정도 크기의 짐받이에 올라타서 왼손

111

으로 내 등에 매달리고 오른손으로 검은 박쥐우산을 받쳤다. 자전거는 삐그덕 삐그덕 소리를 냈고 세일러복 치마는 풍선처럼 퍼졌다. 우리는 절세 미녀와 절세 미남이 나와서 연애하는, 이 세상 것이 아닌 것을 보기 위해 가슴을 헐떡거리며 갔다.

『파름의 수도원』이라는 스탕달의 소설이 원작이며, 제라르 필립이라는 프랑스의 대스타가 주인공으로 나오는 영화였다. 나와 친구는 제라르 필립이 나온다면 무엇이든 좋았다.

어떤 영화였는지는 거의 생각이 나지 않는다. 여주인공 산세베리나 공작부인이 누구였는지는 기억나지 않는다. 일본에는 귀족이란 것이 없고 성城도 없다고 우리는 생각하고 있었다. 마쓰모토성도 있고 니조성도 있는데, 우리는 그것을 성이라고 생각하지 않았다. 성이란 서양의 그림책에 나오는 것 같아야 했다. 호수 위로 솟아 있는 성에서 하얀 돌계단이 나와 호수 속까지 이어져 있는.

투명한 흰 드레스를 입은, 이 세상 여자가 아닌 것같이 미녀인 공작부인이 발을 적신 채 그 계단으로 올라와 제라르 필립을 끌어안았다. 두 사람은 갈라설 운명이었다. 두 사람의 배경에는 바다가 빛나고 있고 성도 보인다. 그리고 그 무엇보다 거기엔 키스해도 좋은 얼굴이란 것이 존재하고 있었다.

여주인공의 얼굴은 정말 흠잡을 데가 하나도 없다고 나는 생각했다.

여주인공의 개성이 뭔지, 뭔 생각을 하는지, 어떻게 살고 있는지 하는 것은 문제가 아니었다. 거의 대부분의 영화 여주인공은 '아름답다'라는 말만이 중대한 의미를 가지며 아름답다는 것으로 남자를 홀리면 그게 바로 드라마가 되었다. 그래야만 했다. 우리는 그 점에 대해 불평할 생각 같은 건 없었다. 우리는 비극적인 결말에 눈물을 짜낸 후, 이 세상이 아닌 곳을 빠져나와 이 세상으로 돌아왔다. 이 세상이란 뭔가. 그건 비가 내리는 16킬로미터의 거리를 무거운 남자용 자전거에 세일러복 치마를 펼쳐 올라타고 흠잡을 게 하나 가득인 내 얼굴을 비에 흠뻑 적시면서 숨을 헐떡거리며 달리는 거다.

얼굴이 비에 젖는데도 우리는 진심으로 마음이 흡족했었다.

〈에볼리에 멈춰선 그리스도〉라는 영화를 봤다.

신도 여기까지는 오지 않았다는 이탈리아의 벽지에 인텔리 정치범이 유배 온다. 슌칸俊寬°같은 거다. 이 슌칸은 훌륭하고, 건설적이고 바른 사람이다. 슌칸같이, 꼴불견으로 흐트러지는 모습을 보이지 않는다. 조금 나이를 먹었지만 충분히 잘생긴 남자였다.

그러나 영화 속에 마을 남자들이 줄줄이 출현하면서 이 멋진 남자의 잘생긴 얼굴은 지워 버린 듯 보이지 않게 된다. 아마도 배우가 아닌, 가난과 노동과 세월에 찌든 남자들의 얼굴이 나타나자, 주인공의 조형적으로 흠잡을 데 없

• 강력한 다이묘〔지방의 번주(藩主)〕를 몰아내려다 섬에 유배되는 승려의 이름이자, 일본의 전통 연극인 가부키의 레퍼토리이기도 하다.

는 얼굴이 단순한 조형물이 되고 만 것이리라.

이탈리아의 한촌에 가면 이런 아저씨들이 험악한 눈초리로 매섭게 길을 쏘아보며, 그곳에 있게 된 필연을, 그 세월을 살아왔다고 하는 사실을, 전혀 잘생겼다고 할 수 없는 얼굴에 그대로 드러내고 있기 때문이다. 마을 사람들의 얼굴은 이 세상 그 자체였다. 그리고 그 사실이 참으로 드라마틱하게, 영화의 스토리와는 별개의 힘을 갖고 다가왔다. 그런 얼굴들이 여럿 나란히 화면에 비치면 조형물 같은 건 아무래도 좋게 된다. 영화가 어떤 완성도라도 상관없게 된다.

영화는 이제 이 세상 그 자체가 되어 버렸다.

우디 앨런도 더스틴 호프만도 이 세상의 것이고, 야마구치 모모에와 메릴 스트립도 이 세상의 것이다.

그러나 만약 내가 지금 열여섯 살이라면, 우디 앨런을 보기 위해서 비 오는 날 16킬로미터를, 삐그덕 삐그덕 소리를 내는 자전거를 타고 헐떡헐떡 가슴을 죄면서 미친 듯이 영화관으로 달려가는 정열을 낼 수 있을까.

영화라면 어딘가 이 세상이 아닌 곳에 있으면서 이 세상의 우리를 유혹해 줬으면 하는 바람이 있는 거다. 이제는 이 세상 남자와 여자가 태연히 키스도 하고, 거기서 좀 더 나아가 다른 짓까지 한다는 것을 알아 버려서 조금 서운하다고나 할까.

더스틴 호프만은 너무 헷갈려

더스틴 호프만이 등장한 이후로 나는 매우 헷갈리고 있다. 나는 더스틴 호프만을 정말 좋아하기 때문에 그가 나온 영화라면 대부분 다 본다. 그리고 볼수록 점점 더 좋아진다. 그런데 이게 곤란하다.

〈존과 메리〉 같은 초기 영화들도 다 찾아봤는데 좋았다. 문제는 그 사람은 뭔가 연인이 될 만한 사람은 아닌 것 같은 생각이 든다는 것이다. 나는 이왕 돈 내고 보는 영화인데, 스타와 나의 관계를 구체적으로 상상하며 보지 않으면 손해라고 생각하는 사람이기 때문에, 스타와 나 사이의 관계를 아주 구체적으로 상정하려 든다.

〈존과 메리〉에서 더스틴 호프만은 내가 사는 싸구려 아파트의 옆 옆방에 사는 학생 같은 느낌을 주었다. 때때로 내 방을 두드리고 "미안하지만, 간장 좀 빌려줄래요?" 하는 관계인 거다.

그 당시 나는 피터 폰다를 좋아했는데, 피터 폰다하고는 아무리 해도 잘 풀리지 않았다. 아무리 애써도 그 인간은 내가 비집고 들어갈 틈을 주지 않는 거다. 반면 로버트 레드포드는 나를 쫓아다녔지만, 나는 그런 타입은 영 아니라서 매우 성가셨다.

어렸을 때, 영화를 볼 때면 아무래도 석연치 않은 느낌이 있었다. 주인공이 아닌 인간의 인생은 너무 부당하게 다뤄지고 있는 것 같아서였다. 하지만 그런 느낌은 잠시뿐, 오직 주인공의 운명에만 마음 졸였다. 그런데 때때로 잊고 있던 주변 인간이 문득 되살아나곤 했다. 영화 자체는 잊어버렸는데, 잊었다고 생각한 중요하지 않은 인물들이 내 안에 계속 살아 있다가 시시때때로 되살아나는 것이다. 예를 들어 〈인생유전〉의 마리아 카자레스가 연기한, 장 루이 바로의 아내를 나는 잊을 수 없다.

남편에게 사랑받지 못하고 남편의 사랑을 방해하는 존재가 된 그 아내가 계속 신경 쓰였다. 당시 고등학생이었던 나는 결혼이 뭔지 알기는커녕 연애 같은 것도 한 번 해본 적이 없었는데, 남편에게 미움받고 무시당하는 그 아내가 계속 생각이 났다.

대학생 때 〈노틀담의 꼽추〉를 봤다. 내가 잊을 수 없었던 것은 사원 돌기둥 뒤에 숨어서 그릇된 사랑을 억누르며 불쌍한 집시를 훔쳐보는 징그러운 주교였다.

나를 데려가 준 삼촌은 내 귓가에 대고 "정말 나쁜 놈이네."라고 말했다. 하지만 나는 정말 나쁜 놈인 그 남자의 어딘가에 내 마음을 오버랩시키고 있었다.

아마 나는 분명 나 자신이 뭔가의 중심인물이 될 수는 없다고 생각하고 있었을 것이다. 중심인물이란 내가 객석에 앉아 구경이나 해야 할 존재였다.

나에겐 드라마란 것이 일어날 수 없다. 드라마는 뛰어나게 아름다운 사람에게만 일어나는 것이며, 연애는 미남 미녀만이 하는 거라고. 그때 나는 그렇게 생각했을 것이다.

그렇기 때문에 더스틴 호프만은 나를 엄청 헷갈리게 했다. "미안하지만, 간장 좀 빌려줄래요?" 하는 남자가 스크린이라는 엄청 큰 화면에 등장해서는 전혀 주눅 들지 않고 당당하게 중심인물 노릇을 하고 있는 거다.

본래라면 그는 서부극이나 갱 영화 맨 앞부분에 나와 눈 깜짝할 사이에 비참하게 죽임당하고 사라지는 불쌍한 남자여야 했다. 그래서 마음이 뒤숭숭해져 나중에도 내가 잊지 못하는 남자가 되어야 했다.

사실 처음엔 코가 엄청 크고 키는 좀 모자라는 남자가 변변치 못한 자신의 인생 드라마를 힘껏 분발하여 연기하는 것을 보는 게 무척 기뻤다. 왠지 중심인물이 아닌 나에게도 세상이 그 나름의 드라마를 허락해 줄 것 같다는 생각을 하게 해 줬기 때문이다.

그러나 어쩐지 마음이 진정되지 않는다. 게다가 최근에는 이게 뭔가. 더스티 호프만이 훌륭해도 좀 과하게 훌륭하지 않은가. 왠지 건실한 남자가 외모까지 폼 나면 그것만으로 실격이라는, 미남을 보면 일단 분명 속이 빈 놈일 거라는 불공평한 (혹은 지나치게 공평한) 생각을 하게 만드는 데 지나치게 성공하지 않았나 하는 거다. 어딘가 모자란 부분이 없으면 인간으로서의 리얼리티가 결여된 거라는 견해를 사람들 사이에 서서히 스며들게 하지 않았냐는 거다. 이러다가 이거 이거, 인격 원만하고 용모가 단정하며 유능한 인간들이 너무 불쌍해지는 게 아닌가 하고 쓸데없는 걱정을 하게 되고 만다.

〈크레이머 대 크레이머〉의 아버지도 그렇다. 내가 메릴 스트립이라면, 그가 그렇게 갸륵하고 성실하고 더군다나 적당히 얼빠진 실수를 하면서도 칠전팔기로 애쓰는 것을 알게 된다면 바로 서둘러서 다시 합칠 것이다. 자신의 성급함을 반성하고, 인간에 대해 가망이 없다며 단념했던 경박함을 부끄러워하며 "당신, 그것으로 됐어요. 힘들었겠어요."라고 할 것이다. 그리하여 내가 했던 가출에 대해서는 언제 그랬냐는 듯 모른 척하고 혼신의 힘을 다하여 건전한 가정을 만들기 위해 매진하는 정도의 사기는 쳐 주려고 할 것이다. 사기 친 것에 대한 벌충은 시간을 들여 하면 되는 거다. 그렇지 않으면 부부 같은 건 해 나갈 수 없다.

〈투씨〉의 오빠도 참으로 잘했다. 라스트 신 같은 경우는 〈졸업〉의 마지막 대시dash와 마찬가지로 끈질김이라기보다는 차라리 무례함이지만, 그래서 전 인류에게 희망을 주는 장면이다.

그것을 로버트 레드포드가 했다면, 너무 당연해 보여서 보는 이들이 '흥' 하고 불만을 가졌을 것이다. 그것을 더스틴 호프만이 했기에 전 인류가 그야말로 기쁜 것이다. 나역시 희망을 가질 수 있게 되어 기쁘긴 하지만, 거기서도 나는 더스틴 호프만에게 버림받은 추녀 애인에게 마음을 투사하고 만다. 코가 빨개져 우는 그녀 곁으로 가서 "뭐, 어쩔 수 없잖아. 남자는 뭐니 뭐니 해도 미인한테 약하니까. 처음부터 승부가 안 됐던 거야. 분하지. 그래, 더 마셔. 이제 곧 좋은 일이 있을 거야."라고 말해 주고 싶다.

리얼리티는 궁상맞다

나는 영화를 세 종류로 나눈다.

해피엔딩과 비극, 그리고 그 어느 쪽도 아닌 것. 그 어느 쪽도 아닌 것은 대개 영화의 시작과 끝이 별 차이가 없다.

예를 들어, 중년의 남자가 어떤 순간에 사랑에 빠지는 영화가 있다. 이런 경우 그 남자는 말 많은 마누라와 바글대는 아이들과 뜻대로 되지 않는 생활에 지쳐 버렸다는 암시라든가 묘사 같은 게 먼저 나온다. 그래서 남자는 새로 만든 연인과 함께 새로운 미래에 몰두한다. 새 연인은 말도 안 되는 닳고 닳은 여자일 경우도 있고, 거짓말 같은 순정녀일 경우도 있고, 나빠 보이지도 선해 보이지도 않는 유부녀일 경우도 있다. 나는 영화를 보면서 남자에게 성원을 보낸다. 그러는 한편 '마누라는 어떻게 할 건데?' '아이들은 어떻게 할 건데?' 하고 생각하는데, 그 사랑은 돌연 끝난다. 이제 어떻게 하려나 보고 있자면, 남자는 어깨를 늘어뜨리고 시끄러운 마누라와 뜻대로 되지 않는 생활 속으로 터벅터벅 돌아간다.

그런 걸 리얼리즘이라고 부르는 걸까. 왠지 내 얘기 같아서 힘없이 영화관을 나오는데, 인생의 맛이 깊어진 것 같은 기분이 들었다.

바람을 피우는 게 여자일 경우에는 어째선지 엄청 부유한 여자로 설정되는 경우가 많다. 〈모데라토 칸타빌레〉라는 영화가 있었다. 엄청 큰 집에서 부자 여자가 안절부절 언짢아하고 있다. 남편은 속물이다. 부자 여자는 한가하므로 그런 것에 대해 특별히 더 짜증이 난다.

그리고 빗줄기와 물안개 덕분에 모양새가 그럴싸해진 나무 옆에서 어디의 누군지도 모르는 젊은 남자와 사랑에 빠진다. 그러다가 한순간의 환상이었던 것처럼 그것은 사라진다.

여자는 엄청 큰 집의 어두운 방에서 짐승처럼 울부짖는다. 왠지 충격적이고 감동적이긴 했지만 별로 공감은 가지 않았다.

그런 것은 리얼리즘이라고는 하지 않는 모양이다. 잔느모로가 실로 리얼한 표정과 리얼한 입을 갖고 있어도, 리얼리즘이라고 하지 않는 모양이다. 그러나 이것은 내가 부자 여자의 리얼리티를 느낄 만한 환경에 있지 않았기 때문일지도 모른다. 그 여자가 입고 있던 비싼 옷이나 엄청 큰 집의 방 배치에 리얼리티를 느끼는 사람이 있을 수도 있으니 리얼리즘이네 아니네 하고 단정 지을 수는 없다.

옛날에 〈로마의 휴일〉은 우리에겐 동화였지만, 황태자 전하는 그게 동화가 아니라 자기 얘기 같아서인지 종종 봤다고 한다.

옛날에 〈마타타비〉*라는 영화를 봤다. 내가 그전까지 본

---

* 노름꾼의 유랑 생활. 1973년도 일본 영화의 제목이기도 하다.

마타타비 관련 영화는 눈가가 서늘한 형님이 얼룩 하나 없는 줄무늬 비옷과 흠 하나 없는 새 삿갓을 새파란 하늘에 던지며, 먼지 하나 묻지 않은 감색 각반에 산뜻한 새 짚신을 신고 나왔다. 그러나 이치카와 곤 감독의 이 〈마타타비〉는 시작 장면에서 쇼켄의 형이 깡패 사이에 통하는 예의를 나눌 때, 풀썩 먼지가 일었다. 줄무늬 비옷은 여기저기 기운 것이었고, 짚신은 닳아서 발에 피가 나고 있었다.

나는 그 즉시 통째로 믿어 버렸다. 풀썩이는 먼지가 내 마음에 와 닿았다. '아무래도 사물을 리얼하게 느끼는 것은 그 사물이 더럽고 궁상맞은 때로구나.'

중년의 유부녀와 중년의 유부남이 오토바이로 사랑의 도피 행각을 벌이는 영화가 있었다.

여자는 제법 미인이었지만 가슴이 조금 처져 있었다. 그 출렁거리는 가슴을 가죽 점퍼를 입은 남자의 등에 억지로 밀어붙이고 손을 남자의 몸통에 둘렀다. 남자의 가죽 점퍼 옷자락에서는 뱃살이 삐져나와 있었다.

그 삐져나온 살이 실로 리얼하여 내 마음에 와 닿았다. 그것은 해피엔딩이었던가. 그들은 낡은 생활을 버리고 용감하게 오토바이를 타고 여행을 떠났다.

여자는 파티가 한창일 때 아이와 남편에게 생글생글 손을 흔들며 안녕을 고하고, 꽃무늬 원피스를 차올리며 오토바이에 올라탔다. 새로운 생활이 시작될 것이다. 그러나 그녀의 출렁거리던 가슴과 남자의 삐져나온 뱃살은 바뀌지 않을 것이다.

실로 리얼한 새 생활이 시작될 것이란 점이, 왠지 해피엔딩에 찬물을 끼얹는 것 같았다. 진짜 같아서 곤란한 거다. 우리는 어딘지 모르게 거짓말 냄새가 나는 것을 보면서 구원받고 싶어 하는 걸까.

요전번에 〈몰리에르〉라는 길고 긴 영화를 봤다. 16세기의 일반 대중이 대량으로 나왔다.

예를 들어 그들은 렘브란트의 그림에 나오는 것 같은 의상을 입고 있다. 베르메르 그림의 여자 같은 옷을 입고 있다. 『왕자와 거지』의 삽화 속 옷 같은 걸 입은 아이들도 나온다. 몰리에르는 어린 시절에 실로 과장되게 더러운 옷을 입고 있었다.

길의 물웅덩이에서 흙탕물이 튀어 진흙투성이가 된 렘브란트와 베르메르에게서는 악취마저 풍긴다. 아마 그것은 다소 과장일지도 모르지만, 몰리에르 자체가 무척 과장된 인생을 보낸 사람이다. 아마 당시는 과장된 시대고 과장된 시대에는 과장된 인생이 가능한 과장된 재능이 꽃피는구나 하고, 쩨쩨한 인생을 좀스럽게 살고 있는 나는 부러워했다.

몰리에르는 불운한 가운데(나에게는 불운으로 보이지 않았지만), 핏덩어리를 토하고 또 토했다. 나는 그렇게 거무칙칙한 핏덩어리를 대량으로 토하며 피 속에서 죽어 가는 사람을 본 적은 없지만, 그렇게 죽어 가는 몰리에르를 말끄러미 바라보니 어떤 쾌감이 느껴졌다.

나는 영화를 해피엔딩과 그렇지 않은 것으로 나누는 것을 그만두기로 했다. 빈자와 부자, 추녀와 미인, 행복과 불

행, 리얼한 것과 거짓된 것, 어떤 생활이 계속되든 끝나든
사람의 일생이란 그 안에 그 모든 것을 뭉뚱그려 갖고 있
으며, 진흙투성이 거적에 싸여 있든 얼룩 하나 없는 비단
옷에 싸여 있든 사는 것은 아름답다고, 핏덩어리를 토하며
죽는 몰리에르를 물끄러미 바라보며 엄숙하게 느꼈다.

극한에서의 초밥과 프랑스 영화

스무 살에 포로가 되어 시베리아에서 살아야 했던 사람의 이야기를 들은 적이 있다.

2년도 안 되어 그의 동료가 픽픽 죽어 갔다고 한다.

"따뜻한 곳에서 온 녀석부터 죽었지."

"몸에 저항력이 없어서일까요?"

"아니, 그게 아냐. 추위란 것을 모르더라고. 여름에 날이 따뜻하니까 갖고 있던 옷을 먹을 것과 바꿔서 먹어 버리는 거야. 추운 곳에서 온 녀석은 아무리 배가 고파도 셔츠만큼은 단 한 장도 먹을 것과 바꾸지 않아. 여기가 좀 모자란 녀석도 말이야."

아저씨는 머리를 가리켰다. 어째선지 아저씨는 줄줄이 금니였다.

"독일인은 굉장해. 열여섯 살 남자아이가 있었는데 나를 잘 따랐어. 먹을 것이 없는데 아이잖아. 불쌍해서 때때로 먹을 것을 줬지."

나한테는 스무 살도 아이로 보인다.

"그 녀석이 오더니 나한테 탈출을 하자는 거야. 탈출해서 한 번 더 일본과 독일이 손을 잡고 싸우자고 말하지 않겠어? 이미 전쟁은 끝났을 때야. 일본인은 패배를 깨끗이 인정했건만, 그 녀석은 몇 번이나 와서 함께 탈출하자고 꼬드겼어. 성공할 리 없는데도 비행기를 훔친다는 거야. 나는 기다리면 집으로 돌아갈 수 있다고 말하면서 진심으로 말렸어. 그런데 정말로 해 버렸어. 비행기를 훔쳤다고."

"그래서요?"

"깨끗이 당했지. 귀여운 녀석이었는데."

돌연, 아저씨는 이야기를 바꿨다.

"그게 참, 2년이란 참 긴 시간이야. 낮 동안은 좋아. 일을 해야 하니까. 이때도 열심히 일한 녀석일수록 빨리 죽었어. 먹을 것과 일하는 것 사이에 균형을 잡아야 하는데 말이야. 일하는 척만 해야지 너무 열심히 하면 안 되는 거야."

"인텔리가 약하다든가 하지는 않고요?"

"아니, 그렇지는 않아. 적당히 아무렇게나 하는 녀석일수록 살아남았어. 낮 동안은 좋아. 근데 밤이 길어. 밤에 뭘 했을 것 같아?"

"도박?"

"아니, 아니야. 먹을 거 얘기랑 영화 얘기, 그것뿐이었어. 밤이 되면 말이지, 이런 식으로 나란히 앉아. 거기에는 여러 종류의 장사꾼이 있었어. 초밥집을 했던 녀석이 있었는데, 그 녀석이 한가운데 나와서 초밥을 만드는 거야. 나란히 앉은 손님들이 주문을 해, 참치 등등을 말이야. 그러면 '예이, 참치 대령이요' 하고 초밥을 만들어 내는 시늉을 하는 거야. 주문한 녀석은 손가락을 이렇게 해서 간장 찍는 흉내를 내고 날름 먹어. 그런 식으로 몇 시간이고 보내는 거지. 매일 밤, 한 차례 초밥을 먹고 나면 이번에는 영화야. 전쟁이 시작되기 전의 프랑스 영화. 뭣 때문인지 언제나 프랑스 영화였어. 먼저 영화를 본 녀석이 앞에 나와서 줄거리를 좌악 얘기하는 거야. 같은 영화를 본 녀석들이 많거든. 그래서 조금이라도 다르면 딱 걸리는 거지. 〈망향〉 얘기를 할 때는 모두 장 가뱅이 죽는 흉내를 내며 좋아했지.

야아, 영화란 그런 거야. 그때 내가 살고 싶은 이유가 있었다면, 그것은 초밥을 한 번 더 먹고, 프랑스 영화를 한 번 더 보고 싶어서였어."

경박한 내가 깨달은 것은, 인간이 극한에 이르러서 추구하는 것은 먹을 것과, 먹을 것과는 가장 멀리 떨어져 있는 문화라는 것이었다.

'몸과 정신'이라는 건가.

〈디바〉를 봤다.

나는 오페라를 좋아하지 않는다. 특히 소프라노 여자가 목소리를 짜내면 끼익 끼익 고통스러워져 나가 떨어진다.

〈디바〉의 훌륭한 여성 흑인 오페라 가수가 공손히 절을 하고 노래하기 시작한다.

인간의 몸에서 저렇게 아름다운 소리가 솟아나오는구나 하고 나는 놀랐다.

전혀 끼익 끼익 하지 않았다. 지금은 혼란스러울 만큼 다양한 '노래'가 있다. 그러나 그중에서 〈디바〉의 흑인 가수가 노래한 것만큼 화려한 곡이 있을까. '곡'이라기보다 '목소리', 목소리라기보다 '우주'라고 해야 하나.

나는 사람의 몸은 참 신기하다고 생각했다.

미스터리한 베트남 소녀도 무척 매력적이었다. 현란한 싸구려 미니스커트를 입고, 롤러스케이트를 타고 집 안을 돌아다닌다.

소녀는 소금쟁이같이 가벼웠다. 그녀 또한 사람의 몸을 초월했으면서, 그러나 확실히 나긋나긋한 사람의 몸을 갖고 있었다.

나는 시베리아로 끌려가는 일은 없을지도 모른다. 그러나 늙어 빠져서 죽음이 목전에 왔을 때, 그 고혹적인 세계를 노래한 〈디바〉의 흑인 가수의 몸을, 마치 아무 무게가 없는 듯 소금쟁이같이 돌아다니던 베트남 소녀의 몸을, 무한한 동경을 갖고 회상해 낼지도 모른다.

아름다운 사람은 서 있어라

우리는 이미 정말로 아름다운 사람이란 것을 볼 수가 없다. 미의 기준 그 자체가 없어졌다고 해도 좋다. 아름다운 사람은 이 세상 사람 같아서는 안 된다. 범접할 수 없이 신성하고 그윽한 기품이 있고 환상 같아서, 리얼리티 같은 건 한 조각도 있어서는 안 된다. 우리 땐 이미 그와 같은 사람은 없었다. 나는 어머니에게서 가르보라는 이름을 들었다. 가르보라고 말할 때, 토실토실 살찐 아기 돼지 같은 어머니는 꿈꾸는 듯한 눈을 했다. 나는 때때로 가르보의 사진을 보기는 했지만 영화는 못 봤었다.

그 가르보는 아름다움의 정점에서 사생활을 수수께끼로 감싼 채 스크린에서도 매스컴에서도 사라져 버렸다.

나는 이번 달 '그레타 가르보 영화제'에서 그 가르보를 대면했다. 1920년대의 영화니까 당연히 흑백이다. 그리고 무성 영화다. 가르보가 입을 움직여도 말은 들리지 않는다. 때때로 자막이 들어간다. 자막이 자주 들어가면 흐름이 끊기기 때문에 매우 의미심장한 말만 짧게 나타난다.

오늘날의 영화라는 장르는 종합적 표현으로서 거의 불가능이라는 게 없을 정도로 발달했다. 리얼리티를 논하자면 이미 현실을 훨씬 능가해 버렸다고 할 정도다. 그것은 그것대로 멋있는 일이다. 예를 들어 〈우편배달부는 벨을 두 번 울린다〉도 큰 감동을 느끼며 봤다. 하지만 무성 영화와 오늘날의 영화는 전혀 다른 장르라고 나는 말하고 싶다. 메시지가 전혀 다르니까.

가르보는 거의 웃지 않는다. 그리고 그 아름다움 때문에 운명적이고 비극적인 연애를 부여받는다. 그녀가 투명한 매미 날개 같은 옷을 두르고 스크린에 등장하면 가냘픈 빛과 그림자가 흔들리는 것 같다. 더구나 가르보는 아름다움을 압도적인 무기로 삼아 강인한 여자를 연기한다. 조신하고 약한 여자가 아니다. 아름다움이 그 강인함을 뒷받침한다. 영화 속에서 남자와 여자가 만나 사랑에 빠질 때, 나는 아무래도 납득이 가지 않는 것이 많다. '저 남자는 도대체 저 여자의 어디에 반한 걸까. 조금 예뻐서일까. 흠, 예쁜 사람은 좋겠구나' 하는 정도지 그 이상의 공감이 없다.

가르보가 서서 남자를 본다. 남자가 가르보를 보기 전에 내가 먼저 인정하고 만다. 어쩔 수 없다. 그것이 아름다운 사람이다.

흑백·무성 영화라고 하여 가르보의 영화가 불편하게 느껴지지는 않는다. 흑백·무성의 세계는, 말하자면 금욕적인, 정통한 미의 표현이라는 점에서는 오히려 돋보이는 부분이 있다. 흑백·무성이라는 한정된 조건 속에서 영화가 전형적인 로맨스를 얼마나 잘 표현할 수 있는지, 그 가능성의 한계에 도전한다.

스크린은 빛과 그림자의, 그것도 달빛의 환상이므로 가르보는 현세의 사람이 아니다.

통통한 아기 돼지 같은 젊은 시절의 어머니가 가르보를 보며 한숨을 내쉬었을 때 그건 어떤 한숨이었을까. 어머니는 눈을 깜박거리며 영화관을 나와서 현실의 거리를 조신하게 걸어 집으로 돌아갔을 것이다. 진정한 로맨스는 가르보에게만 허용된다는 것을 충분히 인정하면서.

나도 시부야의 혼잡한 거리를 헤치며 걷다가, 지저분한 청바지에 복슬복슬한 커플 니트 같은 것을 입고 행복한 표정을 지으며 꼭 끌어안고 있는 젊은 커플에 부딪칠 뻔하고는 '헤이, 이봐, 창피한 줄 알라고. 사랑은 가르보님 같은 사람이나 하는 거라고. 거, 손 좀 떼, 손 좀. 꼴사나우니까' 하고 나도 모르게 혼자 생각한다.

이봐, 거기 젊은이, 바보 같다고 생각할지 모르지만, 옛날 옛적 아름다운 영화의 아름다운 사람을 우러러보는 것 또한 새로운 발견이 될지도 몰라.

"무슨 상관이야!"라고? 그래, 그거. 그 무슨 상관이야 정도의 비현실성이란 것이 바로 내가 무척 끌리는 지점이라니까.

4.

1만 번 회전하는 세탁기

친절

지하철 긴자역의 개찰구를 나서자 검은 안경을 쓴 남자가 하얀 지팡이를 휘두르며 "저 좀 안내해 주세요. 도와주세요."라고 외치고 있었다.

"어디로 가시나요?"

"마쓰야예요, 마쓰야."

"벽면을 따라가면 계단이 있는데요, 그걸 올라가면 마쓰야예요."

"그렇게 말해 줘선 난 못 찾아요."

나는 벽이 있는 데까지 팔을 잡고 데려갔다.

"이 벽을 따라가면 괜찮을 거예요."

그는 "저 좀 안내해 주세요. 도와주세요" 하고 다시 지팡이를 휘두르며 큰소리로 통행인들을 향해 소리치기 시작했다.

나는 "같이 가 드릴게요" 하고 발걸음을 내딛었다.

그는 "도대체가 친절한 것들을 볼 수가 없어, 밖에 나올 때마다 이래" 하고 계속해서 퉁퉁 화가 나 있었다.

"마쓰야로 나가면 되는 거지요?"

"세상 놈들은 지 생각만 해"라며 그는 불평을 그치지 않았다. 바람을 맞으며 마쓰야의 지하철 출입구를 통해 지상으로 나왔다. "여기가 마쓰야예요."

그는 내 팔을 뿌리치더니 다시 지팡이를 휘두르며 "저 좀 안내해 주세요, 도와주세요" 하고 외치기 시작했다. 나는 황급히 출입구로 다시 기어들어 갔다. 그만 무서워졌기 때문이다. 그는 내가 어디까지 데려가 주든 계속 불평만 했을 것이다. 그가 "고맙습니다"란 말을 한마디도 하지 않았다는 사실에 나는 놀랐다.

생각해 보니 나 역시, 지나가는 사람에게 찔끔 친절을 베풀어 놓고 "고맙습니다"라는 한마디로 나 자신이 착한 사람이라는 것을 보증받으려 했다. 물론 사소한 친절이야 몇 번이라도 베풀겠지. "고맙습니다"라는 말을 듣든 안 듣든.

그러나 사소한 친절 이상의 것을 요구받는다면, 내가 계속해서 친절하게 대할 수 있을까.

친구에게서 전화가 왔다.

"내일 우리 조카 초등학교 입학식이야. 언니가 오전에만 휴가를 내서 오후에는 조카를 방과 후 보육센터에 맡긴다는데, 불쌍하지 않아? 그래서 내가 내일 오후에 집으로 데려올까 하는데, 어떻게 생각해?"

"뭐가 불쌍해. 그냥 방과 후 보육센터에 보내. 불쌍하다는 생각은 버려. 우리 아이도 방과 후 보육센터에 다녔어. 그때 뭐가 싫었냐면, 주위에서 불쌍해, 불쌍해 하고 떠드는 거였어. 네가 불쌍하다고 생각하면 아이가 자신을 불쌍한 아이라고 생각하기 시작해."

"그래도 불쌍한걸."

"그렇게 불쌍하면 네가 일 그만두고 매일 맡든지."

"그럴 수는 없지."

"변덕스러운 친절은 누구라도 베풀 수 있어. ○○코 씨는 너를 두고, 남편이랑 헤어져서 불쌍해, 불쌍해 하고 매일 말하는 거 알아?"

"아니, 그게 뭔 소리야? 내가 왜 불쌍해. 뭐야, 자기는 행복하다는 거야? 나 이렇게 룰루랄라 하면서 잘 살고 있는데. 열 받네."

"거 봐. 불쌍하다는 말 듣는 거 싫지?"

"그런데 말이야, 사람이란 남의 불행을 보고 자신의 행복을 확인하고 싶은가 봐. 자기보다 불행한 사람이 있으면 안심이 되나 봐."

문득 떠오르는 것은 이타심, 천천히 조금씩 떠오르는 것은 이기심. 이타심은 없는 것보다는 있는 편이 좋다. 그러나 이타심만으로는 불편하다.

마당

우리 집의 넓지도 않은 마당에는 돌만 데굴데굴 굴러다닌
다. 살풍경한 초록색 울타리에 둘러싸인 마당에는 나무 한
그루 서 있지 않다.

이사 오고 나서 1년 반 동안, 나는 집 안에서 돌투성이
땅바닥을 멍하니 바라만 보고 있었다. 그러다가 어느 날,
마당에 나가 웅크리고 앉아서 돌 하나를 주웠다. 그리고
그것을 양동이에 담았다. 양동이에 돌 한 개를 담았더니
이번엔 양동이를 돌로 가득 채우고 싶어졌다. 그 뒤로 나
는 눈에 띄는 대로 돌을 집어 양동이에 담아서 버렸다. 네
양동이나 다섯 양동이쯤 버렸다. 눈에 띄는 돌이 없어지자
재미없어져서 헛간에서 삽을 꺼내 와 땅을 파서 돌을 찾았
다. 파고 또 파도 돌은 계속 나왔다. 삼도천의 모래밭●에서
돌을 쌓아올리는 것과 마찬가지 아닌가. 돌은 영구히 솟아
나올 것 같았다. 끝이 없는 작업인데도 나는 좀처럼 그만
둘 수 없었다. 삼도천의 모래밭에 돌을 쌓는 작업도 어쩌
면 그만둘 수 없을 정도로 재미있는 일일지도 모른다. 죽

● 부모보다 먼저 죽은 자식이 머문다는 가상의 세계로, 죽은 자식이 부모를
위해 돌탑을 세우면 곧바로 다른 귀신이 와서 허물어 버린다고 한다.

으면 삼도천의 모래밭에서 내내 돌 쌓기를 해도 나쁘지 않을 것 같은데. 삼도천의 모래밭에 빨리 가고 싶은 기분마저 든다.

그러는 사이에 삽이 망가져 버렸다.

그 와중에 헛간에서 친구가 작년에 놔두고 간 꽃씨 네댓 봉지를 찾았다. 나는 그것을 모두 뿌렸다. 빨간 것도 있고 노란 것도 있고 하얀 것도 있고 보라색인 것도 있고 곰팡이가 슨 것도 있었다. 여름이 되면 우리 집 마당은 알록달록 화려한 나가주반*처럼 될지도 모른다.

그러고 나서 나는 나무도 심자고 생각했다.

울타리 옆에 개잎갈나무를 심을까, 자작나무를 심을까, 아니면 열매 맺는 나무를 한 그루씩 심을까. 나는 씨앗에 물을 주면서 아름다워질 마당을 상상했다. 그랬더니 갑자기 옆집 마당이 신경 쓰이기 시작했다. 흥, 내가 지나 봐라.

봤더니 옆집 마당은 이미 울타리를 따라 탱자나무가 심어져 있고, 옅은 초록색을 띤 잔디가 예쁘게 나 있다. 후피향나무와 수유나무와 금목서도 심어져 있어서 옆집 부인은 매일 거기에 물을 준다.

뭘 좀 하려고 마음먹었더니 갑자기 옆집 마당이 신경 쓰이기 시작한 이유는 뭘까.

내가 지금까지 알아차리지 못해서 그렇지, 어느 집이나 옆집 마당은 어떨까 하고 다들 비교하고 있는 중인지도 모른다. 나무가 자라고 꽃이 피고 그것을 키우는 것만으로

• 기모노 속에 입는 긴 속옷

충분히 즐거운 일이겠지만, 뭘 더 하지? 하는 생각이 들 때, 다른 사람은 뭘 어떻게 하는지 비교하게 되는 걸까. 예를 들어 누군가에게 "보세요. 어디 어디 마당이 무척 예쁘게 손질되어 있어요. 당신이 졌네요. 하나하나 스케줄을 정해서 해 보세요. 봐요, 옆집 장미는 직경 5센티나 되는데 당신 것은 2센티도 안 되잖아요. 이래 가지고야 어디, 더 하급반으로 내려가든지, 아니면 제대로 좀 해 봐요."라고 노골적인 핀잔을 듣는다면 마당 손질도 실로 화나는 일이 될 것이다. 나의 아이는 훌륭하구나, 그런 류의 말을 들어도 꾹 참고 학교에 다닌다.

영어

중학교 1학년 때 '디스 이즈 어 펜'을 배운 이후로 대학에서까지 쭉 영어 공부를 했지만, 나는 대학을 나와서도 외국인하고 대화를 할 수 없었다. 나는 일대 결심을 하고 영어 회화 교실에 다녔다. 또다시 디스 이즈 어 펜부터 시작하는데, 대략 3개월쯤 되는 시점에서 내게 사정이 생기거나 영어 회화 교실이 폐강되거나 했다.

벌써 디스 이즈 어 펜만 몇 번을 했는지 모르겠다. 나는 독일에 가서도 벌리츠어학원의 영어교실에 다녔다. 또 디스 이즈 어 펜부터 다시 시작했는데, 옆자리의 독일인 여자애는 순식간에 실력이 늘어 1개월 후에는 영국인 애인을 데리고 와서 나에게 자랑했다. 애인을 말이다. 내 영어는 세탁소 주인과 싸울 때는 완벽했다. 택시 운전사가 길을 잘못 들어섰을 때에도 신속하게 길을 바로잡아 줄 수 있었다. 항상 그렇게 비상시에만 도움이 됐다. 하지만 평화 시, 예를 들어 파티 같은 데에서는 전혀 도움이 되지 않았다.

요코하마의 외국인 맨션에 간 적이 있다. 나는 처음 본 엄청 큰 외국인용 맨션에 깜짝 놀랐다. 거기 모이는 부인들 중에 영어용 입을 갖고 계신 분이 있어서 나는 멍청히 있었다. 근본이 수다쟁이인 나는 그저 남의 얘기를 듣고만 있는 것이 고통이었기 때문에 영어용 입을 보고만 있는 모임을 어느샌가 그만두고 말았다.

프로테스탄트 목사님을 찾아간 적도 있다. 그는 공해 방지 운동을 열심히 하는 분이라 화제는 늘 공해가 얼마나 무서운지에 대한 거였다. 벽에 그림이 걸려 있었다. 흑인이 노동하고 있는 어두운 그림이었다. 이것을 어떻게 생각하느냐는 질문에, 나는 주제가 어찌됐든 예술로서는 질이 낮다고 생각한다고 말하려 했지만, 일본어로도 어려운 말인데 어찌 하랴. 나는 "아이 돈 라이크."라고만 말하고 몹시 어색해져서 거기도 그만뒀다. 내가 거기서 익힌 단어는 '폴루션', 공해라는 단어뿐이다.

그 후 미국대사관에서 일하는 일본인 친구를 집에 불렀다. 일본어가 통하니까 나는 무엇이든 마음껏 질문했다. 그녀는 마침내 "미국인은 그런 거 생각 안 해!"라고 나를 향해 호통쳤다. 그 이후 그녀는 우리 집에 그냥 놀러왔다.

젊은 미국 여자에게 배운 적도 있다. 그녀는 버스 안에서 나에게 섹스에 대해 질문하더니, 자신의 성생활에 대해 길게 떠들었다. 일본에서는 여자 끼리든 남녀 사이에서든 성에 대한 이야기를 나누는 게 매우 조심스러운 일이라 나는 몹시 난감했다. 그러자 그녀는 나에게 켄터키 프라이드치킨의 뼈로 수프스톡을 어떻게 만드나 하는 것만 가르쳤고, 텍스트는 역시 디스 이즈 어 펜 주변을 맴돌 뿐이었다.

그러는 사이에 나는 재능도 없는 주제에 노력도 하지 않고 머리는 노화되어 갔다. 그런데도 나는 또다시 영어를 배우러 다니기 시작했다. 디스 이즈 어 펜을 시작한 거다. 스스로도 정말 어이가 없다. 뭐랄까 이제 버릇 같은, 부스럼 같은, 지병 같은 디스 이즈 어 펜이다. 미국인 교사는 내 입을 보고 "발음의 기초가 안 돼 있네요" 하고 일본어로 슬피 말한다.

애완동물

우리 집 고양이는 여덟 살로, 조금은 할아버지가 되어서 배 부분의 털도 적어지고 크기도 한 사이즈쯤 작아졌다. 고양이는 하는 일이 그저 집에서 잠자고, 캣푸드를 먹고, 때때로 생선 잔반을 주면 털을 곤두세우고 미칠 듯이 기뻐하는 것이 전부다. 나는 때때로 주는 생선에 미칠 듯이 기뻐하는 고양이를 보면서 역시 '행복'은 현실 생활 속에 어쩌다 등장해야 하는 거야, 내가 우리 집 고양이는 제대로 키운 거야 하고 결론 내리는 독선적인 주인이다.

지난번에, 고양이에게 기름기가 알맞게 밴 참치 뱃살, 소 살코기, 도미 회, 치즈, 한펜,* 장어 등을 먹이면서 점차 입이 사치스러워져 가는 고양이의 미각을 관찰하며 만족해하는 사람에 대한 기사를 읽었다. 고양이 관련 잡지 같은 걸 보면 이런 분이 많이 계시다. 회 이외의 생선을 드릴 때는 뼈를 발라서 드린다. 미처 바르지 못한 생선 뼈가 목에 걸려 아프신 고양이를 한밤중에 병원으로 모시고 가기도 한다. 우리 집 고양이는 생선 뼈밖에 준 일이 없어서 그런지 뼈가 목에 걸리는 일이 없다. 참새를 잡아먹기도 하

---

* 흰살 생선에 참마·녹말·조미료 등을 섞어서 납작하게 만들어 찐 식품

는데 그때는 발끝까지 먹어 치우고 털도 먹어 치우는 모양이다.

"회밖에 안 먹는 고양이로 키워도 좋다고 생각하니?" 나는 아들에게 물었다.

"그러든 말든 왜 쓸데없는 참견이야?"

"왜냐고? 고양이가 고양이다워야지."

"엄마, 그 고양이는 그것으로 행복한 거잖아."

"글쎄, 그렇게 키우면 쥐를 못 잡게 되는 걸."

"지금 쥐가 어디 있어?"

"그럼 참새 같은 거 말이야, 참새가 있으면 뛰어올라서 잡는 본능 말이야. 자기 능력을 사용하는 동물 본래의 본능."

"그런 거 안 잡아도 회를 먹을 수 있는데 뭐하러 그래?"

"회도 신선도가 떨어진 거는 안 먹고, 맛있는 생선 가게 것을 줘야 좋아한다잖니."

"그것도 본능일지 모르지."

"그런 건 본능이 아니라 그냥 응석받이로 자라서 그런 거야. 인간이 그렇게 만든 거라고. 그건 고양이에 대해서, '고양이' 그 자체에.대해서 실례 아니니?"

"그것도 엄마라는 인간의 생각이잖아. 그런 식이라면 우리 집 미냐한테 사료는 왜 줘?"

"으응, 최소한의 사료를 주고 있지."

"그럼, 길고양이한테 사료 주는 건?"

"으응, 으응, 이 인간 사회에서 공존하기 위해서."

"어째서 공존이야? 고양이가 야생인 게 좋다고 하면서 사료를 주는 건 모순이야. 엄마는 모순돼 있습니다." 아들

143

은 요즘 무턱대고 모순이라며 공격하고는 신나 한다.

"애완동물이니까 어쩔 수 없잖아요." 나와 아들이 주고받는 말을 듣고 있던 여동생의 남편이 겁도 없이 아들 편을 들었다.

"아니, 뭐? 애완동물이라니, 그게 무슨 소리야? 애완동물이란 건 그게 무엇에 대한 호칭이든 상대에게 몹시 실례되는 말 아니야? 너 남편한테 애완동물 취급받으면 좋아?" 나는 여동생한테 화살을 돌렸다.

"아아, 받고 싶어. 매일 네기토로마키•랑, 붕장어 초밥을 먹게 해 준다면 목줄을 매고 다녀도 좋아."

"한심해요" 하고 아들이 끼어든다.

"뭐 어때? 괜찮잖아. 마사코 이모가 좋다고 하면, 그것으로 됐다는 게 네 이론이잖니."

나는 득의만면해졌다. "그래도 한심해" 하는 아들. 우리는 모두 뭐가 뭔지 모르게 되어 버렸고, 그때 우리 집 고양이가 야옹 하고 우는 바람에 다 같이 웃었지만, 글쎄 이렇게 웃어도 좋은 걸까.

• 파와 참치 회를 넣어 만든 김밥

합리주의

커피 값을 절대로 내지 않는 남자가 있다. 커피를 다 마시고 자리에서 일어날 때면 절묘하게 타이밍을 맞춰서 "잘 마셨습니다" 하는 거다. 나는 불끈 화가 나서 계산서를 집어 들고, 다음번에는 꼭 내가 먼저 "잘 마셨습니다."라고 해야지 하고 결의를 굳힌다. 다음번에 다시 "차 마셔요" 하고 내가 불러내면, 이번에도 또 절묘한 순간에 말할 타이밍을 도둑맞는다.

그것은 이미 예술이다.

그러나 그는 내가 금전상으로 인생의 위기에 처했을 때 저금통장과 도장을 가져와 줬다. '고마웠던' 나는 그때만큼은 '커피 값' 계산서를 스스로 집어 들었다. 그는 구두쇠가 아니다.

은행을 믿지 않는 여자가 있다. 그녀는 돈다발을 큼직한 핸드백에 몽땅 넣고 다니는데 단 한순간도 핸드백에서 손을 떼지 않는다. 돈다발을 싼 종이 꾸러미를 만질 수 있게 해 준 적이 있는데 두께가 2센티 이상은 됐다. 언젠가 함께 여행 가자고 했더니, 그 돈다발이 든 핸드백을 휘휘 돌리면서 "네가 가자고 했으니까 나는 공짜야, 힛힛힛" 하고 약

145

속 장소인 플랫폼에서 웃었다. 이 왕구두쇠야!

그 왕구두쇠는 오차즈케•를 해 먹자고 한 토막에 천 엔이나 하는 자반연어를 두 토막이나 가져와서 녹차를 부었다. 나는 도저히 한 토막에 천 엔 하는 자반연어를 입에 넣지 못한다. 그녀는 일부러 비행기로 규슈까지 날아가서 맛있는 것을 샀는데, 그것을 터미널에 두고 왔다며 정말로 소리를 내서 울었다. 나는 비행기 값을 들여서 겨자연근▲을 사러 갈 수는 없다.

그녀는 나더러 구두쇠라고 한다. 그 구두쇠인 내가, 겨울이 되면 다른 사람에겐 도저히 말할 수 없을 정도로 많은 액수의 난방비를 쓴다. 나는 프라이팬 위에서 타 죽을 수는 있어도 얼어서 죽는 것은 싫다.

그녀는 추운 날은 난방비를 절약하려고 집에 가지 않으면서 "정말 여기는 따뜻해. 구두쇠네 집은 추워서 싫어, 그지?" 하고 자신을 구두쇠의 반열에서 슬쩍 제쳐 놓는다. 그리고 나의 금전 감각은 줄줄 새는 소쿠리라고 공격한다. 무슨 말씀. 올해같이 맹렬하게 더운 날씨에도 나는 에어컨을 달지 않았다.

그런 그녀가 "넌 정말 별난 사람이야. 병조림이랑 마요네즈 빈병을 왜 저렇게 쌓아 놔?"라고 한다.

"저거, 육수 만들어 담아서 냉장고에 넣을 거야."

"찢어진 추리닝은?"

• 밥에 뜨거운 녹차를 부은 것
▲ 규슈 구마모토의 향토 요리

"잘라서 유리 닦을 거야."

"옷장 안에 가득 있잖아, 버리지 그래."

"싫어, 아까워."

"구두쇠야, 도대체가 네 전화비랑 난방비면 추리닝 같은 거 몇십 벌은 사겠다."

그뿐 아니라 나는 비닐봉지를 못 버린다. 아무리 작은 비닐봉지라도 다 모아 둔다. 요전번에 외출했을 때, 검은색 큰 비닐봉지를 쓰레기통 위에 두고 나온 걸 기억해 내곤 안절부절 어쩔 줄 몰랐다. "쓰레기통 위 둥글게 말아 놓은 비닐봉지, 그거 쓰레기 넣어서 버릴 거니까 버리지 마" 하고 여동생에게 전화했다. 동생은 "언니, 지금 이 전화비면 쓰레기봉지 몇 장이라도 사겠다" 하고 어이없어 했다. 하지만 여동생은 일주일에 한 번씩 한 아름이나 되는 꽃을 사지 않고는 못 견디면서, 남편에게는 구멍 난 양말을 꿰매어 신게 한다. 누가 구두쇤지 모르겠다. 완벽한 구두쇠는 구두쇠가 아니라 합리주의자라고 하는 거겠지.

병원

내 친구 중에 온천도溫를 깨친 사람이 있다. 검도와 마찬가지로 온천도도 깨치는 거라고 한다. 어떤 식으로 하는 게 온천도인지 나는 알 수 없지만, 여하튼 하루에 대여섯 개의 온천에 뛰어들며 헉헉거린다고 한다.

깨치면 어디 누가 면허증을 주는지 모르겠지만, 어쩌다 알게 된 사람과 온천 얘기를 주거니 받거니 하게 되면 '으음…… 너 뭘 좀 아는데' 하고 서로에게 살기를 뿜어 댄다. 흠, 온천도를 정복한 사람끼리라는 건 어쩐지 호모끼리의 느낌 같은 걸까나.

내가 기운이 없거나 하면 그는 온천, 온천 하고 권하는데, 나는 기차를 타는 것도 귀찮고 탁한 물에 주뼛주뼛 들어가는 것도 귀찮고, 가격에 비해 밥이 맛이 없다든가, 경치가 좋다든가, 식당 언니가 무섭다든가 같은 여러 가지 평가를 하게 되는 것도 피곤하다. 게다가 온천에 가거나 여행하거나 하면 '어머, 팔자가 늘어지셨네' 하는 눈빛을 하는 사람이 여자 중엔 열에 넷은 꼭 있다. 정말이다. 그러면 마음 약한 나는 거짓말을 한다. "일 때문에 가는 거야." 나는 일 때문에 여행하는 것은 정말 품위 없는 일이라고 생각하기 때문에, 결론적으로 여행 같은 거 하고 싶지 않다.

그러나 오로지 일상이란 것으로부터 울고 싶을 정도로 마구 도망치고 싶을 때가 있다. 그때 나는 적절하게 바로 병에 걸린다. 병을 좋아하는 거라고 인정할 수밖에 없다. 그때 나는 단 하나뿐인 저금통장을 가지고 입원한다. 세상으로부터 차가운 눈총을 받지 않아서 좋고, 비실비실 병원으로 외출하니 '돈' 얘기밖에 입에 담지 않는 아들조차도 얌전해지는 것이, 어디 깊은 산속 고원高原의 무슨 호텔의 트윈 룸에 가는 것보다도 좋다. 정말로 병에 걸린 거니까 노란 링거주사를 맞는다. 아파도 괴로워도 참는다. 그리고 난 머리가 벗어졌든 뚱뚱보든, 의사 선생님이 좋다. 그래서 의사 선생님이 흰 가운을 팔랑거리며 나타나면, 내 의견 같은 거 말씀드려서 반감을 사는 일이 절대 일어나지 않도록 주의하는 순종적인 여자가 된다.

가만히 병실의 하얀 벽을 바라보고 있자면, 이 피부 아래 감춰져 있는 무슨 무슨 장이라 이름 붙은 무수하다 해도 좋을 정도의 장기가 한순간의 휴식도 없이 계속 일하고 있구나 하는 생각이 든다. 내 몸에게 정말 애썼다고 격려의 말이라도 해 주고 싶다. 손을 뒤집어 살펴보니 이 손 가죽도 튼튼하다. 루이비통 핸드백도 몇십 년 사용하면 구멍이 나는데, 넌 참 착하기도 하지. 쬐금 주름이 잡히고 마르긴 했다만, 평소와는 달리 다 용서할 수 있다. 5일이나 일주일쯤 그렇게 입원해 있는 게 가장 좋은데, 언젠가는 배를 열고 20바늘이나 꿰매는 큰일을 치르기도 했다. 그렇게 되지 않게, 때때로 비실비실 입원해서 웬만해선 먹을 일 없는 멜론이라든가 커다란 포도를 먹고, 양배추와 담백한 유부조림 같은 게 나오면 한숨을 쉬며 먹는다. 그러다가 와락 고기가 먹고 싶어져서 하루라도 빨리 속세에 나가고 싶다는 생각이 드는 때쯤이면 나는 이미 건강해진 것이니, 이거 감히 입원도^道라고 말씀드려도 될지. 여러분, 부디 건강하세요.

세탁기

세탁기가 고장 났다. 고장 난 세탁기가 죽은 식구 같은 생각이 들기도 하여 나는 쓰다듬기도 하고 문지르기도 하고, 덜컹덜컹 흔들어 보기도 했지만 이미 세탁기는 그냥 물체였다. 어제까지는 살아 있었는데 하고, 나는 매달려 울고 싶을 만큼 원통해 했다. 그러자 추억이 와락 되살아나면서 감상에 젖는다. 추억을 떠올리자니 얼룩이 진 하오리*를 전당포에 가져가서 얼룩에 얽힌 추억을 전당포에 얘기하는 어느 라쿠고▲의 할머니 같기도 하여 웃음이 나오려고 한다. 전에 쓰던 세탁기가 고장 나서 이것으로 바꿨을 때, 가사 도우미로 와 주던 할머니가 "전자동이 아니어도 되는데. 옛날에는 손으로 빨았다니까요. 비싸잖아요."라고 했었지. 나는 할머니가 조금이라도 편해지면 된다고 생각했기 때문에, 말로는 "그러게요" 하면서도 전자동으로 바꿨지만, 할머니가 내가 너무 편하게만 살려고 한다고 생각하는 건 아닌지 뒤가 조금 켕겼다. 할머니는 얼마 후에 멀리 사는 아들네가 모시고 살게 되면서 그 뒤로는 만나지 못했다.

• 일본 옷 위에 입는 짧은 겉옷
▲ 한 명의 연기자가 익살스러운 이야기를 연기하는 일본 만담

때때로 전화를 하면 할머니는 그때마다 전화기에 대고 울었다.

그 후 이 세탁기를 갖고 이사했다. 이삿짐센터의 키 작고 마른 오빠가 이것을 혼자서 거뜬히 등에 지고 비가 와서 미끄러워진 언덕길을 탁 탁 탁 하고 뛰어 내려가자, 그 모습을 보고 있던 친구가 그 오빠에게 완전히 반해서 "멋진 남자야!" 하고 한숨을 내쉬며 따라다녔다. 멋진 남자가 순식간에 텔레비전과 스테레오의 배선까지도 세팅해 주자 친구는 "저 실례지만, 독신인가요?" 하고 자신에게 고등학생 아들이 있다는 것조차 잊은 듯이 물었다.

그렇게 7년이다. 7년 동안 매일매일, 때로는 하루에 세 번이나 덜덜덜 중노동을 견디다가 고장이 났으니 이상할 것도 없다. '미안하구나' 하고 생각하면서도, 세탁기를 다시 사야 한다고 생각하니 울컥 화가 난다. 기술의 진보로 실제로는 전기 제품을 영구히 고장 나지 않게 만들 수 있는데, 제조 회사가 적당한 선에서 고장 나게 만든다는 소문이 정말일까 하는 생각이 드는 것이다.

얼마 전에, 6년을 함께 지낸 여자와 헤어진 남자를 떠올렸다.

아마 굉장한 마음의 아수라장 한가운데에 있었을 것이다. 그는 착 달라붙는 청바지에 부츠를 신고 모피 코트를 입고서 벽에 기대어 서 있었다. 모피 코트와 부츠가 남자의 몸과는 별개인 것처럼 제각각으로 보였다.

"이상해. 엉망이 되기 시작하니까 전기 제품이 매일 하나씩 고장 나는 거야. 처음엔 토스터가 고장 나고, 다음엔 전기밥솥, 그다음엔 텔레비전, 그다음엔 세탁기까지." 6년의 연애가 끝나 버린 그는 가느다란 손가락을 접어 가며 한도 끝도 없이 세어 나갔다.

　그리고 깔깔 웃어 댔다.

　나도 곁에서 깔깔 웃었다.

　그처럼 침통한 일은 없었다.

　새 세탁기 대금을 지불하러 가야겠다.

수첩

기억력이 현저히 나빠지기 시작했다고, 꽤 오래 전부터 생각했다. 흠칫한 것은 잔뜩 기대했던 남자와의 식사 약속을 일주일 뒤로 착각했던 때였다. "왜 이렇게 늦어? 무슨 일 있어?" 하는 전화를 받고서야 발을 동동 굴렀으나, 식사는 이미 끝나 가고 있었다.

그 뒤로 수첩에 약속 시간 같은 것을 써 두기로 했다.

써 두면 착각은 안 하는데, 쓸 수 없을 때는 어떻게 될까.

몇 년쯤 전에 공항에서 "이거 오래간만이야" 하며 다가온 사람이 있는데, 나도 낯이 익었다. 아무래도 같은 비행기에 타는 모양이다.

"P씨는 잘 있어?"

P와 나는 함께 일을 하는 사이이기도 하니까 일 관계로 만난 사람인가 싶다. "X씨는 요즘 어떤가?" X는 학교 동창이니까, 그럼 학교 때 친군가 하고 머리를 굴려 봤는데, 아무래도 동급생은 아니다.

"Y는 있지, 얼마 전에 회사 차렸어." Y는 1년 선배다.

에잇, 도박이다. "선배네 반은 모두 수완가들이었잖아요."

"그렇지." 당첨. 한바탕 풍문을 얘기한다. 머릿속으로 한 명씩 삭제해 간다. 여전히 이름이 생각나지 않는다. 주머니

154

에 탑승권이 반쯤 보인다. 저걸 자연스럽게 쓱 뽑아 주자 하고 손을 뻗었을 때, "○○편에 탑승하실 분은……" 하는 안내 방송이 나오고, 탑승권이 든 주머니는 빙그르르 저쪽 방향으로 돌아섰다.

10분간 서서 나눈 대화로 먼 옛날 학창 시절이 선명하게 되살아나면서 그와 쌍둥이처럼 붙어 다니던 짝꿍의 이름과 잘 입던 셔츠 무늬까지 기억났는데, 비행기가 이륙하고 나서도 그의 이름만은 여전히 새하얀 백지 상태에서 나는 답답했다.

그래서 동행한 카메라맨에게 부탁했다. "미안하지만, 저 사람한테 가서 명함 좀 교환하자고 해 줘."

"나, 명함 없는데요."

"도움이 안 돼." 괜한 화풀이다. 나는 일어서서 그에게 다가갔다. "저, 이름이 뭐였죠?" 그의 망연자실한 얼굴에 눈을 감고 싶었다. 하지만 나는 누가 나를 사토 씨로 잘못 알면 기분이 나쁘다.

영화 속 등장인물의 이름 같은 건 영화관을 나왔을 때 벌써 잊어버린다. 이제 수첩에 쓸 수 없는 것은 포기한다. 연말이었다. 문방구에 수첩과 일기장과 멋진 다이어리가 산처럼 쌓여 있었다. 친구가 그 멋진 다이어리를 이것저것 살피면서 "이것 좀 사 가지고 갈 테니까 커피 마시고 있어" 했다. 나는 '이 친구도 건망증이 심해져서 뭐든 다이어리에 써 두는구나, 저런 멋진 걸 다 고르고 말이야' 하며 기다렸다. 그는 근사한 검은 표지의 다이어리를 두 권이나 사 가지고 왔다. "두 권이나 뭐하게?"

"이건 아이코 씨 거" 하고 커리어 우먼인 마누라 것까지 보여 줬다. 나는 돌연 울음이 터졌다. "좋겠다, 사랑하는 사람이 있어서." 그는 벌떡 일어나더니, 잠시 후에 헉헉거리면서 왔다.

"자, 이거. 마음에 들어?"

그는 세 권째의 검은 표지 다이어리를 테이블 위에 놨다. 창피했지만 너무나 멋진 다이어리였으므로 "고마워" 하고 받았다.

그리고 이제 나는 수첩에 쓰기 때문에 더욱 잘 잊어버리게 됐다.

특별히 볼일은 없는데

지금 나는 가루이자와의 별장에 있다. 작년에는 다데시나의 별장에 있었다.

재작년에는 하코네에 있었다. 그전 해에는 가와구치코에 있었다. 또 그전 해에는 나스에 있었다. 전부 남의 집이었던 터라, 나는 "어머, 멋져라! 여름에만 살고 비워 두다니 아깝잖아요."라고 말하고, 집주인은 "그게, 바빠서요, 내팽개쳐 놓고 있지요. 와하하, 많이 이용해 주세요. 와하하하" 하고 웃는다.

나는 우리 집 난폭한 아들이 행여 어딘가를 망가뜨리거나 더럽히거나 하지 않을까 불안 초조해 하다가, 별장 주인이 "요코 씨, 옆의 땅 매물로 나와 있어요. 싸니까 사세요"라는 말에 당황하여 눈을 희번덕거리다가, 다시 자코메티의 조각같이 비쩍 말라 비틀어져 있는 나의 재정 형편을 생각하며 마음이 슬퍼진다.

가루이자와는 없는 것이 없는, 세계적으로 유행의 첨단을 달리는 도시인데 세계에서 첨단과 가장 거리가 먼 인간들이 몰려와 있는 힘껏 최첨단으로 사는 척하고 있다고, 이곳 토박이 고상한 부자는 사뭇 불쾌하게 여기고 있겠지? 흥, 고소해라. 지금부터 최첨단인 척하며 밖에 나가 주지!

아, 그리고 내 친구 중에 홋카이도에 별장 갖고 있는 사람은 없으니까, 당신 어차피 별장 만들 거라면 홋카이도가 좋겠는데.

큰일이다, 큰일이다, 허리를 삐끗했다. 그러고 나서야 나는 지금까지 허리 같은 거 없는 사람처럼 살아왔다는 걸 알게 됐다. 아프지 않다는 건 없는 것처럼 여기며 살아갈 수 있다는 거였다. 지금 나는 나한테도 허리가 있었구나 하고 깊이 느끼면서 납작 엎드린다. 계단 오를 때는 열네 살 아들의 등에 달라붙어 고려장 놀이를 하는데 아들의 등에 축 늘어져 가슴이 두근두근 기쁜 건 망측한 어머니일까나.

그러나 아들은 주변에 사람들이 있을 때만 고려장을 해 주고, 관객이 없으면 "으응, 업어 줘" 하고 말해도 못 들은 척한다. 그 정도면 그나마 괜찮은데, "좋겠어, 허리 삐끗해서, 모두 친절하게 대해 주고. 어떻게 하면 허리 삐끗할 수 있어? 나도 좀 해 보게" 하고 퉁퉁댄다. 그럴 때는 정말로 허리를 꺾어 주고 싶다. 효도도 남이 볼 때만 하는 놈.

입원했더니 동생은 "언니 팔자 좋네, 나도 입원하고 싶어. 요즘 전혀 사건이 없네. 생활의 변화가 필요해" 하며 내 침대로 올라와 낮잠을 자고 돌아갔다.

가을다워졌다.

우리 집 개 모모코가 강아지를 낳았다. 얼굴은 시바견이고 몸은 닥스훈트인 모모코는 그 짧은 다리와 '태어나서 죄송합니다' 하는 표정 탓에 모든 사람에게 줄곧 조롱당해 왔는데, 강아지를 낳은 것만으로 또다시 비웃음의 대상이 되고 있다.

아들조차 "모모코를 좋아할 개가 있을까" 하고 비관적이었기 때문에, 배가 커진 기색도 보이지 않던 모모코가 비 오는 날 강아지를 낳은 것을 발견하고 기겁했다. 두더지 같은 세 마리의 강아지에게 젖을 물리고, 별안간 어머니의 눈을 한 모모코. 모모코를 보러 온 친구는 그 모습을 보더니 큰 입을 벌리고 웃음을 터뜨렸는데, 그 모습이 15년 전에 아들을 낳고 젖을 물리고 있는 나를 보고 손으로 입을 막고 킥킥거리던 옛 친구를 생각나게 해 기분이 좋지 않았다.

다들 "강아지를 데려갈 사람에게는 모모코 보이지 마."라고 말해서, 나는 또다시 상처 입었다.

그 어미의 추함을 알면서도 강아지를 데려가 줄 사람을 찾고 있습니다.

옆집 부인이 모닥불을 피우고 있었다. 나는 모닥불이라면 환장을 하는지라 골판지 상자랑 종이 쓰레기를 가지고 와서 불을 계속 지펴야지 했는데, 지나가는 남자아이가 숲속에 가서 작은 마른 나뭇가지들을 모아 종종걸음으로 가져왔다. "감자 없어요, 감자?" 하고 옆집 부인이 말해서 "있어요, 있어" 하고 부엌에서 남은 감자 두 개를 가져와 넣었다. 남자아이는 의욕에 차서 여기저기 뛰어가 나뭇가

지랑 잎이랑 풀을 모아 왔다.

개를 데리고 가던 아저씨가 불 옆으로 와서 불을 쬐고 갔다. 공원 청소를 하는 아줌마가 목장갑을 낀 채로 불을 쬐였다. 이어서 옆집 딸이 학교에서 돌아와서는 교복을 입은 채로 불을 쬐였다.

감자 두 개를 다 같이 엄지손가락 크기로 나눠서 새카맣게 탄 껍질까지 함께 먹었다.

남자아이는 손가락만큼의 감자를 들고 "형한테도 줄래" 하더니 집으로 달려갔다.

개를 데리고 가던 아저씨는 껍질을 개에게 줬다. 끝.

나는 요즘 생선 가게에 빠져 있다. 길을 잘못 들었다가 발견한 고급 주택 단지 안에 외따로 있던 생선 가게로, 생선이 무척 싱싱하다. "우리 집 생선은 비싸요" 하는 것이 말버릇인 그 집 오빠는 푸르게 반짝반짝하는 정어리만큼은 다섯 마리를 100엔만 받고 파는지라 나는 오로지 정어리만 전문으로 산다. 그 생선 가게에 빠진 것은, 생선에 빠져서는 아니고 단지 거기에 생선 사러 오는 사람을 보는 데 빠졌기 때문이다. 더 정확히는 부자는 무엇을 먹는지 궁금했기 때문이다. 그래서 볼일이 없는데도 좁은 가게에서 꼼짝 않고 생선만 바라보다가, 손님이 들어오면 살짝 살펴본다. 때때로 저녁에 실로 당당한 신사가 들어오는데, 생선 가게 오빠가 "아, 좋은 게가 왔어요, 아직 살아 있어요" 하면 "열 마리" 한다. 그리고 "오징어 다섯 마리" 하고 가리켜 열 마리의 게와 엄청 큰 오징어 다섯 마리를 늘어뜨리며 돌아간다. 가족이 몇일까? 요전번에는 시마아지● 한 마리를 늘어뜨리고 갔다.

오늘은 친구가 왔는데 아주 복잡한 얼굴을 했다. 고등학생 아들과 텔레비전을 보고 있었는데, 어느 날 사채를 쓰던 남편이 증발한 후 길에서 헤매게 된 모자 가정을 취재한 프로그램이 나왔다고 한다.

그리고 그걸 본 아들이 "우리 집이 저렇게 되면 나 학교 그만두고 일할 거야. 어떤 일이 있어도 아카네는 학교 보내고 싶으니까."라고 말했다고 한다.

일 년 내내 원숭이처럼 싸움만 하는 남매인데도 하면서, 친구는 뭉클해서 자신의 성공한 육아에 대해 황홀해했다.

그런데 얼마 후 딸아이를 데리고 식사를 했더니, 딸은 스파게티와 과일 파르페를 다 먹어 치우고는 더없이 만족한 얼굴로 "있지, 엄마, 오빠랑 밥 먹을 때 나보다 비싼 거 사 주면 안 돼" 하고 히죽 웃었다는 거다.

"흐음. 남자가 더 착해!"

글쎄, 나는 그 동생이 특별히 더 뻔뻔하고 못됐다고 생각되지는 않는다.

그냥 무척 소녀답구나 하고 생각한다.

친구가 전화해서, 자기 아들이 라이브하우스에서 공연

● 전갱잇과의 바다 경골어. 전체 길이가 1미터에 이른다. 생선초밥감으로, 고급 생선이다.

하니까 같이 가자고 했다. "그런 데 가면 내가 늘 제일 나이 많은 아줌마라서 창피하단 말이야."라고 말하면서 같이 가자는 거다. 그렇다면 안 가면 되잖아 했더니 "요즘 내가 좀 이상해서, 자극이 필요해" 하고, 아들 사랑과 중년의 초조함이 뒤범벅되어 말했다. 그래서 나는 추운데도 외출을 했다.

정각에 도착했더니 공연장 구석에 스탠더드한 코트를 입은 반쯤 백발의 중년 남자가 부끄러운 듯이 서 있었다. 그 옆에 서 있던, 허리 부근을 소홀히 관리했으면서도 자신감과 성적 매력에 가득 찬 그의 아내가 "아, 여기, 여기" 했다.

"엇, 우리뿐이야?"

"그래!"

"그래도 해?"

"하지 그럼."

그래도 그 뒤에 젊은이들이 네다섯 명 불쑥 와서 자리에 앉긴 했다. 조명이 빨강에 초록에 미친 듯이 타올랐으니 열정적인 공연이었다는 것만은 알 수 있었다.

라이브하우스에서 나와 술집에 갔다. 그 반백의 아버지가 말했다. "그 녀석들, 훌륭해. 손님 열 명 정도 앞에서도 그렇게 필사적으로 연주를 하다니. 결국 자기네 돈 내고 하는 셈이잖아. 나는 학교 졸업하고 나서는 돈 안 받는 일은 한 적이 없어. 스폰서 없으면 일 안 해." 아들은 미술대학에서 디자인을 전공했고, 좋아서 밴드를 만들었는데, 특별히 뮤지션이 될 마음은 없단다.

"우린 구식이야, 그저 정해진 한길로만 살았잖아."
그 아내는 앉아서 직물織物 일만 하다가 허리둘레가 굵어졌다.

나는 정말로 허리둘레를 쓰다듬어 주고 싶었지만 레즈비언이라고 오해할까 봐 그만뒀다.

그리고 "한길인 게 왜 나빠!" 하고 기세 좋게 쏘아붙이고 싶은 마음도 들지만, 뭐든 할 수 있는 요즘 젊음이 부럽기도 하다.

아, 싫다 싫다. 짜증 나. 전화로 어느 회사 아저씨랑 싸웠다.

상대가 일방적으로 잘못했으니까 내가 일방적으로 고함을 질러 대고, 상대는 그저 오로지 사과한다. 내 말은 전화선을 통해서 사과하는 아저씨의 머리 위로 술술 빠져 나간다. 나는 혼자 상대방을 밀어붙이다가 앞으로 푹 고꾸라질 것같이 되고, 그런 나를 지탱하기 위해서라도 더욱 고함친다.

그래서 결국 내가 나쁜 게 아닌데도 스스로 고함친 사실에 풀이 죽는다. 돌이켜보면 그동안 웃었던 것도 울었던 것도 내가 조금은 좋은 사람이었던 것도 다 사라지고, 온통 고함친 것만 남아버렸다. 그럴 때 나는 '아, 짜증 나' 하면서 어떻게 했을 것 같은가?

무척 사람 좋아 보이지만 분명 무언가에 화가 나 있을 것 같은 사람을 한 명 생각해 내서 전화를 건다.

"응, 화내면 손해야. 나도 요전번에 그랬어. 화 안 내는 편이 나아. 그래도 화를 내게 되지."

기대했던 대로의 말씀을 듣고 안심했지만, 그래도 아,
짜증 나.

5.

멋쟁이 같은 거 난 모른다

나의 반쪽

나는 드라마를 볼 때 거기 나오는 남자가 마치 전부 내 상대인 양 생각하며 본다. 그래서 텔레비전을 볼 때 나는 드라마에 완전히 빠져 버린다. 내가 좋아하는 남자가 여자에게 차이면 난 그 상황을 도저히 받아들이지 못하여, 풀죽은 표정으로 어깨를 늘어뜨리고 터벅터벅 돌아서 걸어가는 남자를 향해 "왜 포기하는 거야. 쫓아가서 한 방 먹여 버려. 가! 가라고! 아유, 저런 바보. 나라면 저런 남자 안 찬다" 하고 큰소리로 외치게 되는데, 그러면 옆에서 같이 보던 아들이 "아이고, 좀 조용히 봅시다" 하고 짜증을 낸다.

나는 남자는 여러 부류가 있다는 것을 드라마를 보며 알았다.

예를 들어 구사카리 마사오 같은 잘생긴 인간은 나를 쫓아온다. 내가 싫다고 해도 자기를 봐 달라며 징징댄다. 나는 단호하게 거부한다. 단연코 싫다. 반듯한 미남은 이처럼 대개 나를 쫓아다니며 내게 매달린다.

후지 타쓰야 같은 인간은 조금 다르다. 나는 후지 타쓰야가 좋아서 그를 볼 때마다 가슴이 두근두근하지만, 아무래도 어렵다. 그와 관계를 지속하다 보면 결국 내가 상처 입고 말 것 같은데, 하지만 상처 입을 줄 알면서도 포기가 되지 않아서 쫓아가고, 그러면 그는 나를 더 피한다. 어쩌다 같이 있게 되어도 걱정 또 걱정하며 마음이 불안한데, 아니나 다를까 그는 돌연 내 앞에서 사라진다. 텔레비전에 후지 타쓰야가 나오면, 나는 나 자신이 불쌍해서 눈물이 북받친다. 텔레비전이란 정말로 대단하! 내가 불쌍해서 울고 있으면 반듯한 미남 구사카리 마사오가 나타나서 무턱대고 나한테 들이대며 다정하게 군다. 그러니까 구사카리 마사오도 필요한 거다.

한편 나와 잘 풀리는 상대도 있는데, 그는 야마자키 쓰토무다. 그와 나는 그야말로 이상적인 커플이 될 것이 분명한 게, 야마자키 쓰토무는 나를 마구마구 좋은 여자로 만들어 주며, 야마자키 쓰토무 또한 나와 함께 있을 때 더욱더 은근한 매력을 발산하는 좋은 남자가 된다. 우리는 긴박한 상황에도 냉정하게 지적으로 대처한다. 야마자키 쓰토무에 대해서는 쭉 그렇게 생각해 왔기 때문에, 요즘에는 그를 보면 더 이상 타인이란 생각이 안 들어 그리울 정도다. 정말로 텔레비전이란 엄청나다!

한 사람 더, 나랑 제법 호흡이 맞는 상대가 이시다테 테쓰오다. 이 사람과 함께라면 매일매일 재미있게 살 수 있다. 이시다테 테쓰오는 때때로 바람을 피우는데, 그럴 때면 나는 이성을 잃고 발로 차고 할퀴고 하다가, 다시 즐겁고 재미있게 산다. 그리고 서로 그다지 성숙해지지 않은 채 할아버지 할머니가 된다. 그래서 양로원에서 입버릇 사나운 말싸움을 하는데, 그때 할아버지가 된 구사카리 마사오가 나에게 다가와 구애한다. 나는 단연코 거부한다.

이들이 전부 나의 반쪽이다. 결혼은 오직 궁합이라는 별로 지적이지 않은 결론에 도달하기까지 나는 거의 20년이 걸렸다. 그사이에 나의 배우자는 나를 떠났다. 텔레비전을 보며 궁합이 어쩌니 하고 연구해 봤자 이미 늦었다. 사람들은 모두 적절한 시기를 놓치고 나서야 여러 가지 것들을 이해하게 되는가 보다.

"요전번에 말이야, 거리에서 오! 멋진 여자가 오는구나 했더니 그게 글쎄 마누라더라고."

결혼 20년 만에 이렇게 말하는 사람도 있다.

외출복

나는 옷 입을 때 T.P.O*라는 게 없다. 외출복이란 게 없는
거다. 그날을 위해 마음을 써서 차려입고 갈 옷도 없을뿐
더러 그럴 마음도 없다.

가야 할 결혼식이 있으면 난처하기 그지없다.

10년 전에 양장점에서 검은 원피스를 맞춰서 결혼식에
갈 때도 입고 갔고, 장례식에 갈 때도 입고 갔다.

그러는 사이에 더 이상 그 옷이 입고 싶지 않아졌다. 그
옷이 싫어진 게 아니라 결혼식이 싫어졌다는 것을 깨달았
다. 생각해 보니 결혼식이든 입학식이든 졸업식이든 '식'이
라고 이름 붙은 것은 전부 싫었다. 식이라는 이름이 붙는
데에 입고 갈 옷도 늘 없었다.

또한 나는 사람들이 모이는 곳에 가는 것을 좋아하지 않
는다는 사실도 알게 됐다. 그러니까 당연히 파티 드레스
같은 게 있을 리 없다. 꼭 가야만 할 때는 남의 것을 빌려
입고 간다. 그때마다 나는 굉장히 이득을 본 기분이 든다.
귀걸이에서부터 핸드백까지 빌려서 걸치고 간다. 파티 드
레스는 없어도 파티 드레스를 빌려주는 친구는 있다. 나란

● 시간 · 장소 · 때(Time · Place · Occasion)

사람은 정말 운이 좋다. 좋은 친구가 있으니 말이다.

그러다가 새해가 되면 '이렇게 또 나이를 먹는구나. 좋아, 올해는 더 늦기 전에 멋을 부려 보자' 하고 단단히 결심한다.

그러나 멋쟁이는 일단 부지런해야 한다. 부지런히 패션 잡지를 살펴보고, 거리에서 거리로, 부티크에서 부티크로, 부지런히 돌아다녀야 한다. 그러다가 옷을 장만했다면 이젠 바지런히 손질하고 부지런히 정리하고, 그날그날 무엇을 입을지 부지런히 생각하고, 부지런히 이것저것 입었다 벗었다 해야 하고, 부지런히 미용실에 다녀야 한다. 맞다, 화장도 해야 할지 모른다. 아, 싫다. 그래도 시시각각 나이를 먹어 간다는 공포에 사로잡혀 지갑을 움켜쥐고 좋은 코트를 사자 하고 번화가로 나갔다 돌아와 보면, 내 손에는 코트가 아니라 털실로 짠 바지와 어디에서 입을지 알 수 없는 승마바지, 아이가 입을 바지, 그리고 고등어 토막 따위가 들려 있다. '피곤하다 피곤해. 이제 부지런한 건 그만하자.' 그리고 다시 늘 입을 옷이 없게 된다.

입을 것이 없다고 하여 특별히 난처할 것도 없는 게 내 일이다. 그래도 때로는 사람을 만나야 한다. 그때는 무엇을 입어야 좋을지 몰라 대개 흰 목면 셔츠에 청바지 차림이 된다. 그런 차림이라면 그림도 그릴 수 있고 바닥에 납작 엎드려 걸레질도 할 수 있다. 그래도 나도 여자라 찰랑찰랑 액세서리 같은 건 해 보고 싶다. 그래서 서랍 두 개에 액세서리가 찰랑찰랑 뒤엉켜 있다.

파티 드레스를 빌려주러 온 친구가 내 서랍을 뒤적여 보고 "와! 정말! 열받네! 진짜는 한 개도 없어. 플라스틱하고 가짜뿐이야. 보석 한 개쯤 없어?"

　나는 그녀를 좋은 친구라고 생각하지만, 그녀는 나를 좋은 친구라고 생각할까.

청바지

나는 대학 시절을 사계절 내내 단 한 벌의 데님 치마로 보냈다. 달리 옷을 살 돈이 없었기 때문이다. 그것은 납작한 삼각형 치마였는데, 바짝 마른 내가 그 치마를 입고 다니는 품새가 마치 말린 오징어가 바람에 날리는 것 같았다고 한다. 일본은 극빈의 시대로부터 벗어나고 있었으나, 나는 그때까지도 가난했다.

그런데 옷을 살 여유가 조금 생긴 지금도 나는 거의 매일 청바지만 입고 다닌다. 세상 편한 옷이 청바지이기 때문이다. 숙녀에게 청바지는 어울리지 않는다는 논쟁이 언젠가 있었지만, 나는 숙녀든 아니든 여자는 청바지는 안 입는 편이 좋다고, 뻣뻣한 두 개의 구멍에 다리를 집어넣을 때마다 생각한다. 그래서 해가 바뀐 올해는 입지 않겠다고 결심한다. 일단 청바지라는 늪에 허리까지 잠겨서, 꽉 끼는 지퍼를 있는 힘을 다해 끌어 올리면, 거기서부터 빠져나오는 것은 거의 불가능에 가깝기 때문이다.

부엌을 기어 돌아다니고, 화장실에 가서 손수건이 없으면 양손을 허리 주변에 쓱싹쓱싹 문지르고, 까매진 지우개를 넓적다리 상부에 대고 힘껏 비비고, 손가락에 묻은 물감을 두세 번 왕복해서 닦아도 괜찮은 것이 청바지다. 그러고 거리에 나간다한들, 내 청바지는 따라가지도 못할 더러운 청바지가 얼마든지 있으니 아무 문제없다. 심지어 닳아 해진 청바지를 버리려고 하면 "어머, 지금이 입기에 딱 좋을 때야."라고들 말씀하시는 젊은 친구들이 얼마든지 있다. 또한 가끔 청바지를 벗어 놓고 치마라도 입으면, 혹시라도 내가 남자를 꾀려고 도발적인 차림새를 한 거라고 오해들 하면 어쩌나 하는 생각에 바람이 술술 통과하는 무릎 아래가 불안해진다. 그런데 그렇게 마음을 졸이고 돌아다녔는데도 아무 사건도 만들지 못한 채 돌아오면 화가 난다. 숙녀란 그런 생각 같은 건 하지 않는 법이다. 슬프게도 내가 청바지 금지 같은 조건이 붙는 고급스런 자리에 갈 일은 전혀 없다.

나는 멋 부리는 것과 실용적인 것은 양립되지 않는다고 생각한다. 어떠한 불합리도 끝까지 참고, 게다가 태연하게 있는 것이 멋쟁이다. 수고도, 돈도, 아끼지 않는 것이 조건이다. 나는 멋쟁이 숙녀든 아니든 청바지 같은 거 입지 않는 편이 좋다고 생각한다. 책상다리를 하고 토마토를 덥석 베어 먹는 습관 같은 건 가까이 하지 않는 게 좋다.

지금 내가 사진에 찍히면, 매우 후줄근한 사진이 나올 것이다. 청바지 탓이다.

개

개가 집에 있게 됐다.

시바견이라는 말을 듣고 데려온 강아지였는데 크고 보니 시바견이 아니었다. 얼굴 생김새는 언뜻 시바견 같았지만 눈꼬리가 처져 있고 비정상적으로 짧은 다리와 토관 같이 긴 몸통을 땅에 끄는 이 요상한 개는, 오직 한마음으로 인간의 사랑만을 한없이 기다리는 눈을 하고 있었다. 처음으로 개를 본 사람은 웃든가 침묵했다. 종종 집에 오는 사람은 "나, 눈 마주치고 싶지 않아. 저 눈을 보면 가슴이 쥐어 뜯겨. 어떻게 좀 해 줄 수 없어?" 하고 나에게 불평했다. 나도 눈을 마주치지 않으려 했다. 눈이 마주치면 개 꼬리의 움직임이 마르셀 뒤샹의 「계단을 내려가는 누드」같이 잔상으로 남아, 좋아하지도 않는 남자에게 무심코 다정하게 굴어서 그에게 헛된 기쁨을 준 뒤의 씁쓸한 뒷맛이 이런 걸까나 하는 생각을 하게 된다. 암컷이었지만, 길에서 다른 개와 마주쳐도 그저 그냥 나를 올려다보고 애처롭게 꼬리를 흔들면서 마치 자신은 개가 아닌 척한다.

몇 년이 지나도 그 개는 새끼를 낳지 않았다. 아들은 "다리가 너무 짧아서 그거 못하는 거 아냐?" 하는 성인용 대사를 날려 나를 흠칫 놀라게 했다. 기묘하긴 하나, 때때로 약간

배가 커진 것처럼 보이고 젖도 부풀어 있는 경우가 있었다. 아들이 젖꼭지를 쥐면 하얀 물이 나왔다. 나는 '새끼를 낳을 모양이구나' 하고 생각했는데, 새끼가 태어난 적은 없었다.

"너무 인기가 없어서 관심을 끌어 보려고 상상 임신을 한 거야" 하고 남들은 웃었다. 꽤 자주 그랬는데, 못생긴 것도 사실이고 알고 보면 임신이 아닌 것도 사실이라 그런 말이 동정심을 불러일으키기보다는 이 개라면 충분히 그럴 수 있어 하는 설득력이 있었다.

이번에도 약간 배가 나왔지만, 뭐 또 그런 거겠지 했다. 비 오는 밤, 베란다 아래에 개가 기어들어 가 있어서 끌어냈더니 강아지가 세 마리 있었다. 두더지 같았다. '드디어 해냈구나.' 나는 감격하고 말았다.

개는 돌연 개가 아니라 어머니가 됐다.

그녀는 싹 달라진 눈으로 강아지를 핥고, 드러누워서 젖을 물렸다.

온몸으로 기특함을 발산하기에 칭찬해 주고 싶어져서 불렀더니 귀찮다는 듯이 다가와 의리상 해 준다는 느낌을 팍팍 풍기며 꼬리를 잠시 흔들고는 자기 집으로 바삐 돌아갔다.

그러고는 드러눕는다. 개는 눈을 뚫어져라 크게 뜨고 있지만 아무것도 보고 있지 않다. 뭔가를 갈구하는 눈빛뿐이던 개가, 아무것도 구하지 않는 눈을 하고 있었다. 부산스럽고 어수선해서 몇 년이 지나도 이 어린것아 했던 개가, 졸지에 인생의 슬픔과 체념을 받아들인 무섭도록 고요한 눈을 하고 있었다. 운명은 개척하는 것이 아니라 받아들이는 것인가. 이 눈을 보고 누가 웃을 수 있을까. 게다가 훌륭하기까지 하다. 남자 없이 홀로 아이를 키우면서도 아무 불평하지 않으니.

스키

옛날부터 스키 타러 다니는 사람을 도저히 이해할 수 없었다. 엄청 큰 판때기를 메고 울퉁불퉁한 볼품사나운 신발을 신고, 등에는 전쟁 직후 농촌으로 식량 사러 갈 때 메던 것 같은 배낭을 메고 우에노역驛을 낑낑거리며 걷고 있는 젊은 남자를 보면 '수고 많네'라는 생각밖에 들지 않았다. 동행한 여자도 비슷한 차림새를 하고, '체력과 허리의 끈기만은 자신 있습니다' 하고 자랑이라도 하듯이 쿵쾅쿵쾅 걸어가는데, '그 자신감이 인생에 널리 퍼질 겁니다' 하는 혼잣말이 나올 정도로 얼굴이 두꺼워 보였다. 그런데도 내 주위에 스키를 타러 다니지 않는 인간이 없게 되어 휴일이면 혼자 외톨이로 남겨진 것 같아 외로웠기 때문에, 딱 한 번 그들을 따라가 보았다.

아무튼 추웠다. 아침에 일어나면 이불깃에 서릿발이 서 있었고, 얼굴을 씻으려고 보면 수건이 평행사변형으로 뻣뻣하게 굳어서 수건을 세워 들고 세면장으로 갔다. 수도꼭지에서 물이 졸졸졸 흘렀지만 세면기 안은 바닥까지 얼어붙어 있었다. 나는 평행사변형으로 굳은 수건 끝을 조물조물 적셔서 톡톡 하고 눈만 두드렸다. 얼굴 전체를 씻을 용기는 도저히 나지 않았다.

그러고 나서 스키 연습장까지 갔다. 판때기를 메고 가는 것도 오래간만의 중노동이었다. 그것을 발에 동여맸을 때, '거추장스럽다'라는 감각은 바로 이런 느낌을 말하는 거라고 생각했다. 잘 타는 척하던 친구가 눈 쌓인 비탈길을 오를 때는 판때기를 옆으로 가지런히 세워서 한 발 한 발 올라가라고 했다. 그런데 나의 스키 판때기는 옆으로 잘 세워지지 않았다.

좋아, 그냥 아래로 미끄러져 내려가자, 배짱만큼은 있으니까. 옆으로 한 발 한 발 같은 건 생략이다. 미끄러진다, 비켜 비켜. 나는 판때기를 아래로 향하고 스키 폴을 세우고 가슴을 오무리고 허리를 낮췄다. 자아, 간다. 어, 조금 이상하다. 아래로 미끄러져야 하는데 판때기는 뒤로 밀려 올라간다. 다시, 간다! 그러나 허리를 낮출 때마다 스키는 나를 등지고 산 쪽으로 밀려 올라간다. 그때 이후로 나는 스키를 타지 않았다. 평영을 하면 앞으로 나가지 않고 점점 뒤로 가는 친구가 있다.

창

내가 사는 집은 산속에 나란히 서 있는 단 두 채의 집 중 하나다. 뒤로는 집이 없고 나무만 자라고 있다. 집 앞은 비탈인데 그쪽을 봐도 위아래로 하늘과 나무밖에는 보이지 않는다. 버스에서 내려 2분이면 오는데, 그 2분이 캄캄하다.

여자는 눈을 감고 달려와서 현관 기둥을 붙잡고 헉헉댄다.

젊은 남자조차 겁을 낸다. "와아, 무서워서 도중에 되돌아갈 뻔했어. 가로등 좀 달아 달라고 해."

"겨우 두 채 있는 집을 위해 전신주 같은 거 놓으려고 하겠어?"

"돈 내겠으니 해 달라고 하라고. 돈이 얼마가 들든 전등은 꼭 달아."

아이와 둘이서 그 집에 사는 나는 간 큰 여자라는 소리를 듣는다.

나는 별로 무섭지 않다.

옆집 딸은 버스에서 내리면 공중전화로 집에 전화를 한다. 그러면 어머니와 또 다른 딸이 딱 붙어서 어마어마하게 큰 손전등을 휘두르며 나와, 달려오는 딸과 한 덩어리가 된다. 그런 모습을 보노라면, 밤중에 혼자 주스를 사러 나가는 아들을 볼 때 화가 나면서도 한편으론 믿음직스럽다는 생각이 든다.

집에서 숲 안쪽으로 50미터도 안 되는 곳에서 누가 목을 매 자살한 사건이 일어났다. 옆집 부인은 새하얗게 질린 얼굴로 나에게 그 사실을 알렸다. 새파랗게 질린 얼굴을 하고 경찰 아저씨에게 들은 얘기를 미주알고주알 나에게 전한다.

"아베크족*이 발견했대요. 어떡해!"

나는 이곳에 살면서도 미처 몰랐다. 그렇다, 여기는 아베크족이 밤에 남몰래 단 둘이 될 수 있는 최고의 장소다. 목을 매 자살한 곳은 겹겹이 자란 나뭇가지 사이로 멀리서 비치는 불빛이 모조 다이아몬드를 쏟아 놓은 것처럼 빛나는 장소다.

열네 살, 열여섯 살인 옆집 딸들은 "더 이상 이런 데서 살기 싫어, 이사 가고 싶어."라고 말했다.

"아베크족이 깜짝 놀랐겠어요."

나는 아베크족에게 동정적이다.

"그것 때문에 헤어질 수도 있을 걸. 있지 엄마, 아베크족이 말이야, 나무에 기대서 키스를 하다가 눈을 떴는데, 거기에 신발이 딱 보이는 거 어때?"

밤중에 주스를 사러 가는 아들은 말을 막 한다.

옆집 주인은 말한다.

"자살한 사람이 마지막에 본 불빛은 이 창이었겠네."

거실에는 불투명 유리를 댄 사각 창이 길 쪽으로 나 있다.

• 젊은 한 쌍의 남녀, 즉 연인을 뜻한다.

백작 부인의 북

『나의 서양식 요리 노트』는 인사원●총재 사토 다쓰오 씨의
부인 마사코 씨의 가정요리 책이다.

나는 이 책에서 아들이 좋아하는 '백작 부인의 북'▲을 몇
번이나 만들었고, 디저트인 '술보'라는 과자도 만들었다.
그러느라 책이 몹시 지저분해졌다. 그런데 이것은 나에게
요리책이라기보다 행복한 상류 가정 소설 같아 보였다. 마
사코 씨가 어렸을 때, 아버님이 유럽에서 예쁜 그림엽서나
실크 리본, 하트 모양 펜던트를 보내 주고, 서양식 매너를
가르쳤으며, 어머님은 메이지 시대에 이미 독일식 과자를
만들어 먹던 가정에서 자랐다는 내용이 요리 순서 사이에
빽빽이 쓰여 있다. 그런 가정의 딸이 그 집과 격이 맞는 남
자의 집에 시집가서 40년간 엄격한 시어머니를 어떻게 현
명하게 모셨으며, 그 시어머니가 또한 얼마나 심술궂었나
하는 얘기도 버터 향 사이로 피어오른다. 그녀는 수프에서
디저트까지 수제 요리로 가족의 마음을 움켜쥐고, 식탁보
의 자수부터 (그 식탁에는 조각을 하고) 딸이 시집갈 때 가

● 일본의 국가공무원법에 의한 중앙의 인사 행정 기관
▲ 감자, 간고기, 양파, 치즈 등으로 만드는 스페인 요리. 완성된 모양이 북같
  이 생겼다고 해서 이런 이름이 붙었다.

져갈 침대까지 자기 손으로 만들었다.

남편 다쓰오 씨는 인사원 총재로, 일반 서민은 어느 정 돈지 짐작도 안 가는 격무(임에 틀림없을 것이다)에 시달리 는 사람이면서도, 점심 식사는 아내가 하루도 빠짐없이 싸 준 도시락을 먹고, 저녁 식사는 온 가족과 얼굴을 마주하 고 먹는 경탄할 만한 일을 이루어 낸 사람이다. 아름답고 이상적이고 완벽한 아내와 그녀의 남편, 그리고 다정한 딸 들과 아버지 어머니가 있는 가정이, 나무랄 데 없는 사회 적 지위와 교양, 도의와 경제력과 역사가 있는 흔들림 없 는 가정이, 이 마사코 부인의 긍지와 자신감에 의해 영위 되고 있다. 뭐, 이런 내용이 메뉴 사이에 쓰여 있다.

나는 그 책을 넘기면서 헝가리안 굴라쉬라는 근사한 요 리를 서민 주택 단지의 부엌에서 만들었고, 유년 시절에는 실크 리본을 받기는커녕 감자떡을 찾아 먹고 다니느라 바 빴다. 전후의 북새통에 자식을 줄줄이 생산한 부모가 자식 들에게 서양식 테이블 매너 같은 걸 가르칠 수 있었겠는 가. 기껏해야 "먹을 것을 남기면 장님이 된다"고 협박하거 나 "팔꿈치 내려"라며 눈을 부라리고, 그 짬짬이 부부싸움 도 하셨다. 이것이 일본인 사이에 만들어진 소위 입체적인 구도라는 것이다. 그중 빈곤층의 한 귀퉁이를 차지한 나는 어쩔 수 없이, 이 책의 요리 순서 사이에 훌륭하게 묘사된 소위 상류 사회 가정의 모습을 보면서 왠지 이누카이 미치 코*의 『어느 역사의 딸』이나 『꽃들과 별들과』처럼 표현이

---

* 일본의 평론가

182

곧 자만이 되어 버리는 사람들을 보게 된다. 아마도 빈곤층의 표현이란 왜곡되어 있는 탓이리라.

신문의 부고란에서 사토 다쓰오 씨의 죽음을 알았을 때, 그 마사코 부인은 어떻게 하고 계실까 걱정되면서 뭔가 애통했다. 예를 들어 기생을 첩으로 두었던 정치가의 부고를 알았을 때의 느낌과는 전혀 달랐다(정말은 어떤지 모르지만). 그리고 정말로 얼마 안 있어 마사코 부인의 사망 기사를 보았다. 작고하기에는 아직 이른 나이건만, 남편 곁으로 빨리 가고 싶었을지도 모른다고, 전혀 모르는 사람의 일을 나는 멋대로 생각했다. 그리고 무엇보다 뒤를 따르듯이 인생을 마감한 부인이 부러웠다. 행복한 가정 소설은 끝났다. 오호 통재라.

말

잠이 안 오는 밤이나 읽을 책 없이 전철을 탔을 때 내가 즐겨 하는 소일거리는, 나 자신의 장례식에 대해서 이것저것 상상해 보는 것이다. 전에 친구 아내가 죽었을 때 장례식을 도맡아 수완 있게 처리한 친구가 있었다. 경쾌하고 리드미컬하게, 실수 하나 없이, 마치 기다렸다는 듯이 일을 처리하는데, 숨어 있던 그의 능력이 돌연 확 피어난 것 같았다. 그때처럼 생기 넘치는 그를 본 적이 없었다. 하지만 내 장례위원장은 그런 타입은 아니었으면 좋겠다. 너무나 놀라서 어쩔 줄 몰라 하다가 우물쭈물 흐트러지는 사람이었으면 좋겠다. 뭐라 해도 죽음은 인생 최대의 드라마다. 내가 나이 아흔다섯에 뇌경색으로 편안하게 잠들 듯이 간다면, 그리고 조문객이 단 둘이라면, 그 두 사람의 조문객은 누구일까 이리저리 상상해 본다. 아니, 혹시 바로 내일 죽을지도 모른다. 그러면 내 아들은 내 주검을 끌어안고 울어 줄까. 제발 꼭 끌어안고 안 떨어져서 여동생의 남편이 아들의 어깨를 부여잡고 내 주검으로부터 잡아떼어 내면 좋겠다. 내 친구 누구누구는 내 반지를 뺄지, 관 안에 넣을지 하는 논쟁을 흑백의 휘장 뒤에서 해 줬으면 좋겠다…….

『이별의 말 사전』이라는 것을 읽었다. 이별도 하나의 죽음이다. 쇼와• 초기부터 지금까지 문학, 영화, TV, 가요, 연예인의 기자 회견 등 모든 분야에서 말이 되는 것, 안 되는 것 가리지 않고 상당한 독단과 편견을 휘둘러 모아 놓은 사전이다.

"자신에게 불필요한 것은 설령 남편이라도 전부 버린다."(와카오 아야코)▲ 같은 용감한 쓰레기 투척 아줌마도 있는가 하면, "이혼의 원인은 두 사람이 결혼한 것입니다"라며 절대 진리인 건 맞지만 노망이 든 건가 싶은 말을 뇌까린 마에카와 키요시■도 있다. 그런데 그는 "한 번 더 결혼한다 해도 결혼할 사람은 그 사람밖에 없다"라며 오글거리는 속마음을 드러냈고, 그 상대 후지 케이코는 "결혼은 아주 똑똑하든가 아주 둔감하지 않으면 감당이 안 돼요. 나는 바보지만 둔감하지는 않았던 거지요."라고 말했다. 남이 보면 둘이 절묘하게 잘 맞는데, 그래 놓고도 헤어지는 걸 보면 두 사람이 아니고는 알 수 없는 미묘한 무언가 중대한 문제가 숨어 있는 거다. "난 뭐가 뭔지 모르겠어" 하고 고바야시 아키라◆는 망연자실해 하며 "눈물을 펑펑 쏟으면서 넓은 더블 침대에서 혼자 자는 기분 알아?" 하고 한탄한다.

• 쇼와는 일본 왕의 연호이며, 쇼와 원년은 1926년이다.

▲ 일본의 배우

■ 일본의 가수

◆ 일본의 배우 겸 가수

"여기서 헤어집시다, 미안하오." 고가라시 몬지로●는 심플하다.

"원망할 거예요, 원망할 겁니다. 난 그렇게 착하지 않거든요, 원망할 거예요" 하고 나카시마 미유키는 쌓이고 쌓인 원한을 터뜨리는데, 하이네는 "나는 원망 않으리. 설령 이 마음이 찢긴다 해도, 영원히 떠나 버린 연인을 나는 원망 않으리" 하고 무리를 한다. 어떠한 시인도 갑작스러운 이별에는 속수무책일 수밖에 없는가, 베를렌조차도 "꿈이 아닐까, 어떻게 이렇게 이별할 수 있는가" 하고 가장 소박한 질문을 던진다. 가장 소박한 질문이야말로 영원히 답이 나오지 않는 질문이다.

나는 장례식을 대신할 새로운 소재를 발견했다. 아침 해가 빛나는 식탁에 앉아 있자니 개도 참억새도 반짝이고, 커피도 향긋하여 나는 멍하니 행복에 젖어 있다. 그런데 상대가 돌연 "헤어지고 싶어."라고 불쑥 말한다.

못 들은 척하고 오줌 누러 갈까. "한 번 더 말해 봐" 하고 차갑게 가라앉은 목소리로 으스스한 분위기를 만들어 볼까. 말없이 뚝뚝 눈물을 흘릴까. "고마워, 무척 행복했어" 하고 위선의 끝을 보일까. 생선 칼을 배에 들이대고 "죽여 버릴 거야", "죽여라" 하고 서로 울부짖다가 그대로 생선 칼을 번쩍 쳐들고 아침 해 속으로 뛰쳐나가 줄까. 무릎을 꿇고 끈덕지게 애원할까. "내 사랑은 언제나 노래에서처럼

● 일본의 시대 소설 제목이자 그 주인공의 이름

버림받는다"(다니카와 슌타로)* 하고 읊으며 그 와중에도 폼을 잡아 볼까.

이거, 흥분되기도 하고 초조해지기도 하는 게 장례식은 저리 가라다. 육체가 없어지는 죽음은 단 한 번뿐인데다가 현실에서 자신의 사후를 체험할 수 없다.

그러나 인생을 살아가며 중간중간 찾아오는 이별이라고 하는 죽음은 우리의 혼과 육체로 견뎌 내야 한다. 아마도 몇 번이고 몇 번이고.

그때 마음을 위로해 줄 따뜻한 말 한마디 같은 게 있을까. 헤어지자는 인간한테 듣고 싶은 말이란 게 존재할 수나 있을까.

마음 독하게 먹고 "싫어졌어, 얼굴도 보고 싶지 않아" 하고 말을 뱉은 다음, 상대로부터 경멸과 증오를 몸으로 받아 낼 각오가 없다면, 사람과 헤어지는 일은 안 하는 게 좋다. 헤어질 때는 괜히 좋은 소리 하지 말고 독하게 말하는 게 정답이다. 단 한마디의 이별의 말이 실로 다양한 드라마를 상상하게 한다. 이별도 상상으로 해 보는 건 재밌네.

---

* 일본의 '국민 시인'으로 불리는 유명 시인으로, 사노 요코의 두 번째 남편이다. 두 사람의 결혼 시기는 이 작품 이후다.

개구리 왕자

『개구리 왕자』 — 나는 그것이 그림형제의 동화라는 것을 몰랐다. 우리 남매가 어머니에게 이야기를 들려 달라고 졸랐을 때 어머니가 해 준 얘기 중 하나였는데, 내용이 매우 정확했다. 그때까지 어머니가 들려준 모모타로*나 엄지도 사와는 달리 내용이 화려하고 하이칼라▲ 같았기 때문에 그때의 어머니도 현란하고 하이칼라 같다고 느꼈던 기억이 난다. 내가 다섯 살쯤 됐을 무렵이었다.

개구리가 할짝할짝 수프를 핥아 먹는 것을 징그러워하는 공주님의 심정에 동정하고, 개구리와 함께 잔다는 약속을 안 했으면 좋았을 걸 하고 공주님의 경솔함을 애석해 했다. 그러면서도 개구리가 뻔뻔하긴 하지만 개구리와 친구가 되겠다고 약속해 놓고 목적이 달성되자 도망치려 한 공주님은 결국 나중에 벌을 받을 줄 알았다. 그래서 공주님이

---

* 옛날에 아이가 없는 노부부가 살고 있었는데, 냇가에 빨래하러 갔다가 큰 복숭아가 떠내려 오는 것을 발견하고 집에 가져와 먹으려고 쪼갰다. 그런데 안에 남자아이가 있어 모모타로(복숭아를 뜻하는 모모와 일본의 남자아이 이름인 타로를 합친 것)라고 이름 짓고 길렀는데, 이후 성장한 모모타로가 귀신 섬의 귀신이 사람을 괴롭힌다는 이야기를 듣고 귀신을 퇴치하는 이야기다.

▲ 서양식 유행을 따르던 멋쟁이를 이르던 말

개구리를 벽에다 내동댕이칠 때는 에잇, 죽을 땐 죽더라도 하고 가슴이 후련했다. 그런데 개구리가 아름다운 왕자로 변해 오히려 공주에게 청혼을 하다니, 정말 잘됐다 하면서도 나는 어딘지 마음이 편치 않았다.

'이야기'라는 것은 권선징악의 교훈을 주는 것이라고 어린 마음에 생각하고 있던 나는, 그 기대를 배신당하여 마음이 혼란스러웠을 것이다. 그리고 거기서 묘사된 심리의 리얼함이 강렬했기 때문에 또한 잊기 어려웠을 것이다. 어린 시절이나 지금이나 이 이야기는 이해하기 힘들다. 하지만 이야기를 끌어가는 주인공의 심리에 이만큼 빨려들어 갔던 이야기는 달리 없었다.

오리 새끼

아버지가 나에게 처음 읽어 준 동화는 안데르센의 『인어공주』였다.

종전 후 중국 다롄에서 맞은 겨울이라 아버지는 직장을 잃어 한가했을 거고, 우리는 배가 고팠다. 춥고 배가 고팠기에 성냥팔이 소녀의 일이 내 일인 듯 동정했지만 안데르센의 세계는 역시 이 세상 것이 아닌 아름다움이고 현실과 동화는 엄연히 다르다는 것을 우리는 알고 있었다.

춥고 배고프던 대륙의 겨울에 인어공주와 미운 오리 새끼를 알게 된 것을 나는 하늘의 은총처럼 감사하고 있다.

매일매일 나는 그런 어려움을 겪고 있었기에 안데르센이 한없이 더 아름다웠다.

인어공주가 바다의 거품으로 사라지는 것이 슬퍼서 나는 몸을 뒤틀며 애통해했다.

애통했기에 나는 『인어공주』를 잊을 수가 없다.

한편 미운 오리 새끼가 아름다운 백조가 되는 결말이 너무 흡족했고, 흡족했기에 잊을 수가 없다.

안데르센이 봤을 때, 나는 말 잘 듣는 순진하고 착한 아이였다고 할 수 있을 것이다.

나는 아들에게 『미운 오리 새끼』를 읽어 줬다.

아들이 툭 하고 말했다.

"백조가 왜 오리보다 좋은 건데?"

나는 생각도 못해 본 질문이었기 때문에 말문이 막혔다.

"오리한테 미안하잖아." 아들은 또 툭 하고 말했다.

어린 시절 나에게 각인된, 우아하게 물 위를 미끄러지는 백조에 두말없이 설복됐던 나는 입맛을 다셨다.

"그러면 어떻게 되면 좋은데?"

"오리는 오리로 훌륭하게 살아가면 되잖아."

아들은 말했다.

나는 매우 쩔쩔맸을 것이다.

"이 이야기는 왜 오리네 식구였던 애를 갑자기 다른 집 아이로 만들어 버리냐고. 나빠."

당시 아들은 내가 백조가 된 오리에게 진심으로 축복을 보냈던 때와 같은 나이였다.

아들은 그 이상의 말을 모르니까 그 이상의 생각을 전할 수는 없었을 것이다. 그러나 『미운 오리 새끼』는, 아들의 말 한마디로 인해 내 안에서 뿔뿔이 분해되어 버렸다.

안데르센은 나에게 영원하며 완벽했기 때문에 주제넘은 질문을 던진다는 것은 생각도 못할 일이었다.

내가 고전을 존경하는 방식은, 거기에 있는 것을 있는 그대로 받아들이고 그래서 더욱 만족하는 것이었다.

내가 안데르센에게 오랫동안 변함없는 애착과 범할 수 없는 두려움마저 가졌던 것은, 안데르센이 만들어 낸 세계 가 완벽할 정도로 아름다웠기 때문이다.

나는 지금도 안데르센을 아름다운 것으로서 사랑하고 있다.

그러나 아들에게 『미운 오리 새끼』는 무엇일까?

나는 아들이 안데르센에 이의를 제기했다고 해서 그 아이에게 불평할 생각은 없다. 불운한 오리가 아름다운 백조로 성장한다는 것에 순순히 감동한 어린 날의 나와 "오리한테 미안하잖아" 하고 느끼는 아들과, 둘 중 어느 쪽이 더 따뜻한 마음을 가진 건지 나는 모르겠다.

기억

우리 집 가까이 있는 다마카와의 강둑에서 살인 사건이 발생했다. 차를 타고 지나가다 보니 순찰차가 여러 대 서 있었다. 알고 지내는 부인이 잠옷 위에 빨간 가운을 걸치고 양소매에 손을 집어넣은 채 서 있었다. 아침 8시가 되기 전이었는데, '이렇게 가까운 곳에서 사건이 일어나다니' 하고 나는 가슴이 두근두근하여, 경찰 아저씨가 뭔가를 물어봐 주지 않을까 하고 생각했다. 경찰 아저씨는 아무것도 묻지 않았고, 어서 빨리 지나가라고 국민체조 같은 포즈를 취했다.

집에 와 있으니까 경찰 아저씨가 와서 "어젯밤 8시경부터 10시 사이에 강둑을 지나가지 않았나요?" 하고 물었다. 나는 "아니오" 하고 대답하면서 아쉬워서 견딜 수 없었다. 그 외에 아무 이야기도 해 줄 수 없다는 게 마치 모처럼 온 손님을 선물도 건네지 않고 돌려보내는 기분이었다.

어제 뭘 했더라? 하고 생각해 보려 했지만 아무런 기억도 떠오르지 않았다. 어제라는 날이 아예 없었던 것 같았다.

그 전날도 뭘 했는지 생각나지 않았다. 슈퍼에서 아이의 친구를 만난 기억은 있는데, 그것이 이틀 전인지 사흘 전인지 알 수가 없다.

그러다가 불현 듯, 어젯밤 내가 한 시간 반이나 걸려서

메구로의 친구네 집에 가던 중 밤 9시 반에 현장을 통과했다는 사실이 생각났다. 그리고 그곳에 양복을 입은 남자 두셋이 차 옆에 서 있던 것도 생생하게 기억났고, 또한 박스형 차체에 물색 선이 그려져 있었다는 것도 기억났다.

나는 가운의 소매에 양손을 꽂고 서 있던 부인한테 가서 "어떻게 됐어요?" 하고 물었고 "범인이 잡혔대요" 하는 말을 듣고 정말로 실망했다. 어쨌든 이번 일로 내 기억력에 대해 완전히 자신이 없어진 나는, 만약 내가 알리바이를 대냐 못 대냐에 따라 목숨이 왔다 갔다 하는 경우에 처한다면 어제 일도 기억하지 못하는 내가 어떻게 일주일 전, 일 년 전의 일을 증명할 수 있겠나 생각하면서 오싹해졌다.

알리바이를 기억해 낼 수 없다는 이유만으로 범인으로 날조될 수는 없다는 생각에 일기를 쓰기로 했다. 그러나 오늘 무엇을 했다고 하는 메모를 적는 것은 참으로 따분한 일이라서 금방 그만두고 말았다.

그 후, 이사할 때 일기장이 나왔다. "5월 4일, 생선 가게에 갔다가 돌아오는 길에 자운영 꽃밭에서 쉬다."라고 쓰여 있었다. 나는 그때의 하늘과 바람의 상태, 자운영 꽃 사이로 보이던 함께 있던 친구의 정강이의 털까지 생각났다. 그 메모가 없었다면, 자운영 꽃밭의 바람도 하늘도 깨끗이 사라졌을 것이다. 다시 일기를 쓰자고 생각했다. 그런데 지금도 어제 무엇을 했는지 생각나지 않는다.

가오루

아들이 세 살 때 어린이집에 데리고 가면 아들을 기다리던 여자아이들이 몰려들어, 아들이 보이지 않을 정도였다.

어떤 여자아이는 하녀가 하듯이 아들 앞에 실내화를 내밀었고, 어떤 여자아이는 마누라나 되는 것처럼 아들의 비닐 가방을 받아서 기둥에 걸어 가고, 어떤 여자아이는 신발 당번처럼 아들이 벗은 신을 들고 신발장에 넣으러 갔다.

나는 아들이 영원히 여자에게 인기가 있을까 봐 어쩐지 무서웠다. 그러나 어쩐지 무서웠던 것은 잠깐, 바람이 불어 지나가는 동안이라고 할 만큼 짧았다.

여자아이들은 곧바로 변심하여 다키에게 몰려들었다. 내 마음에 질투가 들끓었다.

아들은 아무렇지 않은 것처럼 굴었고, 다키는 아들의 목을 끌어안았다. 나는 이번에는 아들이 호모 끼를 부르나 하고 고민했다. 아들은 모든 아이들의 아이돌이었던 모모를 좋아했는데, 어린 나이에도 성적 매력을 풍겼던 그 아이는 뾰로통하니 누구에게나 쌀쌀맞았다.

그래도 모모는 언제나 압도적인 여왕이었다. 가오루가 놀러 와서 나에게 말했다. "난 겐이 좋아요. 하지만 겐은 내가 별론가 봐요. 그래도 좋아요." 내 아들 겐은 놀러온 모모

195

에게 착 달라붙어서 매몰찬 대접을 받고 있었다. 나는 가오루를 꼭 안아 주고 싶었다. 다섯 살의 그들은 다섯 살의 사랑을 놔둔 채 조금씩 커 갔고 서로 보는 일도 별로 없어졌다. 그래도 몇 년 만에 한 번 길에서 스쳐 지나칠 때면, 가오루는 "겐네 아줌마!" 하고 큰소리로 불렀다. 눈이 휘둥그레질 정도로 소녀에 가까워져 있었다. 가오루 안의 사람에 대한 그리움은 내 가슴을 언제나 뜨겁게 했다.

아들은 열세 살이 되었다.

어느 날, 아들이 뛰어 들어와서 말했다.

"아, 창피해 죽는 줄 알았네. 역 앞에서 어린이집 다닐 때 있던 가오루 있지. 걔가 '저거, 겐 아냐?' 하고 엄청 큰소리로 날 부르잖아. 머리를 샛노랗게 물들이고 굉장한 옷을 입고 오락실 앞에 있었어. 나, 완전 쫄았어. 무셔라."

"가오루가 그렇게 싫어?"

"쪽팔리잖아. 눈도 안 마주치고 도망쳤어."

"난 가오루 보고 싶은데. 그 애, 정말 좋은 애였어. 눈물 나리만치 좋은 애였어."

"하긴, 엄마가 가오루를 좋아했지."

"응. 지금 만나면 내가 가오루를 알아볼까나."

"가오루가 엄마를 알아보겠지."

열세 살이 되어서도 속없이 속을 드러내는 열세 살 소녀, 가오루. 다섯 살 가오루를 꼭 안아 주고 싶었던 것과 마찬가지로 열세 살 가오루도 꼭 안아 주고 싶다.

마지막으로 가오루를 본 것이 벌써 몇 년 전이려나.

고양이

"적어도, 한 번만이라도 새끼를 낳게 해 주고 싶었는데" 하고 열한 살의 아들이 말해서 나는 흠칫했다. 아들은 거세한 고양이를 안고 눈물을 글썽였다.

나는 많이 미안했다. 고양이에게도 아들에게도 많이 미안했다. 그래서 버려진 검은 고양이를 거두어 기르게 됐을 때에는 의사한테 데려가지 않았다.

버려진 검은 고양이는 수컷이었고 한심스럽게 천진난만했다. 집에 있는 개 옆에 가서 재롱부리며 얼굴에 달라붙으면, 개는 말끄러미 검은 고양이를 바라보고 고개를 갸우뚱거렸다. 얼마 안 있어 검은 고양이는 개의 머리에 올라가 귀와 귀 사이에 앉거나 했다. 개는 조용히 눈을 깜박거렸다. 그리고 하루 온종일 개집 안에서 개와 함께 잤다.

검은 고양이가 커서 이제 새끼 고양이가 아니게 되자 전부터 있던 거세된 고양이와 함께 잠자게 되었고, 수컷끼리 서로 어깨와 어깨에 양다리를 집어넣고 자는 모습을 보자면 무샤노코지 사네아쓰*의 '사이좋은 것은 아름답구나'라

---

* 일본의 소설가. 말년에 그린 그림에 '사이좋은 것은 아름답구나'라는 글귀를 써 놓았다.

는 색종이의 호박 그림이 생각났다.

얼마 안 있어 검은 고양이는 안정을 못하고 집 안을 우왕좌왕 돌아다니면서 발성 연습을 하듯이 낯선 소리를 짧게 지르기 시작했다. 발정기가 온 거다.

아직 세상 이치를 알지 못하는 검은 고양이는 거세된 고양이에게 올라타서 어찌할 바를 모르고 어두운 소리를 내질렀다. 나는 이걸 어쩌지 하고 생각하다가 결국 웃고 말았다. 웃긴 했지만 꺼림칙하고 찝찝했다.

검은 고양이는 이번에는 드러누운 개에게 기어올라 개의 허리에 달라붙어서 세상을 원망하듯이 울었고, 집에 온 손님은 놀라서 나를 봤고, 나는 어디를 봐야 좋을지 몰랐다.

다음 번 발정기가 되자 검은 고양이는 힘에 넘쳐서 고개를 위로 젖히고 울었다. 그리고 양다리에 원형탈모증같이 털 빠진 자리를 많이 만들어서 돌아왔다.

다음 날은 꼬리털이 빠져 돌아왔고, 그다음 날, 또 그 다음 날, 꼬리는 되풀이해서 매듭을 묶어 혹투성이가 된 끈같이 변해 갔다. 검은 고양이는 열을 내고 앓으면서도 또 밖으로 나갔다.

더럽고 낡은 걸레같이 되어서도 목소리만은 힘이 넘쳤고 휘청거리면서도 기어코 나가는 남자가 된 고양이는, 거세된 고양이보다도 숙명적으로 슬프고 갸륵하고 눈물겨웠다.

어른이 된다는 것은 어렵다.

어른이 되고 나서도 어렵다.

거세된 고양이는 한가롭고 평화롭게 살고 있다. 나는 그 한가로움과 평화 때문에 오히려 고양이에게 미안하다.

한가로움과 평화가 도대체 뭐란 말인가. 온몸에 생채기를 새기며 수컷의 삶을 살고 있는 검은 고양이에 비한다면.

"적어도 한 번만이라도 새끼를 낳게 해 주고 싶었는데……."라고 눈물을 글썽이며 말하던 열한 살의 아들은 그때 뭘 알고 한 소릴까. 왠지 으스스하다.

아이

어머니는 다섯 살 때 소꿉장난할 때 쓰려고 절의 스님이 정성들여 키운 국화꽃을 훔치러 갔다고 한다.

아이의 얼굴 크기만 한 꽃을 꺾어든 순간 스님에게 목덜미를 눌린 다섯 살의 어머니는 "쉬가 나와요."라고 외쳤고, 스님이 놀라서 손을 놓은 틈에 도망쳤다고 한다. 나는 아무리 노력해 봐도 다섯 살 어머니를 상상할 수 없었다.

나는 어머니에게 어린 시절이 있었다는 사실이 도무지와 닿지 않았다. 어머니는 처음부터 어른으로 내 눈앞에 나타났기 때문이다.

나와 아들은 서른 살 차이가 나는데 그 삼십 년의 역사가 아이에게는 보이지 않는다고 생각하면, 나는 긴타로아메* 같이 그 삼십 년 중의 어디를 잘라도 아들에게는 한결같은 얼굴로 보이겠구나 생각한다.

나는 다섯 살 아들을 보는 것으로 다섯 살의 나를 한 번 더 살 수 있었다.

하지만 지금 열세 살의 아들을 통해서는 더 이상 열세 살의 삶을 살 수 없다. 그가 남자가 되어 가고 있기 때문이다.

• 어디를 잘라도 같은 긴타로의 얼굴이 나오게 만든 막대사탕

그러니 아들이 사십 대 여자인 어머니를 이해하는 건 더더욱 불가능한 일이리라. 나는 아들에게 몹시 거치적거리는 존재일 뿐.

요전에 심리학 책을 읽다가 '세상에 어른 따위는 없다. 단지 어른인 척하는 아이가 있을 뿐이다'라는 말을 접하고 소리 내어 웃고 말았다. 내가 갑자기 웃음을 터뜨리자 아들이 "뭔데? 뭔데?" 하고 다가왔다.

나는 소리 내어 읽어 줬다.

아들은 "맞는 말이야. 무슨 무슨 척을 잘하는 사람일수록 나쁜 사람이야" 하고 말했다.

"예를 들면?" 하고 재촉했더니 "권력자. 그런 사람은 척하는 연기를 잘할 뿐이야."라고 했다.

음, 제법 괜찮은데.

그러나 열세 살의 남자는 무슨 무슨 척을 나보다 훨씬 잘한다.

공부하는 척하기, 들었으면서 못 들은 척하기, 불쌍한 척해서 동정심 유발하기.

나는 생각한다. 세상에 아이 따위는 없다. 아이인 척하는 어른이 있을 뿐이다. 아이인 척하며 아이의 권력을 휘두르지 마라. 나도 어머니인 척하는 거 힘드니까 말이야.

나도 열세 살의 소녀였던 적이 있으니까 말이야.

가족

동물을 애완동물로 만들 마음은 없다.

아오야마도오리 뒷길의 아담한 아파트 앞에서 카디건을 입은 중년 아저씨가 분홍색 리본을 맨 푸들을 사랑스럽게 안고 있는 풍경을 마주치거나 하면, 못 볼 걸 보기나 한 듯이 시선을 돌렸다. "우리 집 고양이는 도미 회밖에 안 먹어", "한 달 식비가 2만 엔이야" 같은 말을 하는 사람을 봤을 때도 마찬가지다. 그런 말을 들으면 내가 자라던 어린 시절의 저 불행하고 굶주리던 일본이 생각나서 기분이 나빠진다.

그렇다고 내가 동물을 안 기르느냐 하면 그건 아니다. 우리 집에는 고양이도 있고 개도 있다. 한때는 종류가 다른 고양이가 세 마리나 있었고, 지금은 베란다의 개집 안에 강아지 세 마리가 태어나셔서 크응크응 울고 있다.

개도 고양이도 어디서 굴러온 말 뼈다귀인지 모른다. 개는 얼굴은 시바견이고 몸은 닥스훈트로, 토관 같은 배를 땅에 끌면서 다니는데, 그 모습을 처음 본 사람은 하늘을 올려다보고 웃든가 가만히 개의 몸통을 살펴본 후 침묵해버린다. 하지만 이 개를 내가 애완동물로 삼고 있냐 하면, 결코 아니다. 개로만 취급한다.

먹다 남은 볶음밥에 된장국을 부어서 주고, 하루 온종일 방목하고, 아무런 훈련도 받게 하지 않는다. 그래서 재주 같은 건 보여 줄 게 아무것도 없는데, 볕 좋은 마당에 서서 참새를 쫓거나 눈을 가늘게 뜨고 나비를 바라보고 있거나 하면, 못생긴 잡종견이지만 철학적인 분위기를 풍긴다.

그리고 집 안에서 벌써 8년째 기르고 있는, 배털이 적어지고 이것저것 다 귀찮아진 것으로 보이는 고양이가 마당에 나가 쉬라도 하면 부지런히 쫓아가서 짖는다. 그 고양이도 고양이로만 기른다.

아들은 겨울이 되면 고양이를 쫓아가서 억지로 자기 침대에 끌어다 넣고, 고양이는 틈만 나면 따뜻한 고다쓰 안으로 기어들어 가려 한다.

여름이 되면, 아들은 고양이가 낮잠 자는 장소에 가서 고양이를 쫓아 버리고 자기가 앉는다. 그곳이 가장 시원하기 때문인데, 고양이가 못마땅해 하며 옷장 위로 뛰어 옮겨 가면, 나는 너무 높고 좁지 않나 하고 걱정하면서도 계속해서 에어컨이 없는 집에서 땀을 흘리며 산다.

고양이는 매일 고양이 사료를 먹는데, 가끔 가마보코* 남은 것을 주면 정신이 나갈 정도로 흥분해서 털을 거꾸로 세운다.

애견가에게도 애묘가에게도 보여 드릴 수 없는 실상이다.

그런데도 이 개와 고양이가 가출하지 않고 눌러 살면서 여기가 자신의 집이라고 믿고 사는 모습은 조금 안쓰럽다.

---

* 생선 살을 갈아 조미료를 섞고 나무판에 올려 찐 어묵의 일종

그렇다고 해서 우리 집 개와 고양이가 불행하다고는 생각
하지 않는다.

우리 집 개는 매우 개 같고 고양이는 고양이 같기 때문
이고, 고양이가 2, 3일 모습을 보이지 않으면 아들이 울어
주기 때문이다. 우리 집의 개와 고양이를 다른 개와 고양
이로 바꿀 마음은 없다. 가족은 바꿀 수 없는 거니까.

유화 물감

아이가 세 살 때쯤, 아이를 차에 태우고 운전하다가, 조용
해서 돌아보니 아이가 코딱지를 파서 그걸로 창에 그림을
그리고 있었다. 나는 아이가 셋슈雪舟*를 뛰어넘는 그림쟁이
가 될까 했지만, 지금은 그런 걱정은 없다. 어쨌든 나는 그
때 아이를 보고 인간은 뭐든 있는 것으로 그림을 그리면
되는구나 하고 깨달았다.

대학 시절에 유화를 그리고 싶었지만, 가난해서 유화 물
감을 살 수 없었다. 나는 언젠가 유화 물감을 살 수 있을 정
도의 부자가 되고 싶다고 생각했다. 하지만 그때 가난했던
게 정말 잘된 일이다. 10년 지나서 유화 물감을 살 수 있었
지만, 나는 유화 물감은 실로 심오한 소재라는 것을 알고
깜짝 놀랐다. 유화 물감은 하루 이틀 가지고는 내가 원하
는 뭔가가 되어 나오지 않았다. 아무리 가도 목적지에 다
다르지 못하는 식이었다. 이런 흥미로운 소재는 달리 없을
지도 모르지만, 젊고 마음만 조급했던 시절에 유화 물감을
사용했더라면 나는 그림 그리는 것을 단념했을지도 모른
다. 지금은 뻔뻔스럽게도 앞날은 짧지만, 마음은 느긋하니

---

* 중세 시대 일본의 화가이자 선승

까 끄떡없다. 조만간 어떻게 되겠지 하고 생각한다.

그래서 그런지 나는 여전히 유화 물감이든 뭐든 나만의 소재를 좀처럼 정하지 못한다. 미러코팅*을 한 반들반들한 종이에 검은 유화 물감으로 그림을 그린 후 조각칼로 긁어 대던 때도 있었다. 조각칼은 곧 닳았고, 같은 조각칼을 구할 수 없어서 그만뒀다. 종이만 많이 남아서 거기에 유리 펜으로 그림을 그렸다. 그러다가 이번엔 유리 펜을 구할 수 없게 됐다.

그다음엔 가장 싼 도화지에 닳아빠진 펜으로 그림을 그렸다. 닳은 상태가 무척 좋아서 그 닳은 펜을 아껴서 사용했다. 하지만 펜은 얼마 안 가 까까머리 중이 되었고, 새 펜을 칼로 깎아내서 닳은 펜으로 만들어 보려고 했지만, 좀처럼 원래의 닳은 펜처럼 되지 않았다. 지금도 그 까까머리 중이 되어 버린 닳은 펜이 그립다.

어느 회사에서 컬러 사진을 수정한 적이 있다. 그 사진용 잉크의 별난 색조에 마음이 끌려서 달라고 해서 그림을 그렸다.

도야마의 약장사▲가 가져오던 화상火傷 약의 약병처럼 생긴 용기 속에 들어 있는 고형 물감으로 그린 적도 있다. 그 물감을 물로 녹여서 사용했는데, 먹이 특히 흥미로웠다. 많이 묻히면 새카맣게 되고, 엷게 하면 회색이 될지 초록이 될지 짐작이 가지 않았다. 나는 아주 아껴 가면서 귀하

---

* 바깥쪽에서 보면 마치 거울처럼 빛이 반사되는 코팅
▲ 에도 시대 도야마의 가정 약 행상인. 전국 각지의 단골에게 약을 주고 일 년에 한두 번 방문해서 사용한 만큼 정산했다.

게 사용했지만 얼마 안 돼서 없어졌고, 그것도 더 이상 구할 수 없게 됐다.

비슷한 것이 있었는데, 이번 것은 사각형 병에 들어 있는 액체 상태의 물감이었다. 스포이트가 딸려 있어서, 이것을 나란히 놓아두면 안과 의사의 책상 같아 보여서 신났다. 열두 가지 색이 있고, 그중 초록이 네 가지나 있는데 진짜 초록색은 하나도 없었던 게 무척 마음에 들었다.

리퀴텍스[•]도 종종 사용한다. 완성된 후 그림이 묵직하기 때문에 역작을 그린 것 같은 기분이 되어 별나다.

와타나베 도이치 씨에게서 카민레드carmine red 색상의 파스텔을 하나 받은 적이 있었다. 써 보니 색도 아름답고 묵직하니 무거운 게 탐이 나서 나도 샀다. 그 뒤로 파스텔도 사용한다. 여러 메이커의 파스텔을 뒤죽박죽 섞어서 쓰고 있다. 종이는 색깔이 조금 들어 있으면 뭐든 사용한다. 요즘은 갈색 하도롱지[▲] 에 그린다. 파스텔에 크레용을 섞어서 사용하는 때도 있다. 책상 위가 가루투성이가 되고, 청바지가 새빨갛게 되고, 얼굴 전체가 어렴풋이 초록이 되기도 한다.

요즘 그림 재료를 사러 가면 정말 진기한 재료가 많다. 어떻게 사용하는지 알 수 없는 도구를 보면 신기하다. 내가 점점 보수적으로 되어 가고 있다는 것을 알 수 있다. 왠지 붓과 펜이 있어야 안심할 것 같은 기분이 들기 시작한다.

그래서 그런가, 유리병에 들어서 쭉 줄지어 있는 일본화용

• 아크릴물감 상표명
▲ 화학 펄프를 사용한, 빛이 누르스름하고 질긴 종이

물감을 보고 마음이 혹한다. 그것을 사용하려면 다다미 50장 정도는 되는 일본식 아틀리에에 붉은빛이 도는 모전* 같은 걸 깔고, 정원에는 징검돌도 있어야 할 것 같다. 다스키▲ 매는 법도 알아야 할지 모른다. 아교를 풀려면 화로 같은 것도 필요하려나. 그렇긴 해도, 참으로 아름다운 물감이다.

내가 하는 일은 거의 대부분 그림책의 그림을 그리는 것이라서, 원화보다는 차라리 인쇄된 것이 실물이다. 원화가 아름다워도 인쇄된 것이 아름답지 않으면 의미가 없기 때문이다. 아이들의 그림책은 오랜 기간 동안 팔리는 것이 많아서 판을 거듭하다 보면 내가 그린 그림이 조금씩 다른 것이 되어 가는 것을 발견하고 흠칫 놀라기도 한다.

아직은 나 스스로 놀랄 만큼 아름다운 그림책이 되었구나 하고 생각하게 되는 경우가 없어서 아쉽지만, 분명 언젠가는 그런 날도 올지 모른다고 나 자신을 격려한다.

그림을 보관하는 일도 거의 없고, 있는 그림도 누군가가 달라고만 하면 신이 나서 내주는 바람에 모두 없어져 버렸다. 그림을 다 그리고 나면, 더 이상 보고 싶지 않게 되기 때문이다. 언제쯤 나 스스로 소장하고 싶은 그림을 그릴 수 있을까.

---

* 깔개용 모직물
▲ 일본 옷에서 옷소매를 양어깨와 겨드랑이를 통해 매는 X자 모양의 끈

6.

외국어는 멋있는 음악이다

외국어는 멋있는 음악이다

나에게 외국어는 거의 음악이다. 낯선 나라의 작은 도시, 작은 여관의 작은 방에 벌러덩 누워 있는 저녁, 창을 통해 아이들 노는 소리가 들어오면 내가 정말 낯선 곳에 와 있다는 실감을 한다. 그때 아이들의 재잘거리는 소리는 온갖 악기들의 합주곡 소리 같고, 엄마가 "밥 먹어라!" 하고 부르는 소리는 소프라노 가수의 아리아 같다. 대도시 기차역의 돔에 부딪쳐 돌아오는 시끌벅적한 소리는 대교향악이다. 말을 모른다는 건 정말 축복이다.

영어를 술술 말하는 남자와 스페인에 갔다. 스페인은 어디를 가도 영어가 통하지 않는다. 남자는 영어밖에 몰라서 나는 기분이 좋다. 뭐든 엇비슷한 것이 좋다.

작은 도시에서 저녁 산책을 나섰다. 문득 정신을 차리고 보니 남자는 스페인 아저씨와 아주 친하게 이야기를 나눈다. 어깨도 툭툭 쳐 가면서 웃는다. 그리고 토마토를 받아서 돌아왔다. 젠장, 저 자식 스페인어도 하는구나.

"아 글쎄, 한잔 하자네."

"으응."

왠지 불쾌하다.

스페인 아저씨랑 함께 시끌시끌한 술집에 갔다. 남자는

만면에 웃음을 띠고, "아저씨, 가장 맛있는 술로 줘요" 하고 큰소리로 외쳤다, 일본어로. 그러자 술이 나왔다. 아저씨는 "티오 페페"라고 했다. '티오 페페'는 술 이름인 것 같았다. 남자는 아무렇지도 않게 옆에 앉은 또 다른 남자의 어깨를 툭 치고, "어때요? 아저씨, 별일 없어요?"라고 했다. 일본어로. 그 아저씨도 얼굴을 온통 주름투성이로 만들면서 남자의 어깨를 쳤다. 그리고 술집 아저씨를 불러 "티오 페페"라며 남자의 유리잔을 가리켰다. 그러자 남자 앞으로 유리잔이 하나 더 왔다.

"야, 아저씨, 쌩큐, 이거 사 주는 거지요? 쌩큐, 부인은 건강하신가요?"

따위 말을 했다.

"쏼라 쏼라"

굉장한 기세로 스페인 아저씨가 뭐라고 한다.

"이제 곧, 세 번째 아이가 태어난대." 정말일까?

그러자 다른 아저씨가 또 "티오 페페" 했다. '티오 페페'가 남자 앞에 또 놓인다.

"쏼라 쏼라"

"쌩큐 쌩큐, 나는 말이 안 통해서 불편했던 적이 없어."

남자는 기름때가 밴 카운터에 쭉 놓인 티오 페페를 보며 신난다는 듯이 말했다.

밖으로 나오니 작은 광장에서 아이들이 놀고 있다. 줄넘기를 하면서 노래하고 있다. 노랫소리와 외치는 소리가 구별이 안 된다. '아, 나는 여기 있어선 안 돼, 빨리 나의 진짜 집으로 돌아가고 싶어 하고' 생각한다. 돌아가고 싶다고 생각하자 내가 여행 중이란 것이 절절히 느껴진다. 아아, 여행 오길 잘했다.

이게 인생이야

세상은 모두 궁합이다. 오랜 세월 살아오면서 학교도 다녔고 책도 읽었으니 갈수록 똑똑해졌어야 하는데, 어떻게 갈수록 논리고 나발이고 다 사라지고 '모두가 궁합'이라는 결론에 안착하고 마는지 모르겠다.

나는 독일과 궁합이 안 맞았다. 궁합이니까, 내가 일방적으로 싫어한 게 아니라 그쪽이 나를 싫어한 면도 있을 것이다. 우선 그 나라 말이 참으로 나랑 궁합이 안 맞아서 입 틈새로 들어오지 않았고 나가지도 않았다. 반년이 지나도록 나는 숫자 10까지 세는 것도 못했다. 베를린에 도착한 날에 어느 여대의 독일어 선생님이 나에게 간단한 독일어를 꽤 알아듣기 쉽게 풀어서 가르쳐 주면서 분명 숫자도 가르쳐 줬었다. 반년이 지나서 나는 그 선생님이 유학 중인 남독일의 대학가를 찾아갔다. 독일 학생들과 함께 그 선생님과 산책하고 있을 때, 그들은 매우 자주 젝스라는 말을 했다. 너무 자주 젝스라고 해서, 나는 "젝스가 뭐예요?" 하고 그 선생님에게 물었다. 그는 입을 열고 망연자실해서 "식스, 6"이라고 말하고는 슬픈 표정으로 나를 바라봤다. 나는 젝스는 섹스가 아닐까 하고 생각했었다. 젝스를 포함한 이야기가 실로 재미있어 보였던 거다. 그런데 '6'이

214

라는 말이 그렇게 자주 튀어나왔다니, 도대체 뭐에 대한 얘기였는지 지금도 궁금하다.

나는 돌을 들고 쫓아오는 사람도 없는데, 도망치듯이 이탈리아로 넘어왔다. 밀라노역에 도착하자마자 나는 이탈리아와 포옹했다. 궁합이 잘 맞는다고 누가 가르쳐 준 것도 아닌데 어떻게 알았는지 알 수 없다.

내가 밀라노에 도착한 밤에, 나의 대학 시절 친구 하나가 자신이 빌려 쓰고 있는 아틀리에에서 나를 위해 "스파게티 환영회를 해 줄게" 했다. 나는 독일 음식 때문에 죽을 지경으로 고생했기 때문에 신이 나서 갔다. 처음 보는 일본 여자와 속눈썹이 엄청 긴 잘생긴 남자도 있었다. 그 일본 여자 도모는 밀라노에서 2년 이상 그림을 그리고 있다고 했다. 짙은 속눈썹에 동글동글 살이 쪄서, 태어났을 때부터 이탈리아에 있었던 사람처럼 남유럽적이었고, 이탈리아어도 정말 잘했다. 나와 도모는 첫 만남부터 마음이 맞아서, 함께 병 아랫부분을 짚으로 감아 놓은 포도주를 꿀꺽꿀꺽 마셨다. 나는 포도주 마시는 법 같은 거 모르니까 주스 마시듯 마셨다. 큰 대접에 홍합을 산처럼 넣은 스파게티를 당나귀처럼 아귀아귀 먹는 나를 보고 다들 아연실색했다. 도모가 만든 스파게티라고 했다. 나는 독일에서 이렇게 마음 편하게 식사를 한 적이 없었다. 친구네 집에 있을 때조차 그랬다.

포도주가 떨어지자 나와 도모는 손을 잡고 술집으로 달려갔다. 달려가면서 도모는 불쑥 "이게 인생이야" 하고 말했다. 그리고 나는 또 주스 마시듯 포도주를 마셨다. 정신

215

을 차리고 보니 나와 도모는 대리석 바닥에 대자로 누워 있었다. 도모는 벌떡 일어나더니 "음, 이게 인생이야" 하고, 다시 대자로 누워서 잠들어 버렸다. 다음 날 아침 머리가 깨지듯이 아팠다. 친구는 벌렁 마루 위에 드러누워 있었다. 나와 도모는 부엌에서 물을 마셨으나 술이 안 깨 힘들었다.

"교회에 가서 참회하고 오자" 하고 도모가 말했다. 도모는 무슨 나쁜 짓이라도 한 건가? 어쨌든 나도 교회에 가서 누군가에게 용서를 구하는 걸 해 보고 싶었다. 어둡고 냉기가 도는 근처 교회에서 도모는 무릎을 꿇고 뭔가 중얼중얼하며 열심히 기도했다. 나도 그 옆에서 "하느님 미안합니다."라고 했다. 술을 마신 것 말고는 별로 짚이는 나쁜 짓은 없었지만. 그렇게 기도를 하고 밖에 나오니 밝은 태양 때문에 현기증이 났고, "하느님 미안합니다."라고 했기 때문인가, 실로 마음이 상쾌하고 산뜻했다. 도모는 또 말했다. "있지, 이게 인생이야." 인생과 도모는 궁합이 잘 맞는구나 하고 나는 생각했다.

타국의 장어구이

여행을 나가면 나는 먹을 것을 심하게 밝혔다. 밀라노에 있을 때에는 반찬 가게 앞을 그냥 지나치지 못했다. 뭔지 정체를 알 수 없는 것이 진열되어 있으면 다 맛있어 보여서, 매일 한 종류씩 사서 신문지에 싸 가지고 와, 침대와 작은 책상과 세면기가 놓여 있는 내 방에서 '자, 무슨 맛일까 하고' 잔뜩 기대하며 먹기 시작하는 것이다. 황금색 주먹밥은 놀랄 정도로 맛이 없었다. 쌀과 치즈를 반죽해서 튀긴 것인데, 이렇게 맛이 없을 수가. 작은 청개구리를 그대로 튀겨 놓은 것도 먹었다. 바삭바삭 오도독오도독하며 양손을 들고 살려 달라는 모양새를 하고 있는 개구리를 먹었다.

하숙집에서 나와 짧은 여행을 나섰을 때도 나는 먹는 것만 생각했다. 가난해서 고급 레스토랑과는 인연이 닿지 않았기 때문에 비닐 발이 걸려 있는 레스토랑만 찾아다녔는데, 그러다 보니 나는 싸면서도 맛있는 레스토랑을 맞추는 데 달인이 되었다. 비결은 미묘하게 불결한 가게를 찾는 것이었다. 지나치게 청결한 가게의 요리는 어딘가 가시 돋친 게 차가웠고, 지나치게 불결하면 너무 기름지고 끈적거렸다.

적당한 불결함을 감지하는 데 달인이 된 나는 먹어 본 적 없는 것을 찾아 먹으며 행복해 했다. 베네치아의 뒷골목을 걷고 있자니, 레스토랑의 창문 안으로 거뭇거뭇 새카맣게 똬리를 튼 장어가 한 마리 보였다. 외국에 나와서 처음 본 장어가 그것도 너무나 장어답게 있어서, 나는 안으로 들어가 그것을 손으로 가리켰다. 웨이터는 말끄러미 나를 봤다. 자, 이 레스토랑은 그 똬리를 튼 장어를 어떻게 처리해서 내게 먹여 줄 것인가. 웨이터가 눈 깜짝할 사이에 엄청 큰 흰 접시 한가운데 똬리를 튼 채 의젓하게 올라앉은 새카만 장어를 내 앞에 갖다 놓았다. 머리와 꼬리 모두 강에서 잡힌 그대로 삶아서 식초와 기름으로 맛을 냈다. 이것을 나이프와 포크로 먹는 건가. 참으로 무서운 맛이었다. 무엇보다 뼈에서 몸통이 떨어지지 않았다. 나는 똬리를 튼 채로 있는 장어를 단념했다. 아, 이탈리아인에게 장어구이를 맛보게 해 주고 싶다.

스페인 시골 읍내의 인생

저녁이 되자 여관 앞 작은 광장에 사람들이 모여들어 벤치에 앉기 시작했다. 유모차에 아기를 태운 젊은 부부가 다리를 쭉 뻗고 둘이서 아기를 보고 있다.

17, 18세의 연인끼리 쉴 새 없이 쪽쪽 키스를 하고 있다. 새 장난감을 만지작거리는 것이 재미있어서 견딜 수 없는 아이들처럼, 서로의 얼굴을 질리지도 않고 오갔다.

기타를 든 15, 16세 되는 남자아이들 너덧 명이 노래를 불렀다. 한껏 멋을 내고 나온 여자아이 둘이 곁눈으로 힐끗힐끗 남자아이들을 본다. 남자아이들은 노래를 부르면서 때때로 일부러 머리카락을 살짝살짝 만지고, 여자아이를 보지 않으면서도 온몸으로 두 여자아이를 본다. 여자아이들은 쿡쿡 소리 죽여 웃다가 때로는 큰 소리로 웃기도 한다. 그러다가 둘이서 같이 힐끗 남자아이들을 본다.

서로 맞춘 듯이 검은 옷을 입은 노파들은 쉴 새 없이 수다를 떤다. 광장 맞은편 술집에는 남자들이 길까지 미어져 나와 술을 마시고 있다. 그 앞을 네댓 살의 아이들이 달려갔다 달려왔다 한다. 열 살쯤 되는 남자아이가 벽에 기대 세워 놓은 하얀 접이식 망 의자를 펴서 여관 앞에 늘어놓고 있다.

"쟤는 뭘 하는 거지?"

"저거, 용돈 벌이야."

남자아이는 미련하다 싶을 만큼 고지식한 얼굴로 의자를 늘어놓는다.

그리고 그 의자 중 하나에 걸터앉더니 기타 치는 형들을 선망에 찬 표정으로 물끄러미 쳐다본다.

"나도 어서 저렇게 돼서 멋지게 여자아이를 꾀고 싶다고 생각하는 거야."

그때, 여관 문에서 여주인이 나왔다. 남자아이들이 환성을 질렀다. 여주인은 허리를 흔들며 남자아이들에게 다가가 기타를 들어 올리더니, 한가운데 있는 의자에 다리를 꼬고 앉아서 바로 기타를 치기 시작했다.

"저 아줌만 뭐야?"

"여관 여주인이겠지."

"그건 알지. 오, 섹시하네."

서른네댓 아줌마는 적당히 매력적이다. 남자아이들은 갑자기 온몸이 팽팽해진 느낌을 팍팍 풍기며, 쿡쿡 웃던 여자아이들을 깨끗이 잊고 오직 여주인의 기타에만 집중하여 노래를 부른다.

"저거 봐봐."

두 여자아이를 보니, 흥이 깨져 약 오른 얼굴에 입을 꽉 다물고 더 이상 쿡쿡 웃지 않는다.

여주인은 남자아이 한 명에게 윙크도 한다.

"여유네."

그때, 키 큰 중년 남자가 다가왔다. 여주인은 남자를 보자, 남자의 얼굴에서 시선을 떼지 않은 채 치던 기타를 그대로 남자아이에게 건네주고, 그 남자와 함께 여관 벽쪽 의자에 앉았다. 여자의 얼굴에는 긴장된 인생의 여정이 그대로 드러났다.

"어라, 남자네. 남자한테는 처자가 있겠는걸."

"남편일지도 모르잖아."

"남편의 눈을 저렇게 열심히 바라보는 마누라가 어딨어."

남자는 일어나더니 광장을 건너 어디론가 가 버렸다. 여주인은 한동안 의자에 앉아 먼 곳을 바라보더니 그림자처럼 조용히 여관 문 안으로 사라졌다.

끝에서 끝까지 걸어 봐야 30분밖에 안 걸리는 스페인의 작은 동네다. 여기에 앉아 있기만 해도 이 동네 사람들의 일생을 다 볼 수 있을 것 같다.

유모차 안의 아기, 맨발로 달리는 아이, 기타를 치며 어른의 대열에 끼어들기 시작한 소년, 그 소년과 드디어 끈적끈적 달라붙어 키스를 하게 될 소녀, 여주인같이 될 소녀도 있을지 모르고, 술집에서 엉망으로 취할 남편의 마누라가 될 소녀가 있을지도 모른다.

머지않아 부모 중 누군가를 잃고 검은 옷을 입게 될 것이다.

그 동네를 떠나는 날 저녁, 동네에서 벗어난 곳의 강둑은 석양에 물들고 있었다.

강둑 위로 양 떼가 천천히 걸어간다.

사냥 모자를 쓴 초로의 남자가 양 떼 한가운데에 있다. 그 뒤에 어린아이를 안은 젊은 남자, 그리고 그 아내일까,

아이의 손을 잡아끄는 젊은 여자가 있다.

석양이 그들을 실루엣으로 만들었다.

태어나기 전부터 몇 번이나 본, 눈에 익은 그림을 보는 기분이다.

조용한 그림이 조용히 천천히 움직인다.

"저게 가족이지."

"저 부부 싸웠을지도 몰라."

"그러니까 가족이지."

이제 이곳에 올 일은 다신 없을지도 몰라 하고 생각하는 것이 여행이다.

방랑자의 틀니

어느 대학의 교수님을 베를린에서 만났다.

아직 젊고 조금 지저분한 게 전혀 인텔리풍은 아니었다. 나는 아쿠타가와 류노스케 같은 종류만 인텔리로 보므로, 울퉁불퉁한 감자 같은 이 대학 교수님은 전혀 어렵게 느껴지지가 않았다.

"처음엔 3개월 있을 작정으로 왔는데 벌써 7년이 지났어."

"결혼하셨어요?"

"아이도 있어. 갓난아기였는데."

"한 번도 안 돌아갔어요?"

"안 갔어."

"왜요?"

"집에 가면 어디론가 가고 싶어지거든. 그리고 가고 싶어지면 진짜 가 버리게 되니까."

교수님은 베를린의 헝가리 요리점에서 꼬치에 끼운 고기를 사 주었는데, 고기를 먹다가 별안간 허공을 쳐다봤다.

그리고 우물우물 입을 일그러뜨리더니 입안에서 작은 물체를 꺼냈다.

"아, 이가 또 떨어졌어."

교수님은 웃옷 주머니에서 작은 플라스틱 용기를 꺼내

뚜껑을 열고 입에서 나온 이에 하얀 가루를 훌훌 뿌렸다.

그리고 이를 입안에 끼워 넣었다.

"뭐예요?"

"풀, 이에 쓰는 풀. 아주 놀라운 물건이야. 독일인은 어떻게 이런 걸 만들지?"

나는 고기를 먹는 내내 '교수님의 이가 또 떨어지면 어떻게 하지?' 하고 걱정이 돼 견딜 수 없었다.

아니나 다를까 또 떨어졌다.

교수님은 다시 풀을 뿌렸다.

그러고 나서 젊은 사람들이 모여서 미친 듯이 허리를 흔들며 춤추는 곳으로 갔다.

교수님은 "춤추자" 하고는 허리를 흔들며 내 손을 잡아끌었다. 나는 그다지 천진난만하지 않으므로 허리를 조금밖에 흔들지 않았다.

교수님은 성대하게 허리를 흔들고 손을 개헤엄 치듯이 움직이면서 고개도 흔들었다.

그리고 "어라?" 하고 손을 입안에 집어넣었다. 이가 또 떨어졌다. 교수님은 이를 쥔 채 계속 허리를 움직였다.

음악이 바뀌었다.

교수님은 손을 움켜쥔 채로 우뚝 멈춰 서더니 조용히 말했다.

"그리스야, 이거 그리스 음악이야. 이제 글렀어."

"무슨 일이에요?"

"음악이 제일 문제야. 그리스에 갈 거야."

"언제요?"

"지금"

"밤이에요."

그리스 음악은 계속 울리고 있었다. "참을 수가 없어." 교수님은 손에 이를 쥐고 밖으로 나가서 주먹을 쥔 채로 나에게 손을 흔들었다.

나는 비행기가 베를린에 도착한 순간부터 집에 돌아가고 싶어서 견딜 수 없어 하면서도 이렇게 베를린에 남아 있다. 교수님은 그런 나에게 등을 돌리고, 죽어 가는 아이에게 달려가는 아버지처럼 길모퉁이를 돌아서 사라졌다.

그저 잠만 잘 뿐인 여행

베를린에서 코펜하겐까지 기차로 간 적이 있다.

나는 기차에 앉자마자 잤다. 기차는 캄캄한 어둠 속을 달리다가 흐릿한 오렌지색 불이 들어온 낯선 역에 도착했다. 그리고 또 캄캄한 어둠 속으로 돌진해 갔다. 결코 자주 다니던 길이 아니었다. 처음으로 지나가는, 그리고 어쩌면 생전에 다시는 지나갈 일이 없을 낯선 장소를 그저 그냥 잠에 곯아떨어져 지나갔다.

기차는 그대로 엄청나게 큰 배에 올라탔던 모양이다. 독일에서 덴마크까지 바다를 건넜다. 나는 창밖을 잠깐 내다보고는 또 잤다. 눈을 뜨니 기차는 아침 안개가 한없이 이어지는 밭 한가운데를 달리고 있었다. 안개에 번진 나무가 곳곳에 서 있었다. 나는 또 잤다.

코펜하겐에 도착했다. 친구가 마중 나와 있었다. 친구는 나를 안데르센이 태어난 동네로 데리고 갔다. 책에서 본 인어공주의 동상이 있었다.

인어가 너무나도 조용히 앉아 있어서 나는 "흐음" 하는 표정을 지었다. 사진을 안 보고 왔더라면 좀 더 흥미 있어 하는 표정을 지을 수 있었을지도 모르겠다. 깜짝 놀라는 제스처가 모자란 것은 내 감성에 뭔가 문제가 있어서가 아닐까 하는 생각이 들어 마음이 편치 않았다. 그러고 나서 작은 여관으로 갔다. 거기서도 바로 잤다. 기억나는 것은 벽지 무늬뿐. 작은 장미가 나란히 있어서 만져 보니 그냥 싸구려 벽지였다.

그러고 나서 다시 코펜하겐으로 돌아와서 나는 또 여관에 갔다. 친구가 오늘과 내일은 볼일이 있어서 함께 다녀 줄 수 없다고 했다. "알았어."라고 말하고 나는 또 잤다. 다음 날은 하루 온종일 누워 있었다. 그래서 기억나는 것은 벽지뿐이다. 그 여관도 장미꽃이 그려져 있었다. 나는 거리를 두리번두리번 호기심에 가득 차 바쁘게 돌아다니지 않는 것이 괜히 미안하여 하다못해 벽지만은 기억해 두자고 생각했다. 눈을 뜨면 벽지를 쓰다듬었다. 역시 싸구려 벽지였다. 다음 날 저녁 때까지 잤다. 저녁에 친구가 와서 "뭐하고 있었어?" 하고 물어서 "아무것도"라고 말하고, 나는 그대로 역으로 가서 친구에게 "고마워" 하고 기차를 탔다.

나의 코펜하겐은 장미가 그려진 싸구려 벽지다. 그다지 절절하게 만진 벽지는 아니다.

연사戀辭 레슨

어렸을 때, 집에 단 한 세트 있던 트럼프 카드의 그림이 베네치아의 그림이었다. 곤돌라와 돌다리와 이발소의 하양 빨강 간판 같은 장대가 물에서 비스듬히 튀어나와 있는.

베네치아에 처음 갔을 때 나는 주저앉아 웃고 싶어졌다. 내 눈에 들어온 베네치아가 어릴 때 본 트럼프의 그림과 조금도 다르지 않았기 때문이다.

여행의 즐거움은 이미지가 조금 깨지는 즐거움이다.

혹은 기대도 하지 않았던 것을 마주치는 즐거움이다.

이렇게 머릿속 이미지 그대로라니, 나는 뭐랄까 몸 둘 바를 모르게 창피했다.

작은 여관에서 여관 아줌마가 커피하고 빵만 나오는 조식을 기우뚱한 식탁에 놔 주고 간 후, 샌들을 신고 뒷골목에서 뒷골목으로 건들건들 걷기 시작했다. 그림엽서에는 없는 작은 다리를 여럿 건너고 났더니 역시나, 베니스가 아니라 베네치아라 불러 마땅한 오래된 역사가 느껴지면서 어쩐지 두려운 마음이 들었다. 몇백 년이나 썩지 않는 돌로 된 건물 안에서 중단됨 없이 이어져 온 사람들의 삶을 보는 것은, 종이와 나무로 되어 있는 건물에서 살다 나온 사람을 으스스하게 만든다.

피곤해서 작은 다리에 걸터앉았다.

그러자 여덟 살 정도 되는 참으로 티 없이 귀여운 남자 아이가 내 옆에 앉아서 나를 보고 웃었다. 사람이 그립기도 해서 나도 빙긋 웃어 줬다. 그러자 두 볼에 아직 솜털도 채 가시지 않은 그 아이는 긴 속눈썹이 달린 커다란 눈을 크게 뜨고 "당신은 아름다워요" 하는 것이다. 그리고 작은 손을 내 손 위에 겹치고, "나는 당신을 사랑해요."라고 말했다. 아, 이 황당함이라니.

"오늘 밤 8시에 여기서 기다려 준다면, 내가 곤돌라를 한 척 가져올 게요. 단 둘이서 곤돌라를 타요. 내가 노래를 불러 줄게요."라고 했다.

"꼭 기다려 줘요."라고 그 아이는 실로 열심히 말했다. 나는 이탈리아 남자의 역사가 벼락치기로 만들어진 것은 아니라는 것을 알았다.

그 꼬마는 정말로 8시에 곤돌라를 어디선가 슬쩍해서 '아름다운 당신', '사랑하는' 나를 기다렸을까.

황야에 서면 나는 남자가 되고 싶다

뉴멕시코, 애리조나, 네바다를 통과해서 캘리포니아로 갔다.

길은 오로지 한줄기, 황야 가운데를 가로질러 지평선 끝까지 계속되었다. 언제까지나, 언제까지나, 어디까지나, 어디까지나. 건물과 차량과 사람이 바글거리는 도쿄와 시부야의 길밖에 모르던 나는 감탄했다. 말도 안 돼! 정말! 멋져라! 다음에는 차가 아니라 오토바이로 여기를 내달릴까 하고, 이 몸이 얼마나 늙어 빠졌는지는 잊고 눈을 빛냈으나, 한 시간을 그렇게 달리고 났더니 나는 그만 심심해져서 마음이 뚱해지기 시작했다.

하늘이란 게 이렇게나 파란 거구나. 구름은 지평선 바로 위까지 드리워지는 거였구나.

나는 내가 세계의 중심을 향해서 달리고 있다고 생각했다. 하늘과 땅이 만나 한데 섞이는 곳을 향하고 있다고 생각했다. 그런데 뒤를 돌아보니 내가 지나온 길 역시 세계의 중심에 닿아 있었다.

왼쪽을 봐도 오른쪽을 봐도 하늘과 땅이 빙 둘러 있는 게, '정말 지구는 둥글다'였다.

길이 세계의 중심으로 향하는 게 아니라 내가 세계의 중심에 있는 거였다.

사람은 언제든 세계의 중심에 있다.

세계는 세계의 중심에서 볼 수밖에 없는 거다.

눈알이란 게 그렇게 되어 있다.

눈알 앞을 옆집 블록 담이 가로막고 있는 세계는 블록 담에서 끝난다.

그 블록 담을 따라 걸으면, 나는 세계의 끄트머리를 걷고 있는 것 같아서 조금은 조심스러운 기분이 되고 만다.

그때 블록 담을 치워 버리고 옆집도 부수고, 그 옆의 아파트도 밀어서 모든 것을 물러나게 하면, 나는 언제든 세계의 중심에 있는 거다.

50억 명 인류 하나하나는 모두 세계의 중심에 서 있다. 눈알은 그런 식으로 달려 있다. 애리조나의 황야 속을 달리면 자신이 세계의 중심에 있다는 것을 정말 온몸으로 알게 된다. 그 넓은 곳에 오직 나뿐이다. 넓다는 것은 자기 중심에 홀연히 있을 수 있다는 것을 의미한다. 황야에 돌연 깎아지른 듯 우뚝 솟아 있는 큰 바위 덩어리가 나타났다. 마치 서부극의 한 장면 같다. 그 아래로 돌연 말에 걸터앉은 혈혈단신의 앨런 래드*가 쌀알만 한 크기로 나타날 때 말고는 주변과 어울리지 않는 바위다.

길도 없던 개척시대였으니, 앨런 래드는 그때 좀 더 순수하게 자기 혼자라고 생각했을 게 분명하다. 대지와 대공大空의 중심에서, 자기 중심에 열중하는 것이 독립심이란 것이었을까. 이렇게 끝없이 넓으면 인디언이 작게 텐트 같은

• 미국 서부극의 총잡이 역할로 유명한 남자 배우

것을 치고 있어도 알아차리지 못했을 것이다. 가끔 눈에 띄기라도 하면, 앨런 래드는 비켜, 비켜 방해되잖아 하고 말 위에서 속엣말을 했을 것이다.

그렇게 해서 미국은 완성된 것이다. 미국에 쳐들어 온 유럽인은 넓다는 것에 익숙하지 않았다. 선조 대대로 세계는 끝없이 넓다는 것을 알고 있던 인디언은, 그 넓이와 쓸쓸함 속에서 하늘과 땅과 함께 사는 법을 알고 있었을 것이다.

그러나 앨런 래드는 권총 한 자루를 허리춤에 늘어뜨리고 말에 걸터앉아서, 세계의 중심인 자신에게 곤드레만드레 취했을 것이다. 그것을 히로이즘•이라고 부를 수도 있을 것이다. 히로이즘 말이다. 끝없는 황야의 외길에서 나는 앨런 래드가 되어 버렸다. 뭐라 해도 나 역시 그처럼 나그네니까.

나는 태어나서 처음으로 남자가 되고 싶다고 생각했다. 홀로 세계의 중심에 서서 고독한 혼을 권총에 꽂고 어딘가 응당한 장소를 찾아 내서 멋대로 나무를 베어 집을 짓고, 어디서부턴가 여자를 하나 데려와 거기에서 산다. 그리고 아이를 만들고는 여자와 아이를 지켜야 한다며 분연히 일어나는 거다. 마누라와 자식을 지키기 위해 때때로 인디언도 해치워야 한다. 해치우고 싶었을 게 분명하다. 적이라고 하는 것이 필요하다. 끝없는 황야와 넓은 하늘은 그렇게 상상 속 남자의 로망 같은 것을 느끼게 했다.

길은 곧장 하늘과 땅이 뒤섞이는 곳으로 사라졌다.

앨런 래드는 이제 없다.

• '히로이(広い)'는 넓다는 뜻이다.

7.

독서는 나태한 쾌락이다

인텔리 콤플렉스

아들이 느닷없이 "지식이랑 교양이랑 어떻게 달라?" 하고 물었다. 열세 살짜리 아들은 만화와 텔레비전으로 진하게 잘 구워진 돼지였던 터라, '어쭈, 돼지가 던지는 질문치곤 제법 수준 있는데' 하며 나는 기쁘게 대답해 주었다.

"흐음, 그럼 난 지식도 있고 교양도 있는 거네."

"넌 어떤 걸로 지식과 교양을 익혔니?"

"텔레비전이랑 만화지."

"바보, 그런 건 지식도 아니고 교양도 아니야, 그냥 정보야."

"엄마는 지식도 없으면서."

"내가 왜? 난 너만 할 때 아기 보면서 독서하며 교양을 익혔어."

"교양을 익힌 게 아닐걸, 그땐 다른 오락이 없었던 거잖아."

아! 정말 그렇다. 족제비 쫓는 것밖에 할 일이 없는 산, 벌거벗고 헤엄치는 것밖에 할 일이 없는 강, 아무것도 없었다. 내가 지금 그때의 나이라면 나 역시 만화랑 텔레비전에 정신없을 거고, 시부가키대*의 누구누구짱과 누구누

---

* 1980년대 초에 활동했던 아이돌 그룹. 시부가키는 떫은 감, 땡감이라는 뜻이다.

구짱을 구별 못하는 엄마를 우습게 알았을 것이다.

그래도 말이지, 돼지가 텔레비전 앞에서 뒹굴뒹굴하며 실실 웃고 있는 모습을 지켜보자면 엄마는 속이 터지고 만다.

살짝 그늘진 시선에 까다롭고 언짢은 분위기로 문고본을 읽는 모습 쪽이 더 바람직하다고 생각하는 엄마는 분명 인텔리 콤플렉스임에 틀림없다.

내가 열네 살 때 좋아하던 남학생은 수재에 문학 소년 타입이었다. 그래서 그가 창백하고 휘청거리면 거릴수록 더 섹시해 보였다. 공을 던져도 톡하고 1미터 50센티 되는 곳에 떨어져 버리는 수재를 보면 실신할 지경으로 멋있어 보여서 가슴이 두근두근했고, 나도 따라서 1미터 50센티 되는 곳에 톡 하고 떨어뜨렸더니 체육 선생님이 얼굴이 새빨개져서 "제대로 해라!" 하고 고함쳤던 일이 생각난다.

사실 그 수재는 공부하는 거 말고는 세상살이에서 달리 아무런 재미도 없었던 거다. 공부와 독서가 오락이라면 수재가 될 만도 하다.

수재는 도서관에서 살다시피 했다. 실내화를 질질 끌며 다니는 모습을 보면 발이 땅에서 1밀리 반 정도밖에 올라가지 않는 것 같았다.

나는 도서관 책 뒤에 꽂혀 있는 대출 기록 카드를 통해 수재가 어떤 책을 읽었는지 확인한 다음, 같은 책을 바로 빌렸다.

이것은 꽤나 끈기가 필요한 작업이었다.

대충 서가의 어디쯤일지를 추측해서 일일이 책을 꺼내

책 뒤표지의 봉투 속에 들어 있는 대출 카드에서 대출자의 이름을 확인한다. 나는 내가 읽고 싶은 것을 읽은 것이 아니라 수재가 읽은 책을 읽고, 만지고 싶었던 것뿐이다. 그처럼 읽고 싶고, 만지고 싶은 책은 그 이후로 더는 없었을 거다. 30년 전의 중학교 도서관은 선반이 텅텅 비어 있었고, 세계 문학 전집과 일본 문학 전집과 백과사전과 『신헤이케모노가타리』• 23권이 있었다.

열네 살 소년과 소녀에게 『암야행로』▲의 어디가 재미있었는지 모르겠다.

상트페테르부르크를 배회하는 라스콜리니코프■의 무엇을 이해했는지도 모르겠다. 아무것도 이해하고 있지 않았다. 아무것도 모르고 재미있지 않은데도 읽었다.

아아, 정말로 달리 재미있는 일이 아무것도 없었던 거다. 시간은 넘쳐났고 눈은 한가했던 거다.

십수 년의 세월이 흘러, 열다섯 살까지 한 번도 말을 나눈 일이 없던 그 수재와 딱 한 번 만난 적이 있다.

나는 전철역에서 기다렸다. 그때의 그 창백했던 인텔리를.

그러나 거기에 나타난 것은 고기만두에 검은 둥근 테 안경을 푹 끼워 넣은 듯한 남자였다. 나카무라야◆의 포장지로 포장한 상자를 늘어뜨리고 서 있는, 눈꼬리는 처졌고 묘하

• 헤이케(平家) 가문의 영화와 멸망을 그린 가마쿠라 시대(1185~1333)의 군담 소설
▲ 만년의 평온한 심경을 그린, 시가 나오야의 소설
■ 도스토옙스키의 소설 『죄와 벌』의 주인공
◆ 도쿄에 본사를 둔 오랜 전통을 가진 식품회사

게 사교성 있어 보이는 젊은 고기만두였다.

내 첫사랑 수재가 얼마나 잘생겼는지 보여 주겠다고 친구를 집에서 기다리게 해 놓은 터였다. 나는 들떠서 고기만두를 내가 사는 곳으로 안내했다. 내 친구는 고기만두를 보자 인사를 마치고 부엌 그늘에서 끄윽끄윽 웃었다.

나카무라야의 상자를 열자 고기만두가 여섯 개 들어 있었다.

친구가 끄윽끄윽 웃어도, 나는 한 번 호의를 가졌던 사람인데 어떻게 악의를 가질 수 있냐 하는 심정에서 케이크와 고기만두와 홍차를 대접하며 지금 뭘 하느냐고 물었다.

수재는 도쿄대학 대학원에서 『겐지 모노가타리(겐지 이야기)』•를 연구하고 있다고 했다.

과연! 그는 『겐지 모노가타리』의 무엇을 어떻게 연구하고 어떻게 해석했는지에 대해 여러 가지 얘기를 했지만 다 까먹었다.

다만 하나 기억나는 것은 "아무래도 히카루겐지는 의학적으로 비정상이지 않았나 싶어. 그는 죽을 때까지 적어도 ○○○○번 (잊었다) 성행위를 했어. 이건 의학적으로 있을 수 없는 일이야" 하고 눈꼬리를 늘어뜨린 얼굴에 다정한 표정을 얹어서 말했다는 사실뿐이다.

그 순간 열네 살, 열다섯 살 시절의 내가 로맨틱한 연정을 품었던 남자가, 안개가 샤악 하고 걷히듯이 산문적으로 보이기 시작했다.

• 일본 헤이안 시대(11세기)의 귀족 사회를 그린 소설

그 순간 중학교 체력 테스트 때 1미터 50센티에서 톡 하고 공을 떨어뜨리던 수재의 모습이 또렷이 떠올랐다.

하지만 난 이번에는 두근두근 실신해 버리고 싶어지지 않았다.

'흐음, 히카루겐지의 체력이 그 정도였다니, 만약 히카루겐지가 공을 던졌으면 얼마나 날아갔을까' 하고 생각하며 입맛을 다셨을 뿐이다.

하긴 히카루겐지에게도 달리 오락이 없었을지 모른다. 아름다운 노래와 문자를 익숙하게 다루고 거문고 연주를 즐겼다 해도, 그건 그다음에 이어질 단 하나의 오락을 위한 워밍업에 지나지 않았을지도 모른다.

수재는 공부가 오락이니 오락으로 세상살이를 하는 거다.

그리고 그게 곧 그의 인생이다. 히카루겐지는 의학적으로 비정상적인 오락에 전 생애를 바친 것뿐이다.

그것도 그가 '사는' 방법, 그의 인생이었겠지.

부러운 일이다.

나와 내 아들은 부러워 할 만한 삶을 살고 있지 않다.

수재가 읽은 책을 쓰담쓰담 하는 정도의 나의 독서 오락은 나에게 손톱만큼의 교양도 남겨 주지 않았고, 세상살이에도 하등 도움이 되지 않았다.

열네 살의 『암야행로』는 실로 쓸데없는 시간 낭비였다. 『암야행로』를 제대로 이해하기 위해서는 적어도 몇십 년의 세월이 필요했는데, 그 몇십 년이 지나서도 나는 아직 나만의 진짜 오락을 발견하지 못했다.

어쩌면 여자에게 진짜 오락이 됐을지도 모를 아이 키우

기의 즐거움은, 만화에 절여진 무말랭이장아찌 같은 아들 앞에서 여지없이 무너진다.

그래도 달리 방법이 없다.

무말랭이장아찌 같은 아들과 나날이 격투하는 것도 오락이라면 오락이다.

흥, 교양이 뭐라고, 지식이 뭐라고.

자아 덤벼라, 무말랭이장아찌 아들!

야한 책

나는 어린 시절부터 대단한 독'자'가讀'字'家였기 때문에 집에 있는 글씨란 글씨는 전부 읽었다. 초등학교 3학년 때 '모택동'이라는 제목의 책을 찾아내 그 '글씨'를 전부 읽었다.

한자는 몰라서 건너뛰며 독파했다. 독파하고 나서도 '모택동'이 누구인지 몰랐다. 그가 누구인가는 분명 한자로 되어 있는 부분이 담당하고 있었을 것이다. 그 『모택동』 한 권이, 우리 집에 있는 책의 전부였다. 농사꾼의 여섯 째 아들이 몇십 년 만에 다섯 명의 자식을 데리고 외지에서 돌아와, 야마나시의 어느 농사꾼의 2층 누에 치는 방에 얹혀 살게 되었다. 고구마만 먹던 가족에게 문화 같은 게 있었을 리 없잖은가. 농사꾼의 여섯 째 아들의 딸인 나는 변소에 '글씨'를 찾으러 갔다. 뻣뻣한 쥐색 화장지는 신문지를 재생한 것으로, 미처 다 녹지 않은 활자가 때때로 비치곤 했다. 활자가 반쯤 녹은 상태로 비스듬히 화장지에 비치면 나는 신이 났다. 정성껏 한 장 한 장 점검하는 데는 시간이 걸리기 때문에, 두 번째 오줌이 나오기도 했다. 글씨를 읽는 것이 곧 그대로 지식이 되었다면, 분명 나는 거물이 되었을 것이며, 유소년기의 『모택동』 독파에 대한 이야기도 전설이 되어 내 인생역정이 가이세이샤*에서 나온 위인 이 야기에 실렸을지도 모르지만, 전혀 그런 일 없이, 지금은 소면을 삶아서 아침에 먹다 남은 반찬을 곁들여 먹고 있는 중이다.

얼마 뒤에, 어머니가 마을 시계방 아저씨에게서 『리베 라루』라는 책을 빌려 벽장 안에 숨겨 놓은 것을 찾아냈다. 숨겨 놓았다는 것은 야한 것이라는 의미이기 때문에, 나는 어머니가 집 뒤편 밭에서 가지 같은 채소를 가꾸는 동안에 벽장에 숨어서 그 책을 읽었다. 분명 야한 것이 많이 쓰여 있고, 야한 삽화도 많았을 터인데, 나는 야한 건 아무것도 몰랐기 때문에 야한 분위기만이 벽장 안에 충만했다. 그러 다가도 무슨 소리가 나면 꿀꺽꿀꺽 침이 삼켜지며 땀이 솟 아 나오고 몸이 크게 두 번쯤 일어서졌으니 이게 도대체 무슨 짓이었던 걸까.

『리베라루』는 전후 소위 가스토리 잡지▲계 중에서도 거 물급에 속하는 잡지였다는 사실을 세월이 꿈같이 흐른 뒤 에야 알았다.

『리베라루』는 야마나시의 첩첩산중에 숨어들지만, 다자 이 오사무■는 숨어들지 못한다는, 문화의 전파 경로가 나는

• 일본의 출판사

▲ 제2차 세계 대전 직후 일본에서 발행된, 주로 성(性)을 다룬 조악한 외양의 대중 잡지. 대개 3호를 넘기지 못하고 폐간되었는데, 그래서 '3홉 마시면 취 해서 나가떨어진다'는 가스토리주(술지게미로 만든 소주)에 빗대, 그런 명 칭을 얻게 되었다.

■ 제2차 세계 대전 후 혼란기 속에서 기성 가치관과 윤리, 인간의 에고이즘에 비판의식을 가지고 기존의 삶의 방식과 문학에 반발한 무뢰파(無賴派)의 중심인물이자, 일본 데카당스 문학의 선구자

몹시 흥미롭다.

야한 것만이 위타천●같이 뛰어다녔다는 것이 일본의 전후 부흥에 크게 공헌한 것은 틀림없다. 분명 야한 것만이 진짜 인간 재생의 에너지원이기에, 그사이에 나의 '형제'도 또 한 명 증식됐다.

초등학교 4학년 때, 깊은 산속 학교에도 미약하나마 문화라는 게 들어와서 나는 짚신 신고 학교까지 40분 걸리는 산길을 걸으며 『소공녀』라든가 『집 없는 아이』 같은 책을 읽다가 난시와 근시가 됐다. 집에 돌아와 새로 증식된 여동생을 등에 업고 그 뒤를 이어 읽었으니 그야말로 여자 니노미야 긴지로▲인데, 지금은 남은 소면을 개에게 줄까 고양이에게 줄까를 놓고 고민하는 얼빠진 주부에 지나지 않는다.

『리베라루』를 훔쳐 읽던 나는, 그러나 『집 없는 아이』에 나오는 '키스'라는 말을 몰랐다. 레미는 어머니와 '키스'를 하고 원숭이와 '키스'하지만 그게 뭔지, 왜 하는지, 알 수 없었고, 더구나 너무나 자주 '키스'가 나와서 이번에는 한자가 아니라 가타카나 때문에■ 머리를 쥐어뜯어야 했다.

나는 순진하게 어머니에게 "엄마, 키스가 뭐야?"라고 물었다. 어머니는 꿀꺽, 꿀꺽 하고 두 번쯤 침을 삼킨 후 몸을 일으키고 "어디서 보고 하는 얘기니?" 하고 무서운 눈으로

● 불법·사원의 수호신으로, 발이 매우 빠르다.
▲ 농촌 부흥 운동을 지도한 사상가. 나무를 베러 가는 산길에서도 책을 읽었다고 한다. 일본 대부분의 초등학교 운동장에 동상이 서 있다.
■ 일본어에서는 외래어 표기를 가타카나로 한다.

나를 쏘아봤다. 나는 그 순간 더 순진하게 굴어야 함을 깨달았기에 "봐, 봐, 여기, 여기에" 하고 아동을 위한 양서良書를 내밀고, 가렵지도 않은 발바닥을 긁었다.

나는 그때 어머니가 뭐라고 대답했는지 기억나지 않는다. 2, 3일 지난 저녁, 집 뒤편 밭에서 옆집 농사꾼 아줌마와 어머니가 선 채로 얘기하는 것을 들었다.

"나 참, 요즘 아이들은 정말 조숙해. 요코가 키스가 뭐냐고 묻지 뭐야."

"그러니까, 진짜로, 일본의 앞날이 무서워."

『리베라루』를 벽장에 숨기고, 그 식량난 시대에 자식을 증식시킨 어머니는, 내가 맑고 바르게 자라 주기를 바란 일본의 어머니였다.

그 후, 나는 중소 도시로 나왔는데, 그때 초등학교 6학년이었던 나를 타잔과 구별할 수 있었던 사람은 훌륭하다 할 만하다.

풀이 제멋대로 자란 들판에서 나는 부하를 이끌고 쳐들어가 남자 골목대장을 나무 위에서 발로 밀어 떨어뜨렸다. 그리고 집에 돌아와서는 모파상의 『여자의 일생』을 읽었다. 이번에는 한자도 제법 읽을 줄 알았는데도 왠지 모르겠는 부분들이 있었다. 그 부분들은 틀림없이 야한 내용이었을 텐데 그땐 아직 야한 것은 몰랐기 때문에, 나는 무슨 살기를 느끼듯 야한 것을 느끼는 능력을 몸에 익힌 것이 아닌가 싶다.

초등학생으로서 야한 것에서 살기를 느끼는 능력을 몸에 익혔다고 하여 내가 그 분야에서 거물이 되었냐 하면, 그건 아니다. 만약 그랬다면 지금, 먹다 남은 소면은 역시 개에게 주고 저녁밥은 마파두부로 하자는 고민 따위나 하고 있겠나.

부모는 자식을 계속해서 증식했으므로 나에게 책을 사줄 여유는 없었고, 그래서 중고등학교 때는 책을 읽기 위해 오로지 도서관에 가서 서가에 놓여 있는 책들을 위에서 아래로 죄다 훑었는데, 뭐 그건 아무래도 좋았다.

그렇게 읽은 책을 이해했고 그것이 내 안에 축적되었다면, 나는 훌륭한 인텔리가 되어 있을 것이고, 세상의 존경을 받았을 것이며, "정말로 그림쟁이는 바보로군. 난 글 쓰는 사람을 대할 때랑 그림 그리는 사람을 대할 때랑 쓰는 말이 자연스레 달라진단 말이야" 같은 말을 내 앞에서 함부로 하게 놔 두지 않았을 것이다.

난 책을 읽어 봤자 바로 잊어버린다. 차례로 연달아 잊어버린다. 기억에 남는 것은 왠지 야한 것뿐인 것 같다는 생각이 든다. 그렇지만 야한 책은 전혀 읽고 싶지 않다.

하지만 성서조차도 나에게는 야하게 읽히니 문제다.

그리스도가 설교한 뒤 사람들은 돌아가 버린다. 그리고 막달라 마리아만 남는다.

그리스도는 웅크리고 땅바닥에 글씨를 쓴다. 성서에는 그것밖에 쓰여 있지 않다. 그러나 나에게는 먼지 이는 하얀 땅바닥에 글씨를 쓰고 있는 고독한 남자의 등이 보이고, 샌들을 신은 발 위에 덮인 먼지가 보인다.

그 옆에 아름다운 창부가 가만히 서 있다.

"돌아가라."라고 그리스도는 말한다.

나는 열아홉 때 읽은 성서의 단지 그 부분 때문에 그리스도를 친근한 남자처럼 느끼게 되었다. 친근한 남자처럼 느끼게 된 것 때문에 벌받을지도 모른다는 두려움도 있었지만, 그런 까닭에 성서는 나에게 언제나 아름다운 문학으로 남았다. 그리스도가 어떤 남자였는지 알고 싶어서, 혹은 막달라 마리아를 알고 싶어서 『성서 안의 여성들』이라는 책을 읽었다. 그러나 거기에는 내가 알고 있는 친숙한 그리스도도, 아름다운 막달라 마리아도 없었다. 제1장이 끝나자 '질문 1. 주 예수 그리스도는 왜 막달라 마리아를 용서했을까요? 마태복음서 제○장을 읽고 답합시다. 그리고 당신도 올바른 신앙을 가진 훌륭한 여성이 됩시다'라는 부록이 달려 있어서, 나는 크게 놀랐다. 그리고 서구 문명이란 것은 나에게 영원한 수수께끼가 되어 버렸다.

나에게는 그리스도가 친근한 남자였기 때문에 세계 미술 전집의 어느 그리스도도 나에게는 낯설었고, 어느 마리아도 친근하게 느껴지지 않았다.

그렇기에 유럽도 친근하지 않았다. 친근하지 않은 유럽의 밀라노에서 나는 어느 날 친근한 그리스도와 처음으로 조우했다.

미켈란젤로의 미완성 피에타. 거기의 그리스도만큼은 웅크린 채 땅바닥에 글씨를 쓰고 있던 바로 그 그리스도였다. 피에타의 그를 본 순간 낯설던 서구 문명은 머릿속에서 사라지고, 나는 "아, 당신, 힘들었지요. 정말로" 하고 그가 겪었을 고통을 함께 느끼며 엄마 품에서 죽어 있는 그 남자 앞에서 슬퍼했다. 나는 매일매일 피에타 앞에 가서 서성였다.

불쌍한 엄마. 아들을 먼저 보내다니, 더구나 그런 식으

로 먼저 보내다니, 당신은 아들이 그리스도가 아니었으면
하고 생각하지는 않았나요.

아마도 미켈란젤로도 조금은 야한 남자였을 것이다.

책 좋아하는 여자의 이혼 확률

"예쁜 여자는 머릿속이 비어 있어야 한다"는 신념을 가진 남자가 있었다.

그 남자는 "나는 전후 민주주의의 때를 씻어 내겠다"고 호언하며 문학을 좋아하는 여자를 아내로 삼았다.

문학을 좋아하는 여자는 "우리 아버지 말씀이, 엄마가 책을 읽으면 아이들이 잘 크지 않는다는 거야" 하면서 아이의 기저귀를 갈고 누카미소*를 담갔다. 그녀는 "가지를 된장국에 넣을 때는 세로로 잘라야 맛이 있대. 해 봤더니 정말 세로로 자르는 쪽이 맛있더라고" 하면서 된장국의 가지를 젓가락으로 집어 나에게 먹여 줬다.

"네 친구는 별난 사람이야. 세상의 99퍼센트와는 다른, 나머지 1퍼센트야. 친구를 보고 세상이라고 생각하지 마" 하며 그 남자는 나를 노려본다. "내가 1퍼센트면 당신은 0.5퍼센트야" 하고 내가 화를 내자 "난 요코 씨를 좋아하지만, 요코 씨가 별난 사람인 건 분명해!" 한다. 내가 별난 사람인지, 그 남편이 별난 건지 나는 알 수 없었다. 그리고 15년의 세월이 지나 그 남자는 아이와 마누라를 버리고 어

---

* 겨에 소금물을 넣어 갠 것으로, 통에 저장해 두고 야채를 절일 때 사용한다.

디론가 가 버렸다.

"너 요즘 책 읽었지?"

"별로 안 읽었어. 이런 생각이 드는데 말이야, 아쿠타가
와상이랑 나오키상*의 차이는 뭐라고 생각해? 아쿠타가와
상류의 사람은 자기가 어디에 있는지 모르는 사람이고, 모
르니까 쓰는 거야. 나오키상류의 사람은 말이지, 자기가 있
는 곳을 아는 사람이고, 알고 있는 것을 쓰는 거지."

흐음.

그녀가 만드는 무와 방어 서덜 조림, 그녀만의 방법으로
구운 명란, 그녀가 만드는 누카미소. 어디에 가도 그런 것
은 못 먹는다.

김을 잘게 자르면서 문학을 얘기하는 그녀는 예뻤다. 맛
있는 비빔밥 위에 잘게 자른 김을 솔솔 뿌리며 그녀는 말했
다. "애들 아빠는 어디서 뭘 먹고 있을까? 그 사람 바보야!"

굉장한 미인이 있었다. 어느 정도 미인인가 하면, 이 미
인이 약국에 약을 사러 갔다. 그 미인이 돌아간 후, 말이 없
고 수줍음 잘 타는 점원이 잠자코 칠판에 그 여자의 그림
을 그리기 시작했다. 그림 같은 걸 그려 본 적 없는 남자였
다. 그리지 않고는 못 배길 정도로 감동한 거다. 미인이란
그런 것으로, 그런 그녀가 우리 회사에 훌쩍 놀러 왔다. 그
녀는 내 책상 옆에 3분쯤 서 있다가 나와 함께 차를 마시러
나왔다.

● 아쿠타가와상과 나오키상은 일본의 대표적인 두 개의 문학상이다.

차를 마신 후 자리에서 일어선 그녀는 피우던 담배를 든 채 백화점으로 들어가더니 굵은 기둥에 기대어 한쪽 발을 들어서 하이힐 바닥에 담배를 비벼 껐다. 나는 그렇게 아름다운 인간의 자태를 본 적이 없다.

그런 짓은 런던 길가의 농염한 매춘부들이나 하는 거라고 생각했는데, 그걸 해도 좋은 건 그녀뿐이었다. 내가 혼자서 회사로 돌아오자, 내 주위에 '멍' 하고 남자들이 모여들었다. 한 남자가 멍한 채로 나에게 물었다.

"그 사람은 누구?"

"친구"

"아, 그래······." 남자는 그대로 멍하니 물러간다.

다음 남자가 또 말한다.

"그 사람은 누구?"

"친구"

"아, 그래······." 그리고 저 먼 책상까지 휘청휘청 물러간다. 나는 반복 또 반복하여 대답했다. 그들은 그녀를 어떻게 해 보자는 생각 같은 건 하지 않는다. 스스로의 힘이 아닌 것에 의해 내 자리로 움직여 와서 "그 사람 누구?"라고 물으며 방황하는 것이다. 보통 신경의 건전한 남자는 멍하고 물러갔건만, 도를 넘어선 무신경한 남자가 있었다. 그는 나타나서는 "그 사람 누구?"라고 묻지도 않고 바로 돌격했다. 주위가 킥킥대고 웃는 사이에 그녀는 그의 것이 되고 말았다.

그런 법이다. 나는 아들이 태어났을 때부터 말해 왔다. "아무도 손을 내밀지 못하는 곳에 깃발을 꽂아야 하는 법이야."

결혼한 그녀는 찬장에 팬티스타킹을 늘어뜨려 놓는가 하면 밍크코트 위에 다리를 옆으로 하고 앉아서 느긋하게 『오카가미』*를 읽는다. 그러다 방석으로 깔고 앉던 밍크코트를 주워서 걸치고 거리로 나서면 남자들이 멍하게 멈춰 선다.

그녀 남편의 주머니 안에는 터키탕 티켓이 들어 있다. 그녀는 터키탕을 터키의 목욕탕인 줄 알고 있다.

밍크코트 위에서 『오카가미』와 『겐지 모노가타리』와 오카모토 카노코의 책을 읽는 게 뭐가 나쁜가.

요리책 말고는 책을 읽어 본 적이 없다는 아내를 갖고 있는 남편이 아내를 끔찍이 사랑한다.

근데 그 아내가 만드는 요리가 맛이 없다! 내가 아는 가정 중 그 집이 가장 전형적인 행복한 가정이다. 책을 읽지 않은들 뭐가 나쁜가.

오늘은 무슨 얘긴지 잘 모르실 듯하다.

'여자의 행복과 독서의 관계에 대하여' 쓸 작정이었다.

여동생이 흥분해서 들어왔다.

"언니, 언니, 갑자기 생각이 났는데 말이야. 운전할 줄 알고 책 좋아하는 여자는 전부 이혼했어, 내가 아는 범위 안이긴 하지만."

• 헤이안(平安) 시대(8~12세기) 말기의 역사 소설

어머니란 평생 하는 여가 생활이다

여자가 한 번 어머니가 되어 버리면 어머니 이외에는 아무 것도 아니게 된다.

　남자는 아버지가 되어도 아버지 이외의 것을 계속할 수 있는 것 같다. 신기한 일이다. 나는 여자라 남자의 그런 재주가 신기하다. 세상은 무책임하게 어머니도 인간이며 여자라고 꼬드기지만, 아무리 꼬드김을 당해도 어머니는 어머니다. 그리고 죽을 때까지 어머니이기를 계속한다. 예를 들어 어머니가 책을 읽으면 객관적 입장이라는 것은 사라진다.

　탈옥수의 수기를 보통 사람의 입장에서 읽으면 손에 땀을 쥘 수 있다. 손에 땀을 쥐기 위해서 읽는 거다. 그러나 도중에 문득 어머니의 입장이 되어 탈옥수의 어머니를 생각하면 혼란스럽다. 중간에 성장 과정이 나오면 더욱 그렇다. 그리고 한 살 때의 사랑스러운 사진이라도 한 장 삽입되어 있으면 손에 땀 같은 건 안 나온다.

　우리 아이는 내가 제대로 교육하고 있는 건가? 하고 점검하게 되어 피곤하다. 유부녀의 연애 얘기를 읽으며 가슴 두근거리고 싶다면 『파도의 탑』*을 읽어 보라. 저렇게 우수

---

* 유부녀와 청년 법조인의 사랑을 그린 소설

한 젊은 변호사가 관능적인 유부녀를 운명적으로 유혹한다면, 나라면 못 이기는 척 이끌려 가는 유부녀가 되고 싶다. 하지만 시골에서 아무것도 모르고 아들 자랑을 하고 있을 젊은 변호사의 어머니를 생각하면 그 어머니가 안됐어서, 유부녀에게 '바람피우지 마' 하게 되고, '괜찮잖아 조금쯤은', '아니, 아니 되오 결단코'. '괜찮잖아 아주 조금만 응? 응? 응?'……하고 지리멸렬해지다가 지쳐 떨어진다. 간단히 말해 어머니는 자신의 생각 같은 게 없다. 그냥 어머니의 생각이 있을 뿐이다.

스무 살 때는 보부아르를 존경했다.

'여자는 여자로 태어나는 것이 아니라 여자로 만들어지는 것이다'라니, 스무 살의 나에게 그녀는 진정한 예언자였다. 근데 아이를 낳으니, 보부아르? 그런 사람이 있었나? 하게 된다. 아이가 없는 사람은 참 좋겠다, 홀가분해서. 이것은 내가 하는 말이 아니라 내 안의 어머니가 하는 말이다.

그렇기 때문에 어머니는 어머니가 등장하는 책을 읽는 것이 마음이 편할 것 같은데, 인류의 반이 어머니라 온갖 어머니가 다 있다 보니 이 또한 읽기가 쉽지만은 않다.

홍당무의 어머니는 무섭다. 무섭지만 어느 어머니에게나 홍당무의 어머니 같은 요소가 있을 수 있다고 생각하니 좀 으스스하고, 또한 어느 아이든 자기 어머니를 홍당무의 어머니와 같이 볼 수도 있겠다는 생각이 들어 으스스하다.

『홍당무』를 읽고 나서 바로 뒤에, 사토 하치로의 시집 『어머니』를 읽었더니, 이건 또 전혀 다른 어머니다. 아, 어지럽다.

하지만 홍당무의 어머니도 슬픈 어머니다.

로렌스의 『아들과 연인』의 어머니는 또 어떤가. 이 어머니도 괴롭다. 어머니와 자식이 모두 괴롭다.

마더 콤플렉스로 인해 어머니에 대한 원한이 쌓이고 쌓이면서도, 괴물같이 들러붙는 어머니를 사랑하는 B.J. 프리드먼의 소설 『마더즈 키즈』 속 어머니도 자식도 슬프다.

아홉 살에 이웃의 유아를 차례차례 살해한 마리 벨의 비정상적인 어머니도 가엾고, 수험 전쟁 속에서 필사적으로 아이를 키워 내는 현대 일본의 다양한 어머니의 모습을 그린 『아! 육아 전쟁』의 어머니들에게도 달려가서 어깨를 토닥여 주고 싶다.

파블로 카잘스*의 전기를 읽은 적이 있다. 딱 한 군데만 기억난다. 스페인에 파시스트 정권이 들어서자, 카잘스의 어머니는 아들에게 도망치라고 한다. "나는 사람을 죽이라고 너를 낳은 게 아니다. 도망쳐라."아들은 그렇게 살아남았다. 그 어머니는 특별히 교양이 있는 사람이 아니었다(막상 일이 닥쳤을 때 교양이 도움이 된 적이 있나). 멍청하고 게으른 어머니인 나는 때때로 카잘스의 어머니를 떠올리고, 자리에서 벌떡 일어나 인간의 존엄이란 것을 생각한다.

할머니를 살해한 어떤 소년의 어머니가 쓴 수기 『돌아오지 않는 아들 이즈미에게』 속에서 어머니는 "너는 언제나 나의 자랑이었다. 그래, 지금도 너는 나의 자랑이다."라

---

* 스페인에서 태어난 첼로 연주 사상 최대의 거장

고 썼다. 어머니의 사랑을 그보다 더 통절하게 표현할 수 있을까.

야마다 무라사키의 만화 『신키라리』, 『성질 나쁜 고양이』를 보면, 일상에서의 어머니의 심정이 무심하면서도 선명하게 묘사되어 있어서 좋다.

어머니의 사랑에는 자식을 향한 지칠 줄 모르는 지배욕이 있다. 그러면서도 어머니의 사랑은 애지중지 키우고 무한히 보살피는 무상의 사랑이다.

아마 아이에게 준 만큼의 사랑을 아이로부터 돌려받은 어머니는 없을 것이다.

성장해 버리면 부모는 멀리하고 싶은 법이며, 그것이 정상이다.

일본의 어머니는 힘들다.

전통적인 사토 하치로의 '어머니' 이미지에 반쯤 묶여서, 인류의 어머니로서 트집을 잡으려야 잡을 수 없는 파블로 카잘스의 어머니를 이해해야 하고, 그러면서 또한 학력 사회에 아이를 내보내며 분열증을 앓아야 한다.

'하루 세끼 식사에 낮잠도 덤으로 줍니다'라는 조건이어도 수지가 안 맞지만, 그래도 어머니로 산다는 건 재미있다.

지성은 에로틱한 것입니다

대학생 때, 릴케의 시집에 실린 해설을 읽고 루 안드레아스 살로메라는 이름의 여자를 처음 알았다. 거기 실린 사진 속에는 독수리 같은 눈과 코를 한 마른 여자가, 눈을 유리구슬처럼 뒤룩거리는 시인 옆에 바짝 붙어 있었다.

릴케는 「루에게」라는 헌시를 여러 편 썼다. '루'라는 말의 떨리는 울림도 '살로메'라는 이름의 드라마틱한 이미지도 독수리 같은 얼굴을 한 이 여자에게는 조금도 어울리지 않는 것 같았는데, 내가 놀란 것은, 그녀가 릴케의 연인이기 전에는 니체의 연인이었으며, 나중에는 프로이트와 함께 일했다는 사실이다. 남자들은 살로메가 있음으로써 세상을 울리는 책을 쓸 수 있었다. 릴케보다도 아홉 살이나 연상이었던 살로메는 또한 러시아 귀족의 아내였으며 남편과의 사이에서는 평생 동정을 지켰고 죽을 때까지 이혼도 하지 않았다. 나는 『루 살로메 ― 사랑과 생애』라는 책을 구해서 이 모든 것을 알게 되었지만, 내 주변의 아무도 이 흥미로운 여자, '루 살로메'에게 흥미를 가져 주지 않았다.

시간이 한참 지난 후에, 베를린에서 한국인 신문 기자를 만났다. 진정한 글로벌 플레이보이였던 그의 방대한 교양은 눈이 동그랗게 떠질 정도로 어마어마해서, 인텔리 콤플렉스인 나는 그 앞에서는 꼼짝없이 넋을 잃었다. 그런 그가 가장 흥미 있어 하는 여자는 '루 살로메'와 '조르주 상드'라고 했다.

"동양에서는 이런 여자가 나오지 않아요. 동양의 남자는 여자의 지성이란 걸 좋아하지 않거든요. 그래서 결국 니체도 릴케도 나오지 않죠." 그는 마치 예언자처럼 말씀하셨다. 그런 여자를 연인으로 갖고 싶으냐고 나는 물었다. "갖고 싶죠." 하고 그는 고개를 주억거렸다. "지성이라는 것은 에로틱한 거예요. 릴케는 살로메에 의해서 성애에 눈뜨고 시인이 됐어요. 조르주 상드는 불감증이었습니다." 그는 조르주 상드에게서 직접 들은 것처럼 말했다.

"조르주 상드는 쇼팽이 피아노를 칠 때 그 피아노 아래에서밖에 엑스터시에 이르지 못했어요. 무척 외설적이고 멋지잖아요. 내 이상은요, 유럽의 지적인 여자를 연인으로 갖고, 한국의 지성이 없는 여자를 아내로 삼는 겁니다." 그는 원하는 바를 이뤘을까.

그 뒤로 한참 후, 마요르카섬에 가서 쇼팽과 상드가 살았다는 수도원을 찾아봤다. 나는 쇼팽이 사용했다는 피아노 아래 쪽으로 불타는 시선을 던져 봤다.

『줄리아』라는 자전적 작품에서 릴리언 헬먼이라는 여자를 알게 됐다. 그녀는 대실 해밋Dashiell Hammett●과 30년을 함께 살며 그에 의해 작가가 되지만, 30년간 항상 그와

● 미국 추리 소설의 아버지로 불리는 하드보일드(현실의 냉혹하고 비정한 일을 감상에 빠지지 않고 간결한 문체로 묘사하는 수법. 주로 탐정 소설에 영향을 끼침)의 대표적인 작가다.

무섭게 대결했으며, 다 쓴 희곡을 해밋의 비평 하나 때문에 내버리고 다시 썼다고 한다. 릴리언 헬먼은 코가 커서 얼굴 가운데를 거의 다 차지할 정도였다. 기가 세고 재능 있고 못생기고 자기주장이 지나치게 강한 여자는 이렇게 훌륭한 거군.

소설은 모두 연애소설이다

'연애소설에 대해서'란 말을 듣고 나는 새삼 흠칫했다. '어라, 세상에 연애소설 아닌 소설도 있었나? 소설은 전부 연애소설 아니야?'라고 생각한 나 자신에게 흠칫한 것이다. 예를 들어 연애 사건이 도무지 출현하지 않는 소설도 많이 있다(별로 없나?). 그러면 나는 그 부분이 수상쩍다. 연애 사건이 출현하지 않는 것은 거기에 분명 감추고 싶은 러브신이 있기 때문일 거라는 생각이 생각하지 않으려 해도 저절로 들었다. 아무리 그렇게 생각하려 해도 그런 나의 생각이 도무지 설득력이 없을 때에는 이 작가는 호모일까나, 그렇지 않으면 어린 시절 성장 과정에서 뭔가 깊은 마음의 상처를 입은 것이 틀림없다고 생각해 버린다.

나는 모든 소설을 이런 입장에서 읽기 때문에, 어떤 소설을 '연애소설'이라고 따로 분류할 수가 없다.

예를 들어 요시유키 준노스케의 소설 같은 것을 연애소설이라고 하는가 본데, 내가 보기에는 '글쎄올시다'다. 그런 식으로 여자의 몸을 이리저리 주무르고 여기저기 핥아대기만 하니까 (특별히 누가 나를 그렇게 하고 있는 게 아닌데도) 나는 '귀찮아라, 저리 좀 비켜요' 그리고 '아 기분 나빠, 샤워라도 해서 몸을 씻어 내고 싶어라' 하는 마음까지 든다. '흐음 남자란 여자에 대해서 이런 식으로 생각하는구나' 아니 '이런 식으로 생각하고 싶어 하는구나' 하고 생각하게 되는 건 흥미롭지만, 여자인 나는 그 지점에서 정신 줄을 놓다가는 자칫 '나도 남자가 보고 싶어 하는 여자처럼 보이려면 그런 척을 해야 하지 않나' 하는 생각에 시달리게 되기도 한다(이것은 모아 리포트*의 "당신은 척을 한 적이 있습니까? 있습니다. 80퍼센트"와 같은 맥락이 아닐까나). 그런 식으로 분투하며 드디어 책을 다 읽고 나면, 이런 작가의 눈엔 여자란 역시 인류가 아니라는 생각이 든다. 그의 눈엔 내가 인간이다, 인권이다 같은 소리를 하면 꼴불견으로 보이지 않을까.

옛날, 달리 오락거리가 없던 중·고등학교 시절에 아는 척하는 건방진 친구가, 내가 책 읽는 방식에 문제가 있다며 나쓰메 소세키는 『산시로』, 『그 후』, 『문』의 순서로 읽어야 하는 거라고 훈시를 했다. 나는 고분고분하게 그의 말을 따랐지만, 그렇게 읽고 나서도 아무런 감흥을 받지 못했다. 『그 후』와 『문』을 읽고는 '몇십 년 전의 고리타분한 이야기야', '소세키는 과거의 유물이야' 하고 나름 우습게 보았었다. 그런데 얼마 전에 그 책들을 다시 읽게 되었다. 나는 "으음", "으음" 하고 놀랐고, '이제 됐잖아, 저리 좀 비켜요' 하는 생각은 조금도 들지 않았다. 반대로 '조금 더,

---

• 1980년, 잡지 『모아』에서 여성의 '성'에 관해 설문조사한 것을 뜻함. 이후 1987년, 1998년에도 실시했다.

조금 더 곁에 있게 해 주시지 않겠어요? 당신님은 이리저리 주무르거나, 여기저기 핥거나 하지 않지만 그래도 좋아요, 곁에 있게 해 주세요.'라고 나는 계속 머리를 조아렸다. 그것은 대충 80년 전, 우리 증조할아버지 시절만큼이나 옛날 옛적 남자와 여자의 이야기다. 그런데 그 메이지 시대의 남자와 여자 쪽이 단연 남자와 여자에 대해서 더 진지하고 성실하며, 연애의 본 모습을 보여 주는 것이었다. 소세키의 남자는 여자를 이리저리 주무르고 여기저기 핥으며 마치 플라스틱 완구 조립 솜씨를 자랑하는 것처럼 여자를 다루지 않는다. 소세키의 여자는 온전한 사람이다.

나는 『산시로』, 『그 후』, 『문』이야말로 일본인에게 연애가 뭔지를 제대로 보여 줬다고 생각한다.

몇십 년 동안 근대화니 인간 해방이니 민주주의니 성의 해방이니 하며 이러쿵저러쿵하는 세월을 거쳤지만, 그 결과란 게 사람의 품격을 떨어뜨린 것밖에 없지 않나 하는 생각이 드는 건 왜일까.

결론. 남자와 여자는 서로를 존중해야 한다고, 특히 남자들은 여자를 좀 정중하게 대해야 한다고 생각합니다. 서로 다른 성性이기에, 어떠한 과학을 가지고도 서로를 해명할 수 없는 신기한 생명체이기에, 서로 얕잡아 봐서는 안 되는 거지요. 나는 아무리 시간이 흘러도 (이성에게) "어머나!" 하고 놀라고 싶거든요.

『바람과 나무의 시』
이것은 연애소설이 아니다.

소녀 만화다. 학부모회의 어머님은 딸이 만화를 보면, 쓸데없는 짓이라며 치워 버리지만, 당신의 딸은 만화를 보면서 쓸데없는 것이 아닌, 독과 도취와 아찔해지는 감각을 흡수하고 있다는 걸 아는지. 『들국화의 무덤』과 『작은 아씨들』을 읽고 자란 어머님, '아, 예엣날이여'인가요. 하지만 지금은 초등학교 4학년 여자아이부터 대학을 졸업한 스물다섯 살 여자까지, 『바람과 나무의 시』를 전철 안에서 태연하게 읽는답니다. 그리고 이것은 어떠한 책보다도 더 파괴적인 힘과 매력을 지닌 화려한 '폭탄'이랍니다.

어딘지 모를 외국의, 하지만 참으로 외국이라고 생각하게 만드는 어느 외국의 무대에서 전원全員 기숙사 제도로 운영되는 학교가 나온다. '어머나! 외국의 좋은 집안 도련님은 이런 거구나.' 그 안에서 영국인지 프랑스인지 독일인지 알 수 없는 이름을 가진 남자아이들이 서로 엉켜서 지낸다. 그중에 천사 같은 외모를 가진 금발의 주인공이 있는데, 이게 또 하는 짓마다 모두 악마 같다.

그 주인공은 소년의 모습을 하고 있지만 소년도 아니고 소녀도 아니다. 그 모습은 사실 여성 속에 있는 '사랑'과 '성'이란 것이 가면을 쓰고 있는 모습이다.

이것을 도착倒錯된 소년애의 세계라고 생각하면 안 된다. 내가 보기에 이것은 그동안 남자든 여자든, 그 누구도 그려 낼 수 없었던 여성의 '성'을 그야말로 완벽하게 그려 낸 역작이다.

다케미야 케이코가 그리는 소년의 넘실거리는 머리, 나긋나긋한 손과 발, 레이스와 아름답게 주름진 의상, 꽃과 바람에 펄럭이는 커튼과 투명한 듯한 소년의 육체로부터 피어오르는 어떤 것, 그것은 바로 여성의 '성'이다.

여기에는 어떠한 터부도 도덕도 존재하지 않는다. 그리고 어쩌면, 사랑도 성도 본래는 이러한 것이 아닐까.

내가 읽은 어떠한 포르노 소설도 (별로 읽지 않았지만) 이만큼 여자의 에로티시즘을 에로틱하게 표현한 것은 없다.

나는 집에 오는 남자들에게 "읽어, 읽어" 하고 읽기를 강권하는데(여자의 에로티시즘은 요시유키 준노스케에게만 있는 게 아니라고 말하고 싶기 때문에), 태반의 남자는 읽다가 내던진다. "눈곱만큼도 재미없어. 좀 똑 부러지게 확실하게 해야지, 이게 뭐야" 하고, 주인공과 연인의 손끝이 서로 닿을락 말락 하는 것 하나로 드라마틱한 심리가 발생하고, 이것이 어떻게 미묘하고 화려하게 그 사랑에 영향을 미치는가 하는 것을 이해하려 하지 않는다.

이것에 흥미를 가진 남자는 다른 남자들에게 밉보이고 있는 플레이보이 한 명뿐이었다.

그는 이것을 15권까지 (그때는 아직 거기까지밖에 안 나왔었다) 핥듯이 읽고 "다음 거는?" 하고 고함쳤다. "아직 안 나왔어."라고 하자 그는 이렇게 말했다. "흐음, 이거 일본의 앞날이 흥미롭군. 이걸 여자 꼬맹이가 읽는다 이거지? 그 사이에 남자 꼬맹이는 뭘 하나? 『고르고13』*의 엄청나게 큰

---

* 일본의 만화. 애니메이션과 게임으로도 제작됨

가슴을 쫓아다니고 있든가 세이코▲에 빠져 있다 이거지? 두
려운 일이야, 그렇게 자란 남자와 이렇게 자란 여자가 나
중에 만나면 뭘 할까. 크크크, 재미있네. 남자란 순진하기
도 해. 여권운동 한다는 아줌씨가 이러니저러니 있는 말
없는 말 다 동원해서 열을 올리는데, 실은 물밑으로는 그
이상의 것이 진행되고 있구만, 일본에서는 말이야. 이것은
여성 해방 정도가 아니야. 그 이상의 목적지에 다다르고자
하는 거지. 빨리 다음 거 사다 놔 줘."

그는 이렇게 『바람과 나무의 시』로 인해 개안開眼을 했으
니 다른 남자들에게 더 밉상이 될 것이다.

다케미야 케이코는 천재다.

『포르투갈에서 온 편지』

이것은 소설이 아니다.

1669년에 파리에서 출판되었다. 프랑스의 한 장교와 사
랑에 빠졌다가 버림받은 포르투갈 수녀가 자신을 버린 남
자에 대한 절절한 사랑과 미련과 원한을 다섯 통의 편지로
쓴 것이다.

편지가 출판되자 당시 유럽에서 베스트셀러가 되었다는
데, 그렇게 출판될 수 있었던 것은 여자를 버린 남자가 자
신이 받은 여자의 편지를 출판사에 팔아넘겼기 때문일 것이
다. 편지에 가득 찬 버림받은 여자의 슬픔과 원한만 무

▲ 마쓰다 세이코(松田聖子). 1980년대를 대표하는 아이돌 가수로, 1990년대에
  는 싱어송라이터로 활약했다.

서운 게 아니라, 그걸 출판사에 팔아넘긴 남자도 만만찮게 무섭다.

편지가 문학으로 여겨졌다는 점은 일본 헤이안 시대의 귀족 남자와 여자가 와카和歌*를 주고받으며 그 노래에 대해 이것저것 품평을 한 것과 비슷한 것일지도 모르겠다.

나는 이것을 읽으면 엉엉 울고 싶어진다.

절망과 슬픔의 밑바닥을 뒹굴며 망가진 몰골 따위 개의 치 않고 끊임없이 푸념과 애원을 쥐어짜 소리쳐 외친다. 그리고 체념한다.

나는 이것을 읽을 때마다 내가 버림받았나 싶어지고, 다섯 번 읽었더니 다섯 번 버림받은 것같이 녹초가 됐다.

이 편지를 읽으면 인간은 막다른 곳에 몰려야 비로소 그 능력을 뛰어넘는 표현이 나오고, 막다른 곳에 몰려서야 진실이 무엇인가를 깨닫는다는 것을 알 수 있다. 룰루랄라 싱글벙글 웃으며 사랑할 때는 진실 같은 건 팬티 속에 넣어 두는 것이다.

그러나 이 만인의 눈물을 부른, 만인의 마음을 뒤흔든 다섯 통의 편지는 오직 한 사람, 여자가 사랑한 그 남자의 마음만큼은 움직이지 못했다.

『인어공주』

이것은 소설이 아니다.

이 아름다운 안데르센 동화 속 인어공주의 외골수 사랑

• 일본의 단시

265

과 비극은 모든 연애소설의 기본이 아닐까 한다.

내가 여섯 살 때 아버지는 『인어공주』를 읽어 주셨다.

나는 그것이 '사랑'에 대한 이야기인 줄 모르고 들었다. 다만 좋다든가 싫다든가 결혼이라든가 하는 것은, 아름다운 공주님과 왕자님처럼 특별한 신분의 사람에게만 허락되는 것이라고 생각하며 들었다. 그때는 또한 '키스'라는 게 어떠한 행위를 말하는 건지도 모르고 들었다. 그래도 재밌었다.

나는 허기진 배를 안고 안데르센의 『인어공주』에 애태우며, 옆 옆집에 사는 켄을 좋아했다.

켄은 나랑 소꿉장난을 해 줬다. 창피한 듯이 마지못해 같이 놀아 주는 것 같았는데, 중간부터는 꽤 적극적으로 내 신랑이 되어 주었다. 나는 네 살 켄이 "회사 갔다 올게" 하고 돗자리에서 신발을 신고 저쪽에 있는 아카시아나무를 한 바퀴 돌고 오는 동안에, 새댁의 기쁨을 흠뻑 맛봤다. 켄이 돗자리에 없는 동안 나는 돗자리 한 장의 가정을 어떻게든 훌륭하게 지켜야만 한다고 생각했고, 혹시라도 켄이 아카시아나무 아래 멍청히 웅크리고 있는, 조금 멍청하긴 하지만 인물이 고운 이웃집의 유키코를 데려오지 않을까 조마조마했다.

유키코를 데려와 가위바위보를 해서, 내가 새댁의 자리에서 아이 위치로 굴러 떨어지는 것은 누가 뭐라 해도 용납할 수 없었다.

저녁이 되어 켄이 '밥' 먹으러 돌아가면 나는 소꿉장난 도구를 치우고 돗자리를 둘둘 말아 겨드랑이에 끼고 일어서는데, 그때는 이미 사방이 어두컴컴하다. 그러면 나는 저녁 하늘을 올려다보며 깊은 고독감과 충실감과 허기를 느껴 소리 내어 울고 싶어진다. 돗자리를 말면서 켄을 애달프게 그리워했지만, 그러면서도 내가 켄에게 그러는 것과 『인어공주』의 공주님이 왕자님에게 한 것이 똑같은 '사랑'인줄은 몰랐다.

그때 나는 '인어공주는 왜 혀를 뽑으면서까지 왕자 곁에 가고 싶어 한 거지? 그런 거 하지 말고 바다 속에서 지금까지처럼 행복하게 살아도 되는 거 아닌가' 하고 생각했다.

그리고 세월이 한참 지나 색ㅌ이다 사랑이다 하는 것이 남의 일같이 되어 버린 요즘 생각한다. 만약 내게 다시 그런 일이 일어날 수만 있다면 혀를 뽑혀도 좋고, 팔다리 할 것 없이 온몸을 바늘이 찌르고 지나가도 좋다. 그게 뭐 어떤데, 손이든 발이든 잘라 봐라, 그것도 부족하다면 바다의 거품이라도 되어 줄 테니 하고 생각한다.

생각은 하지만, 겨울이 되면 아래는 솜이 든 몸뻬, 위에는 줄무늬 한텐,* 그리고 목에는 목도리를 둘둘 만 채 남은 밥으로 볶음밥을 만든다. 볶음밥을 만들면서 '팔이든 다리든 잘라 주겠다니까' 하고 공허하게 생각한다.

---

* 마고자 비슷한 웃옷

잘 가오 신데렐라

나는 여자이기 때문에 서양의 공주님이 나오는 이야기가 좋았다. 이야기를 읽으면 나도 공주님이 되었다. 인어공주는 혀를 뽑힌 뒤 아름다운 하얀 발이 땅에 닿으면 온몸을 바늘로 찔리는 것처럼 아팠다. 그러면 나도 발끝부터 아파왔다.

잠자는 공주가 깊은 숲속에서 백 년을 잠들어 있는데 이 몸은 왜 졸리지 않는 건가 하며 심히 낙심하다가, 드디어 왕자가 멀리서 말을 타고 오면 잠들지 않고 있던 내 안의 '잠자는 공주'는 가슴이 두근두근했다.

내가 그동안 읽은 책에는 '키스'를 '입맞춤'이라고 표현했던가 보다. '키스'는 몰라도 '입맞춤'은 알고 있었는지 왕자가 잠자는 공주에게 '입맞춤'할 때는 그야말로 왕자의 얼굴이 바로 내 코앞에 있는 것만 같았다.

그 후로 오랫동안 책을 읽는 사람은 누구나 나처럼 책 속의 주인공이 되어 읽는다고 믿었다. 요전번에 어떤 남자에게 잠자는 공주랑 왕자 중 어느 쪽 입장에서 책을 읽느냐고 질문했더니, 그 즉시 "그야, 왕자지요. 나는 깊은 숲속에 잠들어 있는 공주를 찾는 왕자예요. 만약 내가 공주님이 되어 읽는다면 나한테 남자의 얼굴이 다가올 거 아니에요. 으이, 망측해."라고 말했다. 왕자는 주인공이 아니었다.

그 말을 듣고 나는 책을 읽을 때의 입장이라는 게 매우 까다로운 것임을 알았다. 내가 누구인지 분명하게 인식할 수 없었던 어린 시절, 나는 작중의 누구라도 될 수 있었다. 그 책 안의 가장 좋은 역할, 가장 많이 나오는 역할, 사람들에게 사랑받는 역할, 미인 역할, 사람들에게 동정받는 역할, 혹은 가난하지만 마음이 깨끗하고 올바르고 가난과 싸우는 기특한 소녀 역할…… 내 성격과는 다르게 수줍고 뜨뜻미지근한 여자라도 남자가 목숨 걸고 사랑하는 주인공이라면 그녀가 되었다.

폐병으로 죽는 것조차 아무렇지 않았다.

『바람이 분다』의 마지막 쪽을 읽을 때는 나도 숨을 헐떡거렸고, 책을 읽는 것은 즉 게으름을 피우는 것이라는 어머니의 성화로 할 수 없이 부엌에서 설거지를 하면서도, 나는 그 주인공처럼 콜록콜록하고 기침을 해 가면서 내일이라도 죽고 싶다고 생각했다.

그러나 감기조차도 걸리지 않는 나는 오래도록 계속 사는 거다. 계속 살다 보니 어렴풋하게나마 나 자신이 누구인지 알게 되었다. 나의 입장을 알게 된 것이다.

나 자신이 누구인지 이제 막 알게 되었을 무렵의 내 한심한 꼴이라니 스스로도 측은하다.

나는 아름답고 다정한 여자아이여야 했으나, 현실에서는 네 살 때 옆집에 일본 인형 같은 여자아이가 살았기 때문에 부모에게 미안해야 했다. 옆집 아이가 "예쁘구나" 하는 말을 들을 때마다 나는 내가 "예쁘구나"라는 말을 듣지 못하는 것보다도 자기 딸이 한 번도 "예쁘구나"라는 말을 들은 적이 없어 울적할 나의 부모님이 더 신경 쓰였다. 그 정도로 남을 깊이 배려하는 마음씨를 가지고 있었는데도, 나를 착한 여자아이라고 생각하는 사람 또한 없었다. 나는 똑 부러지고 영리하고, 게다가 드세다. 뿐만 아니라 너무 나대고 심술궂다는 평판도 돌았다. 그러다 보니 『신데렐라』를 읽을 때에도 처음엔 내가 당연히 신데렐라였는데, 읽는 횟수가 늘어남에 따라 혹시 세상 사람들이 나를 맘씨 고약한 신데렐라의 언니라고 생각하면 어떡하나 하는 생각에 마음을 졸이게 되었다.

중학생 때 읽은 『바람과 함께 사라지다』에서는 멜라니가 남자에게 압도적으로 인기가 있었으므로 나도 멜라니가 되고 싶었지만, 멜라니가 되는 것은 일찌감치 체념했다. 그렇다고 스칼렛 오하라가 되기에는 미모가 따라 주지 않았다. 갸륵하게도 마음으로는 멜라니 같은 여자가 되고 싶어 하면서도, 순식간에 '못생긴' 스칼렛 같은 행동을 해 버리는 거였다. 미리 양해를 구해 두겠는데, 남자를 유혹하는 것은 미모의 역할이므로 남는 것은 그저 기승스러운 반항심뿐이다.

그리고 정신을 차리고 보니, 나는 완전히 삐딱이가 되어 있었다.

나는 상냥하고 아름다운 여자를 수상쩍은 눈으로 보게 되었다.

『겐지 모노가타리』를 읽을 때 나는 누구보다도 스에쓰무하나가 좋았다. 스에쓰무하나는 못생겼으니까. 못생겼는데도 겐지로부터 사랑을 받았으니까.

그러나 스에쓰무하나가 착하기만 하고 몸가짐이 조신한 인물이라는 것이 나를 초조케 했다. 나같이 '나대는' 스에쓰무하나도 겐지가 와카무라사키를 사랑하듯이 좋아해 줄 것인가. 아버지는 내가 중학생이 될까 말까 할 때부터 기술을 익히라고 적극적으로 권했다. 적극적 권유의 이유는 한마디로 요약됐다.

"너같이 못생긴 애를 누가 데려가겠니."

나의 미래는 아버지에 의해 예측당한 거나 마찬가지다. 나는 어머니 하고 똑같이 생겼으니까, 나도 아버지 정도의 남자를 꼬이는 것은 가능했는데 말이다.

그러나 더 이상 뭐든 상관없게 되었다.

내 입장이란 게 생긴 것이다.

세월은 꿈처럼 스러지고, 꿈같은 생활은커녕 근본부터 게을러빠진 나는 여유가 있든 없든 뒹굴거리며 책만 읽었다.

뒹굴뒹굴하지 않을 때는 내 뱃속에서 나온 아이를 등에 둘러업고 미트소스 스파게티 같은 걸 만들면서 그야말로 여자 니노미야 긴지로처럼 살았다.

온갖 것들을 맥없이 포기하고, 딱히 손에 넣는 것도 없이 저금통장에 잔고도 없었지만 나만의 '입장'만은 남았다.

요즘의 내 입장은 아름다운 것도 마음 착한 것도 포기하고, 예전에 (물론 지금도 그렇지만) 가난했었다는 것뿐이다.

이미 나는 신데렐라에게는 공감하지 않는다. 예전에 가난했던 사람에게만 공감한다.

나아가 그런 사람이라 해도 기특하게 깨끗하고 올바르

고 내일을 믿고 구질구질 눈물을 흘리며 싸우는 사람을 보는 것은 우울하다. 가난 속에서 교활하고 명랑하게 질투심과 비뚤어진 심성을 숨기고 넉살 좋게 사는 사람에게 공감한다.

얼마 전에 명문가 출신에 국제적 지식인이라고 하는 이누카이 미치코 여사가 쓴, 『어느 역사의 딸』이라는 책을 읽었다. 조부는 진보적인 정치가였으며 아버지는 시라카바 파白樺派* 시인으로, 뒤에 장관이 된다.

어린 그녀는 쇼와의 대격동기에 조부가 저격당하는 것을 목격했고, 세계 대전에 돌입하는 일본을 움직였던 사람들과 교류했다. 대단한 입장의 사람이다. 그런데 그 책에서 교과서에서는 읽을 수 없었던 생생한 정치 실태를 읽고 나는 감격했던가?

또는 매스컴에서 군부가 전쟁의 시작을 향한 프로파간다를 전개하자 아무것도 모르는 급우들이 그것을 믿고 전국戰國소녀로 물들여지는 것을 보며, 막후에서 진행되는 정치의 실태를 모르는 몽매한 대중에게 실망했다는 그녀의 이야기에 공감했던가?

혹은 뒤에 소르본느에 유학한 그녀가 보여 준, 유럽 학생들에 섞여서 라틴어를 술술 구사한 높은 교양에 머리를 숙이며 존경을 표했던가? 천만의 말씀이다.

나는 한 페이지 읽을 때마다 피가 머리로 솟구쳐 책을 다다미에 내동댕이쳤다.

"자만하지 마, 자만." 그리고 또 얼른 책을 집어서 읽고

---

* 일본 근대 문학의 한 유파, 인도주의·이상주의를 표방했다.

는 다시 내동댕이치고 다시 집어 읽고, "자만이 아닌 표현은 못해? 응? 자만이 아닌 표현은? 이렇게 귀중한 역사적 입장에 있을 수 있었던 운명을 자만이 질질 흐르게 표현하지만 않았다면 이건 정말 대단한 기록이 됐을 거야. 너의 그 못된 자만심을 아무도 고쳐 주지 않았단 말이야? 안타깝네" 하고 나는 외친다.

다 읽고 나서는 급히 책방으로 달려가 그녀의 다른 저서를 찾았다. 새로 집어 온 책은 그녀가 유럽에 오래 살면서 유럽 사람이 얼마나 뛰어난 문화를 지닌 민족이며, 일본인이 얼마나 글러먹었는지에 대해 다짜고짜 호통을 치는 책이었다. 이번에는 난 머리를 갸우뚱한다. 그녀의 입장이 뭔지 머리가 갸우뚱갸우뚱 견딜 수 없다.

그녀는 비슷하게 생긴 집들이 토끼집처럼 다닥다닥 붙어 있는 동네에 모여 살면서 아이들을 학교 보내느라 나날이 전쟁인 일본인과 운명을 함께할 마음은 전혀 없는 일본인인 듯하다. 그래도 나는 그녀가 입장을 분명하게 해 줬으면 한다.

"나는 이와 같은 못난 대중이 살고 있는 일본의 일본인이고 싶지 않다. 신에게 선택받은 특별한 인간인 나에게 주어진 사명은 이 선택받은 운명에 자만하는 것이다. 그래서 나는 다짜고짜 일본인은 글러먹었다고 야단치는 입장에 있는 인간이다. 인세는 일본의 대중에게서 받고, 살기는 고급스런 문화의 유럽에 사는 입장의 인간이다."

내동댕이쳐진 책, 너 정말 밥맛이다.

몽골말처럼

"진기한 밭에서 견공이 돌출하니, 마공이 대경하여, 석근에 발 걸려 넘어져, 적혈 콸콸 콸콸"

오빠가 나에게 들려준 놀라 자빠지게 재미있는 이야기의 마지막 부분이다. 촌놈이 도읍에 나와 유식한 말을 배워서, 그 엉터리 말을 마지막에 외치면서 재미있는 이야기는 끝난다. "고구마밭에서 개가 나와 말이 놀라 돌에 발이 걸려 넘어져 빨간 피를 흘렸다"는 뜻이다.•

나는 그 부분이 황홀해서 "마지막 부분, 마지막 부분" 하고 졸라서 들으며 어떻게든 외워 보려 했고, 오빠는 그때마다 신이 나서 깝죽대며 "진기한 밭에서" 하였으며, 나는 그런 오빠를 초능력자라고 생각했다. 오빠는 여덟 살, 나는 여섯 살이었다. 라디오도 텔레비전도 없고, 만화도 영화도 없었다.

2차 세계 대전이 끝난 해의 다롄은 붉은 수수와 콩깻묵과 추위와 허기만이 있었고, 어머니는 러시아인을 상대로 기모노나 털이 술술 빠지는 여우 목도리 등을 팔러 나갔다

• 고구마는 당시 도쿄에서는 보기 드문 식물이었으므로, 고구마밭을 본 도회인이 "진기한 밭이네"라고 말한 것을 시골 사람이 도쿄에서는 고구마밭을 진기한 밭이라고 하는 줄 착각한 것이다.

가 붉은 수수를 늘어뜨리고 기운이 넘쳐서 돌아왔다. 그리고 자신이 얼마나 빈틈없는 수완가처럼 장사를 해냈는지, 짱짱한 목소리에 자만을 처덕처덕 발라서 얘기했다. 그러는 어머니는 실로 아름다웠다.

어머니만은 여위지도 않고 빛이 났다.

그사이 아버지는 새카만 페치카*에 뼈만 남은 등을 밀어붙이고, 매끈매끈한 종이에 꿈같은 그림이 인쇄된 안데르센을 콧물을 흘리며 아이들에게 읽어 줬다.

우리는 허기를 참으며 꿀꺽 소리 하나 내지 않고 아버지 앞에서 쥐 죽은 듯 조용히 이야기를 들었다. 안데르센이 우리를 조용하게 했는지, 아버지가 무서워서 조용히 있었던 것인지는 잘 모르겠다. 아버지는 우리에게 좋은 정서를 주려고 했던 거다. 그리고 어머니는 우리에게 먹을 것을 주려고 필사적이었던 거고. 아빠, 엄마 고맙습니다.

덕분에 "나는……" 하고 말하고 싶지만, 그렇게는 안 된다. 그 틈바구니로 '진기한 밭'이 들어왔다. 나는 '진기한 밭'을 들을 때는 쥐 죽은 듯 조용히 듣지 않았다. 그때는 마음속이 꺄아 꺄아 기뻤다. 나는 꺄아 꺄아 기뻐하는 것을 원하고 있었다.

드디어 나 자신도 진기한 밭을 외울 수 있게 됐을 때, 오빠의 중대한 비밀을 알았다. 뒷집 아이가 일본으로 돌아갈 때 오빠에게 이별 선물로 남겨 준 『재미있는 이야기』라

---

* 러시아나 만주 등 극한 지방에서 쓰는 난방 장치로, 돌이나 벽돌, 진흙 따위로 만든 난로를 벽에 붙여서 벽을 가열해 방 안을 따뜻하게 한다.

는 활자가 그득히 담긴 책을 발견한 것이다. 오빠는 그것을 혼자서 몰래 보고 있었다. 오빠가 그것을 나한테 숨긴 건지, 안데르센 아빠한테 숨긴 건지는 알 수 없다. 나는 오빠에게 실망했지만 그 책에 가득 찬 활자에 그처럼 재미있는 이야기가 산처럼 꽉 차 있다는 사실이 신기했다. 한자에 독음이 달려 있었지만, '진기한 밭' 말고는 도저히 그 뜻을 알 수 없었던 나는 그 어려운 책을 읽는 오빠를 다시 한 번 존경했다.

오빠는 그 뒤로 얼마 못 살고 죽었다.

오빠는 일본으로 돌아온 후 우리가 살던 깡촌에서 죽었다. 거기서는 학교에 가려면 40분간 산속을 꼬불꼬불 돌아서 가야했다. 가는 도중에 여우도 나오고, 귀신도 나왔으며, 강이 있고, 그 위에 나무다리가 있고, 건널목도 있고, 터널도 있고, 몸을 던지기에 딱 좋은 절벽도 있었다.

나와 오빠는 "귀신이다아" 하고 소리치고 귀신으로부터 도망치고, 여우가 둔갑하는 곳에서는 여우한테 홀리는 시늉을 하고, 다리 위에서는 오줌을 누고, 건널목에서는 전철에 깔리는 연습을 하고, 절벽을 내려다보면서는 "앗, 앗앗" 하고 괴로운 소리를 냈다.

오빠가 죽으니 그 길을 혼자 빈둥빈둥 걸어서 집에 가는 것이 재미없었다.

그래서 나는 그 길을 책을 읽으며 갔다. 해가 쨍쨍 내리쬐는 한여름의 산길을 걷고 또 걸으면서 『노구치 히데요』라는 책을 읽고 또 읽었다. 때때로 길을 제대로 들었는지 확인하기 위해 눈을 치떴다 내리떴다 했다. 땡볕 속에서 걸으며 책을 읽자니 책이 위아래로 진동하여 때때로 눈앞이 새하얘지거나 보라색이 되거나 했다.

나는 책을 읽으면서 긴긴 거리를 잊었고, 귀신과 여우와 투신으로부터 몸을 지킬 수 있었다.

책은 없었으므로, 나는 뭐든 손에만 들어오면 닥치는 대로 읽었다. 행여 어머니가 빌려 온 책을 반납하고 오라고 내게 심부름을 시키면, 나는 너무나 신나서 가슴을 두근거리며 읽었다. 한자는 모르므로 건너뛰며 읽었다. 요시노 노부코의 『어머니의 곡』이라는 책을 이틀이나 반납하지 않고 읽었다. 그것은 한자 건너뛰기를 했어도 과부의 연애 이야기임이 분명했고, 한자 건너뛰기를 했어도 아이를 위해 연애를 포기한다는 도덕적 결말의 이야기임이 분명했다. 그때 나는 아홉 살이나 열 살이었지만, 한자 건너뛰기를 통해 알게 된 연애 포기의 결말이 안타까웠다. 그러면서도 당연하다고 생각했는데, 아무래도 석연치 않았기 때문에 『어머니의 곡』을 잊을 수 없다. 석연치 않은 것에 미련을 두는 것은 나만의 특별히 삐딱한 성격 탓이라는 것을 요즘 어렴풋이 알아차렸는데, 어려서도 '천성'이란 것은 굳세게 존재했던 것이다.

어머니는 내가 『어머니의 곡』을 반납하지 않고 탐독하고 있다는 것을 알고는 눈을 치켜뜨고 화냈다.

어머니는 내가 연애에 흥미를 갖는 것을 두려워했을 것이다.

이것은 딸을 가진 인류의 어머니 모두가 한결같이 갖고

있는 공포다.

아버지는 "눈이 찌부러진다"며 겁을 줬는데 그 말이 맞았다. 내 눈은 난시와 근시로 뒤죽박죽이 되어 버렸다.

장녀인 나는, 내 뒤로 줄줄이 태어난 여동생을 돌보거나, 강으로 기저귀를 빨러 가거나, 강에서 물을 떠오거나 하는, 가난한 집 아이라면 누구라도 하는 일을 똑같이 해야 했다.

기저귀의 응가를 물에 흘려보낼 때만큼은 왠지 상쾌하니 속이 후련했다. 응가는 둥실둥실 뜨거나 가루로 녹아서 흘러갔다.

그렇게 가난한 집 아이의 노동을 하고 있자면, 한시라도 빨리 그것으로부터 해방되어 책을 읽고 싶었다.

어머니는 내가 책을 읽고 있으면 "게을러빠져서" 하고 소리쳤다.

책을 읽는 것이 나에게는 그처럼 나태한 쾌락이었다.

그러나 뭐라 해도 책이 부족했기 때문에 나는 점점 더 책에 굶주렸다.

아무리 시간이 흘러도 아이 많은 집에는 새 책 살 돈이 모일 일이 없으므로, 나는 산길에서 근시와 난시를 장착한 후, 중학생이 되어서는 도서관에 틀어박혔다. 중학생이 되자 아스팔트 길이 있는 중소 도시에 살면서 전철로 통학했고, 전철의 진동이 산길의 진동을 대신했다.

전철에서 책을 읽다 졸다 하다 보면 꿈과 현실 사이로

278

활자가 흘러갔다. 일본 문학 전집도 세계 문학 전집도 연애 이야기로 가득했지만, 그렇게 훌륭한 전집을 읽고 있으면, 모파상이든, 『안나 카레니나』든 부모는 아무 말도 하지 않았다. 어른들이 독서를 '게을러빠진 거'가 아니라 학력 향상으로 이어진다고 생각할 수 있게 될 만큼 세상이 편안해져 갔던 거다. 동생들도 자라서 기저귀 안에 응가를 하는 일도 없어졌고, 손을 안 잡아 줘도 혼자서 종종거리며 걸었고, 물을 길러 가지 않아도 수도꼭지를 비틀면 물이 나오게 됐고, 밭에서 김을 매지 않아도 채소 가게에서 당근을 살 수 있게 되었다.

고등학교 때도 나는 도서관을 내 집 삼아 들락거렸다. 나에게 특별한 지적 욕심이 있었던 건 아니다. 달리 할 일이 없었고, 뜀박질 같은 거는 하기 싫었을 뿐이다. 나는 다른 사람과 마음을 합하여 경기를 하는 것이 서툴렀다.

학교 운동장에서 쭉쭉 뻗은 다리를 탁탁탁탁 움직이거나, 엄청 큰 가슴을 출렁거리면서 하얀 공을 쫓는 발랄한 소녀가 되는 것보다, '가만히' 앉아서 책을 읽는 것이 편했다.

현실에서는 결코 일어나지 않을 연애에 '가만히' 앉아서 포옥 몰입할 수 있는 것만큼 편한 것은 없다.

사실 현실에서 연애를 하는 사람들은 책 같은 거 읽는 것과는 비교할 수 없이 빠른 속도로 인생이란 것을 확실하게 배운다.

책 속에서 이름을 기억하기도 힘들 정도로 수많은 미지의 나라의 아가씨들과 메이지 시대의 꿍한 남자들이 나를 지나쳐 갔지만, 나는 나와 상대할 현실의 인간을 갖지 못한 채 그저 홀로 활자만을 눈 안에 쑤셔 넣고 있었다.

그리고 그대로 가난한 어른이 되었다.

어른이 되어 아이도 낳고 분주해지기는 했지만, 분주해도 나태한 천성은 변하지 않는다. 어떻게든 뒹굴거리며 책을 읽고 싶다. 책 같은 거 읽지 않아도 할 만한 일이 산처럼 많은데도 벌렁 드러누워 책을 읽고 싶다. 나태한 쾌락이 몸에 배어 버렸다.

나의 독서는 그저 심심풀이다. 나는 따분함을 못 참는다. 하지만 타고난 게으름뱅이라서 몸을 움직이는 것보다 마음이 분주한 쪽을 선택하고 만다.

심심풀이로 읽기 때문에 활자는 그저 배경 음악처럼 흘러갈 뿐, 교양으로도 지성으로도 남지 않는다. 오락이니까 그냥 시간을 때우면 되는 거다. 내 안에 축적되어 인격 형성에 도움이 되는 일 같은 건 없다.

읽고 싶은 책만 골라 읽는 편식쟁이어서 씹어 삼키는 데 시간이 걸리는 책은 가까이 하지 않는다. 가까이하지 않을 뿐 아니라, '알기 쉬운 일본어를 써라, 이렇게 알 수 없는 말을 쓰다니 자기가 모르는 거 눙치기 위한 거 아니냐' 하고 비아냥거리기 십상이고, 때때로 한가한 시간이 있으면 난해한 책을 찾아와서 '잠깐 잠깐 여기 이 부분을 내가 알기 쉽게 번역해 줄게' 하고 난해한 말씀을 인정머리 없게 요약하고는 '인텔리는 역시 밥맛이야' 하며 웃는 것으로 나 자신을 눙치고 기뻐하는 비열한 사람이 되어 버렸다.

그러나 나는 달리 낙이 없다.

술을 즐기는 것도 아니고 여행을 좋아하지도 않는다. 이웃과 잘 사귀는 편도 아니고, 학부모회는 질색이다. 집을 꾸미는 취미가 있는 것도 아니고, 미식가입네 하고 식당을 찾아 돌아다니는 것도 귀찮다.

현실 생활을 덮치는 것들을 오른쪽으로 왼쪽으로 차례차례 쓰러뜨리고, 쓰러뜨리지 못하는 아들은 나를 쓰러뜨리고, 그러면 나는 휘청휘청 잠자리에 쓰러져서, 활자를 계속 삼키며, 오로지, 현실로부터 도망친다. 기분이 좋을 때는 활자로부터 심원한 철학을 쬐끔 빌려 와서 잠시 심원한 기분이 되어 보다가도 다음 날에는 '웃기고 있네' 하며 그야말로 변덕을 부린다.

독서는 그처럼 나에게 지성도 교양도 가져다주지 않지만 때때로 감동하거나 감탄하거나, 아름다운 마음씨가 되거나, 분노에 떨거나 하는 것을 몹시 싼 값으로 할 수 있게 해 주는 것만큼은 좋다. 나는 아무렇게나 드러누운 채로 눈만 두리번거리면서 마음속에서 꺄아 꺄아 기뻐하고 싶은 거다.

꺄아 꺄아 기뻐할 수 있다면, 연애소설이든 『책의 잡지』든 헤밍웨이든 아무 차별도 구별도 두지 않는다.

눈물이 흐를 때도 꺄아 꺄아 기뻐하고 있다. 도저히 동조할 수 없는 생각을 논하는 사람에게도 꺄아 꺄아 기뻐하면서 화를 낸다. 아무렇게나 드러누운 채로.

그러나 몇 년 전, 흠칫한 적이 있다. '다치'라는 야생마 이야기를 읽었을 때의 일이다. 야생의 몽골말이 영국에서 고향인 몽골까지, 바다까지 건너서 오로지 한마음으로 돌

281

아가는 실로 감동적인 이야기였다. 나는 쉽게 우는 사람이
므로 벌써 눈물범벅이다.

　그리고 나는 그 몽골말이 되어 살고 싶다고 생각했다.
책을 읽는 것보다는 정말로 몽골말이 되어 살다 죽고 싶다
고 생각하고 보니, 독서라는 게 참으로 공허하게 느껴졌다.

　페치카에 등을 밀어붙인, 콧물의 안데르센 아버지.
　다섯이나 되는 아이들에게 안데르센을 읽어 주는 것 말
고는 달리 재주가 없었던 혼란기의 일본 남자.
　현실에는 없는 아름다운 세계의 문을 열고, 붉은 수수밥
의 확보는 아내에게 맡긴 인간.
　당신의 아내는 아름답게 빛나며 러시아인과 빈틈없이 싸
워서 붉은 수수도 구하고 콩깻묵도 손에 넣으며 살아왔다.
　마치 몽골말 같지 아니한가.

8.

수화기를 붙들고

자운영 꽃밭에서

나는 때때로 흠칫하고 식은땀이 난다. 그리고 조심스럽게 내 발을 만져 보거나 손을 물끄러미 보거나 한다. '이게 진짜 내 발? 내 손? 내가 지금까지 용하게도 밥벌이를 할 수 있어서 이것들이 이렇게 살아 있구나' 하고 생각하면서 속으로 가슴을 쓸어내린다.

나는 자잘하게 그림이랑 글자를 조합해서 인쇄물을 만들고 그 대가를 받아서 먹고 산다. 내가 만든 책을 누가 사 줄지 전혀 짐작도 못한다.

서점에 가면 실로 엄청난 양의 책들이 있고, 내 책은 어디를 찾아봐도 보이지 않는다.

아동물 코너만 해도 나날이 새로운 책이 만들어진다. 게다가 출간된 지 몇십 년이 넘는 롱셀러가 줄을 서고, 외국 그림책도 썩을 정도로 쌓여 있다. 이것들을 헤치고 또 헤쳐 나가며 밥을 먹고 살아왔구나 하고 생각하니 기적이라고밖에 표현할 길이 없다. 마치 10킬로그램들이 쌀 봉지를 쏟아 놓은 거나 마찬가지인 속에서 어떻게들 내가 생산한 한 알의 쌀을 골라내 주는 건지 모르겠다. 나는 두려워서 그림책 코너에 못 간다.

게다가 내가 하는 일은 비상시가 되면 불필요한 일이다.

그것 없이도 인간은 살아가는 데 지장이 없다. 그런데 그것으로 몇십 년이나 밥을 먹고 살 수 있었다니 그게 오히려 이상하지 않나.

그런데도 나는 때때로, 라기보다 거의 매일 웃으며 지낸다. 때론 울기도 한다. 당연히 내일도 밥을 먹을 수 있다고 생각하는 거다. 저금 같은 건 한 푼도 없다. 아니 있다. 슈퍼에서 거스름돈으로 받은 1엔짜리 동전을 유리병에 모으고 있는 중이다.

그런데도 "치마가 하나 더 있으면 좋겠어" 같은 겁나는 생각을 한다.

식은땀이 나는 게 당연하지 않나.

자운영 꽃밭에 자운영 꽃이 피어 있었다.

함께 있던 저명하고 아름다운 동화 작가가 "어머!" 하고 소녀같이 소리 질렀다.

우리는 자운영 꽃밭에 쭈그리고 앉았다.

자운영 꽃밭을 자세히 보니 '미나리'가 있다.

'미나리'는 자운영 꽃 아래에 납작 엎드려 있었다. 나는 "앗, 미나리다" 하고 땅바닥에서 '미나리'를 떼어 냈다. 오늘 운이 좋구나, 이걸 따서 가져가면 어머니가 칭찬해 줄 거야. 먹을 수 있는 것을 가득 가득 가져가는 것은 인간의 임무니까, 당당한 국민이 된 것처럼 우쭐한 기분이었다. '미나리'를 따 가지고 가서 어머니에게 칭찬 들었던 것은 옛날 옛날의 일이다. 지금은 '미나리'를 따서 가져가도 칭찬해 줄 사람은 없다. 칭찬해 줄 사람이 없어도 먹을 수 있

286

는 것이 땅바닥에 나 있으면, 그냥 있게 되지가 않는다.

내가 양손 가득 '미나리'를 쥐고 일어섰을 때, 저명하고 아름다운 동화 작가는 자운영 꽃다발을 들고 자운영 꽃밭 속에서 동화 속의 주인공처럼 서 있었다. 나는 양 손에 '미나리'를 쥐고 귀환자•의 자식같이 서 있었다.

도쿄올림픽 때, 나에겐 텔레비전이 없었다. 어찌 됐건 온 일본이 축제 분위기로 들떠 있었으므로 나는 매일 이 집 저 집 텔레비전이 있는 집을 찾아 유랑했다.

여자 체조 경기가 있던 날엔 사촌 언니네 연립주택에 갔다. 독신 직장 여성인 언니는 부엌에서 유부초밥을 만들어 접시에 담으면서, 나에게 종이와 연필을 건네주고 점수를 쓰라고 했다. 심사위원과 우리의 심미안이 어떻게 다른지 알아보자는 것이다. 나는 넋 놓고 보느라 그만 쓰는 걸 잊었다. 쓰는 걸 깜빡할 때마다 "너 정말 바보 아니니?" 하고 언니는 화를 냈다. '아무래도 상관없잖아' 하고 생각하면서도 언니는 참 세심한 사람이라고 생각하며 감탄했다. 우리는 유부초밥을 먹으면서 텔레비전을 봤다.

"알지? 차스라프스카라고. 예쁘지?"

내가 "일본인은 손해야, 아무리 기술이 우위라도 신체 비례가 좋은 미인한테는 못 당하잖아."라고 답했더니, 언니는 눈을 부릅떴다. "절대로 그럴 리 없어. 체조란 건 그런

• 일본이 제2차 세계 대전에 패전하면서 국외에 이주했던 일본인 중 일본 본토로 귀환한 일본인을 가리키는 말

게 아니야. 그래서는 안 돼" 하고 물러나지 않았다.

"글쎄 그렇지 않아. 심사위원은 남자가 많다니까." 나는 추녀의 삐딱 본능을 발휘한다.

우리의 주장은 끝끝내 평행선을 그렸고, 나는 이제 막 먹기 시작한 유부초밥을 남긴 채 "이제 다신 안 와" 하고 문을 쾅 닫고 돌아왔다. 그 후로 20년의 세월이 흘렀다.

2주 전에 언니가 우리 집에 나타났다.

둘 다 도쿄올림픽의 텔레비전 건에 관해서는 시치미를 뗐다.

언니는 아무것도 자라고 있지 않은 우리 집 마당을 노려보고 "토마토 심자, 가지도 심자, 호박도 심자. 난 땅에 먹을 수 있는 게 자라고 있지 않으면 마음이 안 좋거든. 씨앗 사러 가자" 하고 바쁘다. 나는 우물거리면서 꽃집에 따라갔다. 그리고 괭이와 밀짚모자를 두 개 샀다.

언니는 "내가 매주 올게. 올해는 채소는 이만 하면 됐고 이제 나무도 심어야지. 유실수. 먹을 수 있는 게 열리는 나무만 말이야. 난 저금이 하나 가득 있지만, 뭔가 땅에 먹을 수 있는 걸 심지 않으면 안심이 안 돼. 있지, 콩 심어서 된장 만들자"고 했다.

아무것도 없는 사각 마당 울타리 옆에 가지 두 그루, 오이 두 그루, 파슬리 두 포기, 토마토 세 그루 그리고 된장 만들 콩을 빙 둘러 뿌렸다.

"다음 주에는 강낭콩 심을 거야." 언니는 밀짚모자 아래에서 웃었다.

"난 운동하는 사람을 보면 화가 나려고 해. 그것도 체구

288

가 큰 젊은 남자가 라켓 휘두르면서 공을 따라다니고 있으면 더 그래. 라켓 대신에 괭이 들려서 땅을 일구게 하고 싶어. 뭔가 먹을 수 있는 걸 만들게 해야 한다고 생각해."

나는 도쿄올림픽의 텔레비전 건은 없던 일로 치기로 했다.

나이를 먹는다는 건 뭐랄까, 한없이 유년으로 돌아가는 거다. 나고 자란 어릴 적 경험이 차차 거대해져서 이빨을 드러내는 거다.

우리에게는 이미 번영의 시대는 없다. 있어도 믿을 수 없다.

믿을 수 없는 지금을 계속 살아온 거다. 그리고 노상 흠칫하며 식은땀을 흘리는 우리 손과 발을 보고 마는 거다.

나도 자운영 꽃밭 속에서 자운영 꽃만 안고 석양에 물들고 싶다.

요사이 자라난 젊은이들에겐 초라한 얘기라서 미안하군.

언제까지나 들떠서 살라고, 흥.

장례식을 좋아합니다

입이 가볍다고 생각할지 모르겠지만, 나는 장례식이 좋다. 태어나서 처음으로 접한 장례식은 생후 1개월인 남동생이 죽었을 때인데, 그때 나는 네 살밖에 안 됐던 때라 장례식이 뭔지, 아마도 죽음이 무엇인지도 모른 채 그저 마당에 넘치는 사람들과 산처럼 쌓아 놓은 장례식 만주*에 놀랐다. 그리고 내가 그때까지 본 것 중 가장 호화찬란한 의상이었던 스님의 가사를 보고 놀랐다.

그때의 그 두근두근하는 설렘은 제사 때마다 되살아났다. 그러나 아무리 천하태평인 나라도 장례식이 무엇인지 알 정도로는 성장했다. 내가 차를 바꿀 때 유일하게 고려하는 것은 이 차로 장례식에 갈 수 있나 하는 것뿐이다. 내가 좋아하는 장례식은 지나치게 충분할 정도로 오래 살다가 잠들 듯이 편히 간 사람의 장례식이다. 우는 사람이 한 명도 없고 모인 사람들이 왠지 기뻐하며 떠들썩한 그런 장례식. 그런 장례식에 가면 흥분으로 몸이 떨린다.

"여보세요, 나, 나야. 모르는구나, 아쓰코야. 아하하하"

"어머머"

---

* 장례식 때 나눠 주는 일본 과자

"모를 만도 하지, 벌써 15년이나 지났는걸. 오래간만에 보고 싶어서 전화했어. 기름 가게 할배가 죽었어. 장례식에 안 갈래?"

"뭐어? 그 할배 아직까지 살아 있었어?"

"그래, 죽는 게 좀 늦긴 했지. 여든아홉 인걸."

"갈게."

나는 15년 만에 사촌 여동생 집에 갔다. 나잇살이 붙은 중년의 사촌 여동생 집에 다른 사촌 여동생 셋이 더 모여들었다. "어머나, 반가워라, 이렇게 볼 줄 몰랐어" 하는 그녀들은 검은 원피스에 진주 목걸이를 제복처럼 차려입고 있었다. 다들 내 차에 올라탔다.

"부조금 얼마로 했어?"

"요코 언니는?"

"잘 몰라서 1만 엔으로 했는데."

"1만 엔까지 안 내도 돼. 아무튼 기름 가게 할배는 구두쇠라서, 우리 할머니 때 3천 엔밖에 안 냈어. 5천 엔이면 돼."

"맞아. 평소에 구두쇠 짓을 하면 이럴 때 손해 본다니까."

"정말로 구두쇠였다니까. 내 생각에, 구두쇠였던 건 할배가 아니라 할매였어. 할매 쪽이 심했을 거야. 할배는 할매가 하라는 대로 했던 거야. 정말이야. 할매가 똑똑해서 할배를 구두쇠로 만들어 놓은 거라고."

"엇, 그래?"

"그렇다니까, 할배는 착했는데 할매가 전부 부추긴 거야."

"흐음, 그래?"

장례식은 예전에 내가 어렸을 때 우리 식구가 일본으로

돌아와서 얹혀살던, 산 속에 있는 비좁은 집의 일본식 거실에서 진행됐다. 내내 고다쓰에 앉아 있는 우타 할매는 새하얀 머리를 하고 생글생글 웃었다.

"넌 누구니?"

"요코예요."

"오! 요코구나, 요코구나. 도시카즈는 뭐 하니?" 도시카즈는 나의 아버지로 27년 전에 죽었다.

"힘드셨죠, 할머니?"

"그래. 그런데 너 누구니?" 그야말로 영원히 도는 쳇바퀴다. 거실 안은 어린 시절 친구들의 아버지들뿐이구나 싶었는데, 그게 실은 어린 시절 친구가 아버지와 같은 얼굴을 하고 아버지 같은 목소리를 내고 있는 것이었다. 어린 시절 친구라고 생각한 것은 실은 그 아들들이었으니, 핏줄이란 정말로 으스스하다. 장의 위원장은 사촌 여동생의 아버지로, 마을 노인회 회장이다. "고인은 여든아홉 살로, 노인회에서는 세 번째로 연장자셨습니다. 이제 노인회에서 여든 살 이상은 열세 명이 되었고, 일흔 살을 포함하면 노인회는 스물네 명이고……" 하며 나이만 세고 있는 게 재미있었다.

부엌에 가니 마을 부인회가 그릇을 닦으면서 "매실댁 할머니 백 살이야, 백 살. 그 집은 며느리가 셋이 됐어. 그런데 아직도 고부 갈등을 한다니까. 누가 이길 거 같아? 백 살 할머니라니까. 마지막에 말하는 거야, 이 집에 가장 먼저 며느리로 온 건 나라고. 일흔둘인 가나가 요전번에 울고 있더라고. 그 할머니 백 살에 아직 바늘에 실을 꿰잖아."

292

"앞으로 삼사 년은 더 살지 않을까?"

"살고말고."

"죽는 걸 잊은 거야."

화장터는 소풍이다. 어쩐지 쓸쓸한 산골짜기 화장터의 흰 연기를 보며 우는 사람은 아무도 없다.

사촌 여동생은 대기실에 있는 그릇 속을 들여다보면서 말한다. "엽차야. 역시 제일 싼 걸로 했군. 우리 어머니 때는 제대로 노란 빛깔이 나는 녹차를 내놨는데 말이야. 참, 연못댁 할매 그렇게 웃어 댄대. 곱게 노망이 들었어."

"있지, 저 사람 누구야?"

"뭐야! 아사히코잖아. 하, 머리카락이 거의 없네."

밤에는 사촌 여동생의 아버지인 장의 위원장 집의 거실에서 자게 되었다. 자려고 하는데, "이봐, 요코, 일어나라" 하고 장의 위원장이 취해서 베갯머리에 주저앉았다. 장의 위원장은 여든한 살이다.

"요코, 나, 이 나이가 돼서 잘 알게 됐다. 인간에게 가장 소중한 건 뭐냐. 사랑이야."

나는 여든한 살인 장의 위원장의 입에서 '사랑'이란 말이 나오는 것을 듣고 벌떡 일어났다. 괜찮아요, 큰아버지? "인간은 말이야, 죽을 때가 돼야 비로소 그 값어치를 알 수 있는 거야. 뭘 보고 알 수 있는 줄 아니, 요코? 부조금이야. 오늘 할배 부조금은 113만 2천 엔, 촌장까지 한 인간의 부조금이 113만 2천 엔이야. 우리 집 할머니는 160만 엔이었어. 여잔데도 말이야. 농사짓는 할매였다고. 그것도 5년 전이라서 물가도 지금하고는 달라. 이 차이가 바로 사랑의 차이야. 인망이 없었어, 할배는." 여든한 살의 장의 위원장은 혼자 깊이 고개를 끄덕인다.

"아버지, 매실댁 할매는 히사시 씨랑 삼촌 상 당했을 때 부조금 냈을까요?" 사촌 여동생은 사랑의 구체성에 집착하는 모양이다.

다음 날도 청명하여, 커다란 소나무가 그늘을 내려뜨린 툇마루에 사람들이 모여들었다.

"여기서 보니까 기름 가게 감나무가 어마어마하게 크네. 집이 점점 작아지는 것 같아."

"기름 가게 할배도 성질 안 좋았어. 잘난 듯이 기침이나 하고, 말도 잘 안하고, 으스대기나 하고 말이야. 마누라가 사람이 원만해서, 지 형편이 안 좋을 때는 전부 마누라한테 말하게 했다니까."

"맞아. 우타 할매는 기가 센 거 같아 보여도 그건 다 남편이 시켜서 그랬던 거야. 정작 자기는 기침만 하고 착한 척할 수 있었지."

"우타 할매는 착한 사람이었다고."

신기하지 않은가. 남자와 여자의 평가가 완전히 다르다. 어째서 여자는 여자에게 엄격하고, 남자는 남자에게 너그럽지 못한가. 여자는 남자에게 더 호감이 있고, 남자는 여자에게 더 호감이 있어서인가? 툇마루의 남자들은 마음씨가 고와 보인다.

나는 다시 차에 사촌 여동생들을 가득 싣고 즐거운 장례식을 뒤로 했다.

마을 집들 사이의 구불구불한 길을 조심스럽게 달려 내

려오는데 누군가 "어라, 매실댁 할매야."라고 말한다.

"어디?"

"아직 안 보이지만 조기 돌아서 돌담에 딱 붙어 있어."

"그걸 어떻게 알아?"

"저 돌담 있는 데에 할매의 기색이 있어, 봐."

정말이었다. 매실댁 할매는 양손을 벌리고 돌담에 찰싹 달라붙어서 물끄러미 길을 노려보고 있다.

"할매, 건강하세요오, 또 올게요." 사촌 여동생들은 손을 흔들었다.

"뭐 하는 거지?"

"누가 언제 돌아갔는지 알아보는 중이야. 요코 언니, 다음에 언제 또 볼 수 있을까?"

"다음엔 누구 장례식이 될까나?"

나 장례식 좋아합니다.

사랑받으며 일찍 죽는 것보다는 낫다

사람과 만나는 것도 재능이다.

난 다른 재능은 없어도 사람을 만나는 재능은 있었던 모양이다.

점퍼스커트에 앞치마를 걸치고 데생을 하던 미치코 씨는, 내가 친구하자고 밀어붙이자 열여덟 살 때부터 할 수 없이 나랑 계속 친구를 하는데, 그게 분한지 요즘도 "너, 양로원까지 쫓아와서 나한테 오줌 뿌릴 거지" 하고 나를 노려본다.

나는 그대로 되는 건 아닐까 하고 불안해진다.

스물하나일 때, 나는 처음으로 연애를 했다.

어느 날 그녀가 나에게 연극 표를 주며 같이 가자고 했다.

나는 "한 장 더 줘" 하고 전화했다.

그리고 한 시간 지나서 나는 또 전화했다.

"있지, 너, 나하고 같은 더플코트 입고 오지 마."

그리고 한 시간 지나서 나는 또 전화했다.

"아마도 오늘이 절정에 이를 날일 거 같으니까, 연극 끝나면 우리 둘만 있게 해 줘."

"정말 어이없네, 알았어, 정말 이거야 원."

연극 막간에 허세 부리며 담배를 피우는 남자와 티격태

격하고 있는데, 그녀가 곁에 다가오더니 "남자 괜찮네" 하고 작은 소리로 말했다. 이어 극장에서 토해져 나와 역으로 가는 길목에 다다르자 그녀는 큰소리로 외쳤다.

"나, 친구네 가야 해서 미안하지만 먼저 갈게."

그리고 간발의 틈도 주지 않고 내 귓가에 대고 "이러면 되는 거지?" 했다.

예정대로 나는 절정을 맞이했다.

그리고 그녀는 나보다 조금 뒤에 내가 모르는 곳에서 절정을 맞이하여 둘 다 아이 딸린 여자가 되었고, 각자 이미 옴짝달싹 못하는 일반 서민 생활에 접어들었다. 포니테일 머리에 가느다란 발목에는 면양말을 신었던 소녀는, 지금은 올려다봐야 하는 아들을 상대로 씨름하는 나날을 보내고 있다.

제멋대로인 내가 삶에 치여 우는 소릴 할 때, 나보다 훨씬 더 복잡한 삶에 치여 살던 그녀는 나보다 훨씬 더 꿋꿋하고 강했고, 열여덟 소녀 때보다도 내게 더 다정했다.

그 다정함 속에 이십 년의 독도 섞여 있었는데, "너도 이제 지쳤구나, 사랑하는 건 너뿐이야" 하고 전화 저편에서 웃는 걸 들으면, 그녀의 기진맥진에 나의 기진맥진을 더하여 울고 싶어지고, 그 울고 싶어지는 것을 웃는 것으로 튕겨 날려 버릴 수도 있게 되었다.

어느 날 신문 투고란에 실린 단가短歌•를 읽고 나는 웃고 말았다.

• 일본 근대 시가의 한 형식

그리고 그것을 전화에 대고 그 친구에게 읽어 줬다.

"있지, 있지, 들어 봐. '미움받는 나에게도 온 여섯 장의 연하장,* 그 벗들을 소중히 하자.'"

그녀는 곧바로 응수해 왔다.

"'미움받으며 오래 살고 싶지는 않지만, 사랑받으며 일찍 죽는 것보다는 낫다'라는 말 알아?"

---

* 일본에서는 연초 인사로 연하장을 보내는 것이 연례행사인데, 여섯 장을 받는 것은 아주 적게 받는 축에 속한다.

오토바이는 남자의 탈것이다

한때, 신나게 오토바이를 타러 다니곤 했다. 근데 아주 잠깐의 바람기였는지 점점 멀어지다가 지금은 "엇, 그런 적이 있었나?" 하고 조금 창피해져서 얼굴을 쓰다듬게 된다.

나는 결국 오토바이는 남자의 탈것이라고 결론짓고 그 세계를 떠났다. 체력이나 메커니즘 탓이 아니다. 세계와 관계하는 방법의 차이다. 남자와 여자는 사는 방식과 감성이 다르다는 것을 오토바이를 타면서 알게 됐다.

오토바이는 기분 좋은 물건이었다. 뒤집히면 죽을지도 모른다는 공포가 늘 함께했으므로, 모종의 비장함이 생긴다. 바람이 얼굴 근육에 경련을 일으키고, 조금 나이 먹은 얼굴의 뺨은 80킬로미터 정도에서 파르륵 거리다 못해 펄럭일 정도고, 비라도 내리면 팬티 속까지 빗물이 스며들고, 그래도 쉬지 않고 달리면 연료 탱크와 팬티 사이에서 물이 철벅철벅 소리를 낸다. 기분 좋다. 겨울은 추워서 손가락이 핸들을 쥔 형태 그대로 조각처럼 얼어붙는다. 그래도 여봐란 듯이 탄다. 그리고 그 행색이란 것이 또한 요란 벅적이다. 무엇보다도 생리적으로 짜릿한 흥분이 온다(성적으로 그렇다는 건 아니다). 좌우의 풍경이 한순간에 사라져 가는

데, 그래도 이미 달리고 있는 스피드를 어쩌랴 하며 차례
차례 이별을 고한다.

게다가 빠르면 빠를수록 더 혼자인 것 같아져서, 그리고
그것이 실로 상쾌해서, 더 빠르게 더 빠르게 하면서 오기
를 부리게 된다.

남자들은 입을 모아 "뭐니 뭐니 해도 오토바이의 매력은
남자의 고독감이에요. 인생 그 자체지요" 하고 말한다.

"뭐?" 나는 잠시 생각한다.

남자의 고독이란 그런 건가.

비장함과 오기에서 만들어지는 생리적 쾌감에 몸을 적
시는 거로구나.

또한 폼생폼사로 시종일관해야 하는 것이 오토바이 라
이더의 세계다.

그뿐인가. 50시시cc는 750시시 앞에서 비굴해지는(이 또
한 남자들이 좋아하는 건데), 서열이라는 게 있다.

남자의 인생은 오토바이로 냅다 달리는 것과 같은가.

좋겠네. 남자의 고독이란 오로지 달리는 거구나. 뒤집어
지면 죽을지도 모른다는 비장감에 황홀해지는 거구나. 풍
경이 왼쪽으로 오른쪽으로 사라져 가도 아무 책임질 방도
도 없다는 거구나.

여자의 고독이란 건 한곳에 가만히 웅크리고 있는 고독
이다. 창으로 보이는 풍경은 변하지 않는다. 그 자리에서
땅속으로 뿌리를 내려 움직일 수 없는 고독이다. 어머니를
기다리고, 아이를 기다리고. 기다리기를 계속하다가 죽음
을 기다리는 고독이다.

여자가 훨훨 날아다니면 형태는 여자 같아도 이미 여자가 아닌 것이다.

뒤집어지면 죽을지도 모른다는 식의 비장함에 황홀해하면 곤란하다. 처음부터 땅에 납작 엎드려야 하니 비장함 같은 건 없다.

다나카 가쿠에이*도 750시시를 타고 보란 듯이 달리다 뒤집어졌고, 미켈란젤로도 나폴레옹도 어떠냐 어떠냐 하고 더 빨리 오토바이를 타며 살다 죽었다.

- 초등학교 졸업이 학력의 전부지만, 토목 기사로 시작해 총리까지 오른 입지전적 인물로, 대규모 정치 스캔들인 록히드 사건의 중심인물이기도 하다.

이불은 평생의 반려자입니다

"나한테는, 평생 너라고 하는 믿음직한 아군이 있었다" 하고 구니사다 추지●는 고테츠▲를 달 아래 치켜들고 칼을 향해 말했다.

나는 붓이나 연필이나 그 밖에 그릴 수 있는 거라면 뭐든 손에 쥐어 벌어먹고 살았지만 "펜은 칼보다 강하다"는 것을 내 경우에 적용해서 생각해 본 적은 없다.

그러나 나도 "평생 너라는 강한 아군이 있었다."라고 말할 수 있는 게 있다. '이불'이다.

대학 시절 나는 '지로쵸'■라는 별명을 갖고 있었으니 좀 용감했을지도 모르지만, 그 나이 누구나 경험하는 절망이니, 빈곤이니, 실연이니 하는 것이 나에게 없었을 리 없다. 지금은 그것이 뭐였는지 분명치 않지만, 나는 그런 걸 느낄 때 민달팽이가 출몰하는 다다미 네 장 반짜리 방으로 축 처진 몸을 끌고 들어가, 서둘러 벽장의 이불을 끌어내리고 그 속으로 파고들었다. 스무 살 일기장을 보면 "이불

● 에도 시대 후기의 협객
▲ 구니사다 추지가 사용한 칼의 이름
■ 시미즈 지로쵸(淸水次郎長)는 메이지 유신 때의 협객으로, 의리와 리더십이 있었다.

만이 내 편이다."라고 쓴 게 있다.

　머리끝까지 이불을 뒤집어쓰고 둥글게 몸을 움츠리고 있으면 기분이 좋았다. 겨울에 그러고 가만히 있으면 따뜻했다. 이불이 온 세계가 되어 나를 감쌌고, 나는 그 속에서 안심하여 분한 눈물과 고독을 견뎠다. 이불 속의 내가 불행하면 할수록 이불은 내게 더 다정했다. 이불만 있으면 나는 살아갈 수 있다고 생각했다. 그렇기 때문에 거지가 되어도 이불만큼은 등에 지고 나가자고 생각했다. 그로부터 몇십 년이나 살았다. 몇십 년 중 단 하루도 이불 속으로 파고들지 않은 날은 없다. 나는 진통이 덮쳐 오기 직전에도 부지런히 솜을 타서 흰색과 분홍의 깅엄 체크 이불 홑청을 꿰매고 있었다. 가벼운 나일론 이불이 나와도 나는 이불은 목화솜이라고 믿었기에, 우리 집에 자러 오는 친구의 아이들은 "이제 자러 안 가. 무거워서 피곤해" 하고 불평했다. 나는 견디기 힘든 일이 있으면 언제나 이불 속에 들어가 몸을 둥글게 말았다. 그럴수록 이불은 더 절절히 사랑스럽게 느껴졌다. 어느 날 양복을 입은 젊은 남자가 차에 깃털 이불을 싣고 "깃털 이불 특별 세일입니다. 지금이 찬스예요" 하고 팔러 왔다. 깃털 이불은 동화 속 공주님이나 덮으시는 거라고 생각했었는데, 20개월 할부에다 두 집 건너 사는 사모님도 구입하셨다는 말에 차 있는 데까지 어슬렁어슬렁 따라가서, 여러 장으로 된 서류에 도장을 찍고 말았다. 그다음부터는 깃털 이불 속에서 위로받았다. 내 불행은 목화솜 이불보다 거기서 더 감미롭다. 양 다리 사이에 이불을 끼고 개구리 같은 자세로 있을 때도 한 손으로 쓰다듬으며 "착한 아이구나" 하고 말한다.

저금통장을 보니 ○○파이낸스라는 것이 찍혀 있어서, 이게 뭐지? 하고 생각해 보니 깃털 이불의 할부금이 아직 끝나지 않았던 거였다.

'평생 너라고 하는 믿음직한 아군'인데 할부금이 대수랴 하며 '다음에는 비단 이불 속으로 파고들 테다, ○○파이낸스 어서 와라' 하고 호기를 부린다.

시시껄렁한 남편한테 20년이나 혹사당하며 부업인 재봉틀을 밟고 있는 분 짱, 너의 평생의 믿음직한 아군은 남편도 아니고 재봉틀도 아니야. 이불이야. 매일 비프스테이크를 먹는 맹렬 할배한테 괴롭힘 당하는 미치코, 네 편은 체중 75킬로미터에 신장 170센티의 아들이 아니야. 비행 소년이 되어 버린 아들을 사랑하다가 기진맥진한 노부코, 이불만 있으면 내일 다시 일어날 수 있다니까. 이불 뒤집어쓰고 힘내자.

수화기를 붙들고

한 달 동안 집을 비웠다.

한 달 동안 없을 거라고 말했더니, "그럼 안 되는데. 너 없으면 난 싫어" 하고 적어도 두 명의 여자가 나에게 말해 줬다. 그들이 남자가 아니라는 것이 참으로 아쉽다. 내가 가장 미련이 남은 남자는, 내가 집을 비운다고 하자 눈을 빛내며 "더 길어도 돼."라고 근래 보기 드물게 신이 나서 확 껴안고 싶어지는 웃음을 보였다. 아들이다.

헉헉대며 집에 돌아오자 바로 전화벨이 울렸다.

"미안, 미처 말을 못 했는데, 나 입원했었어. 열흘, 열흘이나. 그동안 그 남자 한 번도 병문안 안 왔어. 그게 말이 돼? 퇴원하고 나서 왜 안 왔냐고 화를 냈더니 병문안 간다고 빨리 낫는 것도 아니다, 조용히 있게 해 주는 것이 최고의 병문안이다. 그러는 거야. 아, 참, 내가 있던 8인실로 기미코가 1만 엔짜리 꽃다발을 보내 왔어."

"어떻게 1만 엔이란 걸 알아?"

"1만 엔 정도 해, 이이렇게 컸으니까. 그 꽃다발로 병실 사람들한테 존경을 한 몸에 받았지. 사람들이 사이토 씨는 이런 큰 꽃다발을 받는 사람이구나 하며 부러워하더라고. 그래서 그 남자에게 말해 줬지. 못 오면 꽃다발이라도 보

305

냈어야 한다고.”

“그랬더니?”

“‘나는 건강체라 아파본 적이 없어서 몰랐어. 꽃다발이라고? 좋아 알았어. 다음에 입원하면 10만 엔짜리 꽃다발 보내 줄 테니까, 또 입원해, 응, 입원해’ 하면서 슬금슬금 곁에 다가와서 만지려 드는 거야.”

“흐음”

“나는 물론 ‘저리 비켜요.’라고 했어.”

“왜, 좀 만지게 해 주지.”

“안 돼. 그다음에 뭐라고 했는지 알아? 당신은 10만 엔짜리 꽃다발 보내면, 왜 꽃에다가 10만 엔이나 쓰느냐, 그걸 현금으로 달라 그럴 게 분명하다는 거야. 말이 돼? 하지만 곰곰이 생각해 보니까, 그렇게 말할 거 같기도 하더라고. 그래서 내가 말했지. ‘말할지 안 할지 실제로 시험해 본 다음에 그런 소릴 하세요.’라고. 역시 아무래도 헤어져야 할까 봐. 이젠 내 노후 어떻게 하지?”

“다른 사람 찾은 다음에 헤어지든가.”

“물론이지. 이틀에 걸쳐서 그 얘기를 했어. 그랬더니 내가 당신의 장래를 보장할 수 없으니 나도 그래야 한다고 생각한다, 당신은 행복해져야 한다고 하는 거야. 그다음에 하는 말이 이거야. 그래도 조금씩 헤어져 달라. 내일부터라고는 하지 말아 달라.”

“흐음, 솔직하네.”

“나는 ‘내일부터라고 하면 내일부터예요’ 하고 단호하게 말했어. 그랬더니 이제 와서 짝을 찾으려 해 봤자 쉰 넘긴

대머리 할아버지밖에 없을 거다, 그래도 좋냐 하길래, 대머리든 뚱보든 제대로 병문안 와 주는 사람이 좋다고 했어. 글쎄 노후를 생각하면 그것밖에 없잖아. 그랬더니 그런 남자는 잠자리에서는 불능일 게 분명하다, 그때는 언제든 달려오겠다면서 또 만지려 드는 거야. 도대체 어떻게 돼먹은 신경인지. 지금 우리는 이별 이야기를 하는 중이이라고 했더니 '그럼, 영화 속의 사람이 되어서, 응, 둘 다 다른 사람이 되어서, 합시다'라는 거야."

"아하하하하, 그 사람 안 헤어져. 너희들 그렇게 평생 갈 거야. 팔십이 돼도 그는 슬금슬금 다가올걸."

"아니, 이번에는 달라. 내 노후는 이제 어떻게 하냐고."

"'이번에는 달라'라니, 너 벌써 6년째야. 처음부터 고장 난 레코드처럼 똑같은 소리만 했잖아."

"아니, 그래서 나 이미지 바꾸기로 했어. 평범한 인생을 보낼 거니까 평범해지기로 마음먹고, 가와베 사치코 미용실의 가와베 씨한테 파마를 하러 갔어. '어떤 머리로 하시겠어요?' 하고 묻기에 '딱 잘라 말할게요, 남자한테 인기 있는 머리로 해 주세요.'라고 말해 줬지."

"어이없어라."

"그쪽도 어이없어 하더라고. 미용실을 오래 해 왔지만 그렇게 분명하게 말한 건 나뿐이라고."

"범상치 않은 머리가 나왔겠네."

"그래 맞아. 나 차마 못 볼 머리가 돼 버렸어. 난 평범은 안 돼."

"남자는 뭐라 그래?"

"뭘 해도 안 되는 사람은 안 돼요, 뭐 도리가 없지요 하더라고. 그리고 또 만지려드는 거야. 나 생각해 봤는데, 그 남자 병원에 와 봤자 못 만질 거니까 병원에 안 온 거 아닐까. 아아, 얼굴이 받쳐 주지 못하는 여자의 이 서러움."

"그렇다고 머리 스타일로 남자를 꾈 수 있다고 생각한 게 멍청한 거야. 그런 거에 걸려드는 남자가 있다면 그 놈도 멍청이지."

"그래, 그 남자 뭐라고 했는지 알아? '당신이 시집가면, 나는 이 집을 깨끗이 치워 놓고 기다릴 테니 새 남자가 싫어졌을 때 언제든 돌아오세요'래. 이 집, 내 집이야. 있지, 어떻게 해야 할까? 내 걱정은 노후뿐이야."

"너희들 그렇게 평생 갈 거야."

"그럴까? 그런데 넌 별일 없었고?"

"그렇게 입에 발린 인사 안 해도 돼."

"그러게, 그럼 안녕."

너 없으면 안 된다더니, 나는 완전 배설물 쓰레기통, 유메노시마* 같은 거로구나.

"집에 왔어?" 하고 다른 데에서 전화가 왔다.

"응, 돌아왔어."

"손가락 꼽으면서 기다렸어. 너 실은 돌아오고 싶지 않았지? '오고 싶지 않았을 거야' 하고 생각하니까 고소한 기분이 들면서, 쌤통이다 싶어지더라. 그런데 어째 집에 잘 왔네."

---

* 도쿄의 쓰레기 매립지

"건강한 할아버지는 어떠서?"

"정말 건강해. 어떻게 그렇게 건강할까. 내가 먼저 죽을 거야. 노인 문제에 공존공영은 있을 수 없어. 함께 쓰러지든가, 어느 한쪽이 이겨서 남든가야. 중간은 없어. 나는 벌써 힘이 다해서 내 노후는 없지 않을까 싶어."

"그렇게는 안 될걸. 너, 그렇게 운 좋은 편 아니잖아. 노후가 듬뿍 있을 거다."

"나도 그런 예감이 들어. 내 예감은 나쁜 것만 맞는다니까. 레이코는 좋겠다, 자기 노후를 걱정할 수 있잖아. 난 지금 이 순간을 극복할 수 있을지 어떨지 자신이 없어."

"이러니저러니 하면서도 억척같이 해내잖아. 비프스테이크라도 먹어."

"할아버지가 어젯밤에 커다란 거 두 덩어리 먹었어. 내 몫까지. 조만간 놀러 갈게."

"응."

또 전화가 왔다. 아아, 생활이란 게 다시 시작됐구나.

"언니, 어젯밤에 엄마한테서 전화 왔는데, 우는 거야……. 어떡해?"

어떻게 할까요.

나도 어디 유메노시마 하나 찾아서 전화해야지.

무지 청명한 가을날에는
왠지 사람이 그립다

아침에 일어나니 화창한 가을 날씨다. 그러고 보니, 이런 특상의 날씨란 것이 일 년에 몇 번쯤 있었다. 나는 이미 잎이 많이 떨어진 공원의 느티나무를 바라보며, 어릴 때는 날씨가 매일 이랬던 것 같다는 생각을 한다. 그러고는 예상대로 기분이 언짢아진다. 하늘이 중간 정도 맑을 때는, 자 봐라 하고 빨래를 하고 후다닥거리며 뛰어다니기에 딱 좋아서, 몸 안에 생활의 리듬이란 게 느껴진다. 하지만 최상의 화창한 가을 하늘을 보면 나는 하늘 속으로 빨려 들어가듯, 외롭고 무기력해진다. 그리고 사람이 그리워진다.

돌연 십 년이나 안 만난, 십 대 때부터의 친구를 만나러 두 시간이나 걸려서 갔다. 십 년 동안에 길 양쪽 모습이 완전히 변한 것을 보며, 나는 기분이 더욱 언짢아진다. '미리 양해도 구하지 않고 근사한 커피숍 같은 걸 만들고 말이야. 기분 나빠.' 그러다가 길을 잘못 들어 모르는 마당 앞으로 들어가 차를 돌릴 수 없게 되거나 했다.

십 년 만에 만난 친구는 웃으며 내 어깨를 토닥거려 줬다. 마당 끝에 만들어 놓은 유리 공예 작업장의 오렌지색 끈적거리는 불꽃, 그리고 유리로 만들어 놓은 친구의 작품이 내가 몰랐던 세월을 나에게 가르쳐 줬다. 나의 십 년 또

한 어딘가에서 누군가에게 이처럼 돌연 모습을 나타내는 걸까 하고 생각했다. 나의 아들과 동갑인 친구 아들이 십 년의 공백을 등 뒤로 하고 당당히 나타났다.

친구 남편이 돌아왔다.

그는 "야아, 나이 먹는구나, 늙었네" 하며 웃었다.

우리는 유리의 불 상태를 살피면서 식사를 했다. 아들은 젓가락을 왼손에 들고 있었다. 그러고 보니 아이가 다섯 살 때 봤을 때도 왼손잡이였지 하고 기억이 떠올랐다. 열다섯 살이 된 그의 인격에 왼손잡이라는 것이 단단히 자리 잡혀 있었다. 나는 넋을 잃고 왼손으로 별빙어를 집어 올리는 아이를 바라보았다.

"요코 씨 담배가 지나쳐, 끊지 그래." 친구가 말했다.

"참, 거기 바구니 안에 담배가 싫어지는 엿이 있었는데." 친구 남편은 창가의 바구니를 찾았다.

"아하하하, 녹아서 전부 들러붙었어."

"아하하, 그거 일 년 전 거예요."

"일 년이나 지났군."

부부는 녹아서 들러붙은 엿을 보고 같이 웃었다. 나는 가슴으로 따뜻한 바다가 흘러 들어오는 것 같은 느낌을 받았다. 하나의 엿이 녹은 것을 보고 웃을 수 있는 행복.

날쌔고 사나운 검둥개가 내 엉덩이에 달려들어 물었다. 돌아보니, 넓적다리도 물고 있었다. 나는 욕실에서 엉덩이를 깠다. 친구는 내 상처를 보기도 전에 웃음을 터뜨렸다. 내가 빨간 털실 팬티를 입고 있었기 때문이다.

"큰일 났어, 큰일. 피가 나요." 친구가 외쳤다.

"요코 씨 빨간 팬티 입고 있어요. 여보, 어느 쪽 약을 발라야 해요?"

"회색에 하얀 뚜껑 있는 놈." 나는 엉덩이를 물어 뜯겼어도 점점 기분이 좋아진다.

'회색에 하얀 뚜껑 있는 놈'이라고 대답하는 남편과 내 빨간 팬티를 보고 웃을 수 있는 행복. 그것은 적당히 좋은 가을 날씨같이 나를 기운 나게 했다.

슈욱 사라진다

어떤 할머니가 되고 싶냐고? 그런 질문은 난센스다. 이미 거의 할매가 다 된 사람한텐 말이다. 사람은 어느 날 갑자기 할머니가 되는 게 아니라, 스물네 살의 자만에 찬 젊은 시절부터 이미 서서히 할머니가 되기 시작하는 거다. 아니 다섯 살 여자아이도 보고 있으면 팔십 먹은 그 아이의 쇠락한 말로가 비쳐 보인다. 한마디로 말해서 그 사람이 아닌 다른 할머니는 될 수 없다는 거다.

나는 나인 채로 할머니가 되는 거다.

어려서는 부모의 안색을 살피고(깨나 말을 안 듣는 아이였지만), 결혼하고 나서는 상대의 기분에 맞추고(별로 맞추지 않았지만), 애 낳고는 머리 가꿀 새도 없이 어머니 노릇을 하고(그런다고 아이가 수재가 되는 건 아니었지만), 여하튼 세상 사람들에게 어떻게든 맞추려고 노력해 왔다. 몇십 년이나. 이제 나도 할 만큼 했으니 아이가 성인이 되면, 평생에 딱 한 번만 나 하고 싶은 대로 하고 살겠다.

더 이상 아들을 얼씬도 못하게 할 거다. 며느리가 어떤 삐딱이인들 알 게 뭐냐, 네가 고른 사람이잖아. 잘됐구나. 앗, 손자가 끈적끈적한 손으로 와서 엉기는 건 싫어.

다리, 허리가 잘 작동되지 않을지도 모른다. 화려한 스포츠카를 타고, 추우면 안 되니까 솜 넣은 저고리에 아래는 몸빼를 입고, 롯본기의 영화관 시네비방트로 영화를 보러 가겠다. 할 수 있으면, 비척거리는 보이프렌드와 손을 잡고 카페오레를 마시면서 "그 여배우 미스캐스팅이라고 생각 안 해요? 도대체가 가슴이 너무 커요."라고 묻겠다.

"아니, 나는 제법 괜찮은 여배우라고 생각하는데."

"흐음, 그 가슴이 좋아요? 아, 알았어요" 하고 사랑싸움도 훌륭하게 해 주자.

내 그림에 대한 주문도 없어졌을 테니 서툰 그림이지만 내가 그리고 싶은 그림만 내 맘대로 그리고, 마음 내키면 SF소설도 쓸 거다. SF는 과학적 지식이 필요해서 어려울 것 같으면, 살인물이라도 써서 죽이고 싶은 사람을 차례차례 등장시킨 다음 닥치는 대로 산산조각을 내 주는 거다. 나이 먹으면 먹을 것에 비정상적으로 집착하게 된다고 하니, 하루가 걸리더라도 감자죽을 만들어 후우 후우 먹겠다. 돈이 없을 게 분명하니, 미식은 몸에 좋지 않다고 나 자신을 설득하면서. 입이 험한 것은 나의 숙달된 무기니까 험한 입으로 "저 할망구 예쁜 데가 없어" 하고 젊은 녀석들이 나를 싫어하게 만들 거다. 이런 것을 일러 깊은 배려심이라고 하는 거다. 내가 죽으면 '아, 좀 더 따뜻하게 대해 줬으면 좋았을 걸' 하고 주위 사람들이 마음 아파하지 않게 말이다.

"그 할매 비참하게 죽었지만 자업자득이야" 하고 말할 수 있게 해 주는 거다.

하지만 그 전에 노망이 들면 어떠한 결의도 계획도 물거품이 된다. 그래서 딱 하나 내가 지금부터 유념할 것은, 물욕을 갖지 않는 것이다. 죽은 사람이 남기는 것은 그것이 아주 적은 돈이든, 사소한 일용품이든 처리하기가 성가시다. 내가 죽으면 동시에 내 주변의 모든 것이 작은 종잇조각 하나, 팬티 하나 남기지 않고 '슈욱 하고 땅 속으로 빨려 들어가 사라진다면 좋겠다' 하고 생각한다.

후기

나는 나 자신을 그림책 작가라고 부르며 아이들을 위한 그림책을 팔아서 살아왔다. 동화도 몇 편 썼으니 계속 쓰다 보면 이름 옆에 동화 작가라고 쓸 수 있는 날이 올지도 모르겠다. 아이들 책의 삽화도 이루 다 셀 수 없을 정도로 많이 그렸다.

모르는 사람은, 그림책 작가는 프릴 달린 분홍색 옷을 입고, 투명하다시피 한 먹을 것을 드시며, 남의 험담 같은 건 하지 않는 사람이라고 생각할 수도 있겠구나 싶다. 실물인 내가 와하하하 하고 입을 쩍 벌리며 웃고, 글쎄 누가 그렇대! 하는 얘기에 혹하여 끼어드는 모습을 보고, 그림책 작가와 그림책 모두에 환멸을 느꼈다는 착한 사람을 마주칠 때가 있으니까. 그래서 누가 '꿈이 있는 멋진 일을 하고 계시군요' 하고 말해 오면 좀 거북하다.

실상의 나는 흔하디흔한, 지나치리만치 산문적인 인간이며, 이 세상의 괴로운 일들을 충분히 맛보면서 그 현실을 기꺼이 살아온 사람일 뿐이다. 누가 봐도 부러워할 것 없는 평균적인 일본인의 생활을, 별것 아닌 희로애락에 울고 웃으며, 생각해 보면 창피한 일 쪽을 더 많이 하면서 넉살 좋게 살아온 사람이다.

나는 그런 나를 토해 내고 싶었다. 가능하다면 소곤소곤. 어째서 소곤소곤이 좋겠다고 생각했는지는 모르지만 그렇다. 소곤소곤 토해 낼 생각을 했더니 『책의 잡지』는 무척 적당한 지면이라는 생각이 들었다. 서점 한구석에서 남몰래 자신의 불우함을 한탄하고 있는 잡지 같았으니까.

속에 고인 걸 토해 내면 건강에도 좋을 것 같았다. 정말로 건강에 좋았는지 어땠는지 지금은 잘 모르겠다.

나는 그림책 만드는 일이 좋으므로 앞으로 죽을 때까지 몇 권쯤 더 만들고 싶다. 과감 무쌍하고 뻔뻔스럽게도, 아니 부끄러움을 무릅쓰고 말하자면, 미야자와 겐지의 동화를 넘어서고야 말리라 하며 이불을 뒤집어쓰고 야심을 불태우다가 잠 못 드는 밤도 있다. 나와 나의 재능에 절망하면서, 뜻대로 되지 않는 생활에 질질 끌려 다니면서 말이다. 범인凡人이란 그런 거다.

고양이가 뒷다리의 털이 홀러덩 벗겨진 채 힘없이 돌아왔다. 11년이나 살면서 처음으로 싸움에 진 고양이는 초라한 꼴로 살금살금 들어와 방구석에서 붉게 부어오른 뒷다리를 핥았다.

나는 캬악 하고 튀어 일어나, 되도록 붉은 상처를 외면하면서 의사에게 데리고 갔다.

의사는 비정한 리얼리스트의 눈으로 상처 부위를 가위로 자르며 "싸움에 약한 고양이는요, 뒷다리를 당해요."라고 했다.

"지금까지 싸워서 진 적 없어요. 벌써 11년이나 살았어요. 나이 탓일 거예요." 고양이의 세월 11년, 철마다 내가 모르는 곳에서 갓난아기가 밤에 울어 대는 것 같은 으스스한 소리를 내고, 고작 암컷 한 마리 때문에 털을 곤두세우고, 고작 암컷 한 마리 때문에 목숨을 걸고 용감하게 싸우며 살아온 고양이다. 평소에는 고양이를 걷어차고 돌아다니는 나지만, 남이 내 고양이에 대해 이러쿵저러쿵하면 화가 난다.

"말을 함부로 하더라니까, 우리 고양이가 싸움을 못한다니, 4천7백 엔이나 받아 처먹고. 그래도 그 의사 잘 나가. 엄청난 셰퍼드랑, 새카만 개가 줄지어 기다리고 있더라고. 그리고 걔네들을 데리고 온 건 어쩐 일인지 모두 소녀 만화 주인공의 애인같이 잘생기고 젊고 씩씩한 남자아이들뿐이었어."

"뭐어? 내일도 또 갈 거야?"

"가야지."

"내가 내일 미냐 안고 가 줄게. 있잖아, 뭐 입고 갈까?"

"주제 파악 좀 해라, 남편도 있는 주제에."

이렇게 범인의 삶은 계속되는 걸까요.

이상한 후기네요.

편집부 우에하라 씨, 정말 고마워요. 『책의 잡지』사에서 책이 나와 무척 기뻐요.

비단결 같았던 그녀의 넋두리

수필隨筆(따를 수, 붓 필)이 붓 가는 대로 쓰는 글, 더 정확하게는 '써지는' 글이라고 한다면, 그것은 그 내용을 풀어냄에 있어 작위를 최대한 배제하고 마치 누에가 실을 풀어내듯이 글쓴이의 몸과 마음에 고여 있던 것을 흘러나오는 대로 적은 것이라고 할 것이다. 고여 있던 것이 흘러나오는 것이기 때문에 말 그대로 붓 가는 대로 쓸 수 있는 것 아니겠는가.

그러므로 우리가 읽고 '아, 참 좋다.'라고 하는 수필은 기본적으로 작위가 아닌, 살면서 그 사람 안에 한 켜 한 켜 쌓여 오던 것이 마침내 그 사람 됨됨이의 그릇에서 자연스럽게 넘쳐 나오는 그런 것일 터이다.

그래서 수필의 기본적인 덕목은 달리 표현하면 꾸밈과 대비되는 '솔직함'에 있다고도 할 수 있을 것이다. 그러나 자기 안에 쌓인 것들을 '사실대로' 뱉어 냈다는 것만으로 독자의 마음에 깊은 공감과 감동을 끌어낼 수는 없는 일이다. 표피적인 솔직함은 단지 가십거리를 더해 줄 뿐이다.

솔직함이 읽는 이에게 공감과 감동을 불러오는 것은 깊이가 있을 때다. 그 깊이란 다른 무엇보다도 인생의 깊이, 그리고 깊이를 꿰뚫는 통찰력의 깊이일 것이다.

오래 전 작고한 피천득이 수필을 일러 중년의 글이라고 한 것도 그 때문이리라. 십 대 이십 대가 소설이나 시, 논문 등에서는 빛나는 작품을 만들어 낼 수 있어도 수필을 그렇게 쓰기는 힘든 일이다. 아직 인생의 깊이가 부족하기 때문이다. 작위로 만들어 낸 것은 읽는 이에게 격정과 찬탄을 경험하게 할 수는 있어도 공감을 경험하게 하기에는 부족하다. 젊은이의 정력은 작위의 정력이며, 만들어 내는 것의 정력이다. 그러나 수필은 만들어져 있는 것이 흘러나오는 것, 그 인간의 자연스러운 드러남이다. 젊은이도 솔직할 수는 있겠지만 그 솔직함이 보편적인 감동을 만들어 내기는 힘들다.

40대 중반의 사노 요코가 남긴 이 작품은 그녀의 더없는 솔직함으로 독자의 마음 깊은 곳을 어루만진다. 그는 이 작품 속에서 단지 자신의 어린 시절, 아이 키우는 이야기, 개 키우는 이야기, 이 인간 저 인간과 얽히는 이야기 등 일상의 소소한 경험과 기억을 마치 누에가 실을 뽑아 내듯이 속닥일 뿐이다. 너무나 솔직하여 조금은 창피한 마음으로. 그런 솔직함과 자유분방함이 만들어 내는 유쾌함 덕분에 번역하는 동안 즐겁고 행복했다. 그렇게 많은 웃음을 주면서도 그의 글이 읽는 이의 마음속에 깊은 감동과 여운을 남기는 것은, 그 소소함 속에 그의 인생의 깊이와 깊은 통찰력이 묻어나기 때문이다.

> 자운영 꽃밭에 자운영 꽃이 피어 있었다. (…)
> 자운영 꽃밭을 자세히 보니 '미나리'가 있다. (…)
> 내가 양손 가득 '미나리'를 쥐고 일어섰을 때, 저명하
> 고 아름다운 동화 작가는 자운영 꽃다발을 들고 자운
> 영 꽃밭 속에서 동화 속의 주인공처럼 서 있었다. 나는
> 양손에 '미나리'를 쥐고 귀환자의 자식같이 서 있었다.
> (…)
> 나도 자운영 꽃밭 속에서 자운영 꽃만 안고 석양에 물
> 들고 싶다.
>
> ─「자운영 꽃밭에서」 중에서

이렇게 한없이 소소한데 깊은, 그냥 풀어 놓은 것인데
아름다운, 그녀의 글. 그것과 씨름하며 지낸 기간은 옮긴이
에게는 더없이 행복한 시간이었다. 그의 반짝이는 작품을
번역할 기회를 주신 을유문화사에 감사드린다.